Purpur
und der Schlüssel
der Zeit

Impressum

Verantwortlich für den Inhalt, Illustrationen & Artwork:

Autoren Pseudonym, Seth Gray© 2022

Sethgraybooks@gmail.com

Verlag:

BoD · Books on Demand GmbH, In de Tarpen 42, 22848 Norderstedt, bod@bod.de

Druck:

Libri Plureos GmbH, Friedensallee 273, 22763 Hamburg

Version:

PUDSDZ 1.0 / 01/2025

ISBN:

978-3-7597-9559-5

Die Neue Welt

*A*valon, der größte Kontinent in einer Welt namens Undria ist einer von vier in dieser Welt. Neben ihm gibt es noch das Riesland, die Kristallkönigsinsel und Mytonahos ein eher kleiner Kontinent im Vergleich, aber dafür auch ein sehr faszinierender Kontinent mit seinen fliegenden Inseln und Bergen hoch oben und den Wolken. Allerdings sei zuvor gesagt, egal auf welchem dieser vier Kontinente in Undria man sich befindet, die Maßeinheit ist seit Jahrtausenden dieselbe. Angefangen mit, (Ein Nagel, welcher einem Millimeter entspricht. Weiter über ein Querfinger, dieser steht für einen Zentimeter. Ein Langfinger, für zehn Zentimeter. Des Weiteren gibt es noch ein Fuß für dreißig Zentimeter. Und zuletzt gilt ein Schritt für einen Meter.

Doch nicht nur dieses ist fortwährend anders. Auch die Zeit wird als Glockenschlag gewertet. Anders als üblich spielt die Zeit allerdings keine so große Rolle und somit ist eine Stunde auch nur in vier Teile geteilt. Den Menschen geht es besser, wenn sie nicht auf die Zeit achten müssen. Es mindert den Stress und besänftigt zugleich die Götter. Jahreszeiten und Monate werden mit besonderen Ereignissen in Verbindung gebracht. So kann es dann sein, dass in den verschiedensten Regionen unterschiedliche Bezeichnungen gelten. Doch egal, wie diese Epochen auch genannt werden, eines bleibt immer gleich. Die Jahreszahl, nachdem die Götter mit ihrem Zorn alles auf null gesetzt haben. Einst vor vielen Jahrtausenden gab es nur einen, nur einen einzigen Kontinent namens Avalodoria. Doch Zorn, Krieg, Missgunst und Machtmissbrauch zerriss einst den Kontinent in Stücke. Der Krieg der Götter war entfacht, ausgelöst durch die,

die sie einst erschufen, die Lebewesen auf Avalodoria. Sie beschlossen für sich und Undria einen Teil ihrer Macht in Artefakte einzuschließen, um so als gebündelte Werkzeuge die Ordnung wiederherzustellen. Zwanzig mächtige Artefakte wurden erschaffen, eines mächtiger als das andere. Doch neben ihrer Macht schlossen sie zugleich unwissend auch ihre Negativen ein. Für die, die auf Undria leben, waren sie somit Segen und Fluch zugleich. Doch es kam noch viel schlimmer. Wie jedem, der in unsere Welt kommt, stelle ich zuvor auch dir diese Frage.

»Bist *du* bereit, auf Avalon innezuhalten?«

»In eine Welt abzutauchen, in der dir der Atem stockt?«

»Es erwartet dich! Eine besiedelte Welt, die weiterwächst und im stetigen Wandel ist.«

Doch es ist schon lange nicht mehr alles so, wie einst war. Der Auslöser dafür war genauso simpel, wie grausam. Es war die Gier! Die 20 wurden entzweit und dies führte dazu, dass die Parallelen verschmolzen sind. Nur gemeinsam als eins können sie die Ordnung aufrecht halten und herstellen. Der Sogenannte Lumio Effekt trat ein. Lumio der Gott der Zeit, ist einer von insgesamt zwölf Göttern dieser Welt. Lumio konnte seine Zeit, die er erschuf, nicht mehr aufrecht halten oder Zeitschleifen trennen. So geriet alles aus den Fugen. Die von Gier getriebenen wollten die göttlichen Kräfte zu ihren eigenen Gunsten nutzen. Doch nicht sterbliche, einfache Wesen können solch göttliche Kräfte nicht bündeln und kontrollieren, wie sie es sich gewünscht hätten. Doch es war zu spät! Unwissenheit, Gier und Leichtsinn führten dazu, dass das Ende der Zeit eingeläutet wurde. Die Legende ist unterteilt in zwei Bereiche, zum einen die Zerstörung der Welt und die Macht der 20. Als Zweites wird erzählt, dass ein reines fast göttliches Wesen hinab gesandt wurde, um die Macht der 20 zu Bündeln und dafür zu sorgen, das, dass Gleichgewicht von Raum und Zeit wieder hergestellt wird. So soll ihre Welt gerettet werden. Es heißt auch, die zwölf Götter kamen hinab, um diejenigen um Hilfe zu bitten, die sie einst erschufen. Nur einige wenige wurden von den Göttern selbst dazu auserwählt, die 20 zu wahren, zu schützen und zu bewachen. Nie wieder soll ein Wesen dieser Welt, die Möglichkeit bekommen, göttliche Kraft zu seinem eigenen Nutzen zu missbrauchen. Als Respekt, Anerkennung und Dankbarkeit schenkten die Götter ihnen für ihre Unterstützung, den Bewahrern den Segen des Lebens. Fortan sollte keine Krankheit oder das Alter sie mehr hinraffen können. Ein Gefühl der Unsterblichkeit machte sich breit, doch gerade dieses Gefühl, kostete hunderten von ihnen das Leben. Über viele Generationen hinweg gab es diese geheime auserwählte

Bruderschaft, von Göttern auserwählt. An diesem wunderschönen Spätsommer, als das Licht hinab schien, wurde der Grundstein der Uluk Hain gelegt. Sie sind die wahren Beschützer der zwanzig. Die Jahre vergingen, doch fortwährend verbreitete sich Ihr streng gehütetes Geheimnis. So kam es dann, dass die einstigen Bewahrer, selbst zu Gejagten wurden. Die Uluk Hain wurden daraufhin reihenweise ermordet. Ihr Blut galt fortan als göttlich und sollte einen selbst unsterblich machen können. Die Legende erzählt, dass einige sogar ihr Blut tranken, um ebenfalls den göttlichen Segen zu erhalten. Viele hundert Jahre hielt sich dieser Mythos. Und so mussten die Uluk Hain im Verborgenen bleiben. Der zuvor von den Göttern selbst ernannte Auftrag wurde zum Fluch für die, die ihre Welt retten sollten. Über viele Jahrzehnte hinweg wurden neue Möglichkeiten erforderlich, um ihr Fortbestehen und das der Zwanzig zu sichern. Geheime Zeichen, Symbole und

Trageweisen von Kleidung wurden erfunden. Nur so hatten sie die Möglichkeit, sich aus der Entfernung zu finden, zu verstehen und zu sprechen. Sie sprachen zu dem die alte göttliche Sprache der Gelehrten. Bei der Kleidung hatte sich eine farbenfrohe, purpurgefärbte Robe mit Kapuze und goldener Verzierung durchgesetzt. Die Farbe Purpur galt nicht nur als die Farbe der Könige, sondern zugleich auch als göttlich und rein. In der Zeit, in der sie gejagt wurden, die Gier und der Drang nach Macht immer mehr wuchs, wurden auch die 20. gestohlen. Mit allen Mitteln versuchten die Uluk Hain ihre Diebe aufzuhalten oder sogar zu töten, doch tötete man einen, kamen daraufhin zwei. Tötete man auch diese, kamen vier weitere. Schlussendlich kamen sie nicht mehr gegen die Angreifer an. Die 20 wurden verschleppt, gestohlen und verteilt in ganz Avalon. Alle 20, bis auf eines. Immer getragen vom Ober ältesten, dem Uluk

Hain ersten Grades höchstpersönlich, sind verschwunden. Viele hundert Jahre galten sie als verschollen. Es gab niemals zu keinem Zeitpunkt Unterlagen oder schriftlich festgehaltene Zeichnungen über die 20. Niemals sollte jemand von ihnen erfahren. Wissen, welche Macht jedes besitzt. Denn jedes einzelne Heiligtum besitzt andere Mächte. Aber auch ein jedes beinhaltet einen Fluch. Nur wer alle zwanzig zusammenträgt, kann das volle Potenzial entfesseln. Die Uluk Hain suchten die Heiligtümer auf allen vier Kontinenten. Über viele Jahrhunderte suchten sie die zwanzig. Doch es fehlt noch immer jede Spur von ihnen. Die Erinnerungen an die Artefakte verblassten mit der Zeit. Jedoch nicht die Erinnerung an die Wahrheit. Auch heute noch sind sie auf der Suche nach ihnen. Immer noch auf der Suche nach einem Mythos. Nicht mehr wissend, wie sie aussehen. Doch anders als damals drängt nun die Zeit. Gier fordert immer seine

Opfer, doch dieses Mal steht das gesamte Raumzeitkontinuum auf dem Spiel und kann ganz Undria zerstören. Wenn, sie nicht wieder an ihrem Platz sein werden. Die Uluk Hain verschwanden über viele Jahrhunderte auch aus den Gedanken der Lebewesen auf den Kontinenten, doch nun sind sie zurückgekehrt. Sie wurden damals zu demselben Mythos, wie die 20 es noch immer sind. Heute leben sechs Rassen sowie Völker auf Avalon. Unterteilt in sechs Herrschaftsregionen. Überall verteilt befinden sich kleine Siedlungen oder Dörfer. Aber auch majestätische und prunkvolle Städte. Nicht wissend, in welcher Gefahr sie leben. Für sie dreht sich Undria immer weiter an der heißen Himmelsscheibe entlang. In den besiedelten Bereichen findet man alles, was man zum Überleben in der Stadt oder der Wildnis benötigt. Denn außerhalb der geschützten Mauern warten in dichten Wäldern, felsigen Landschaften oder weiten Steppen auch düstere, schreckliche und unheimliche Gefahren. Monster und dunkle Kreaturen, die zur Unterstützung der Uluk Hain hinab gesandt wurden, um die 20 zurück nach Gor zu bringen. Doch die Völker und Rassen haben sich mit der Zeit gegenseitig die Schuld an dem Zorn der Götter. Es herrschte Krieg zwischen ihnen. Das Leben wurde schwieriger und grausamer. Der große Krieg riss die einstigen Bündnisse auseinander. Viele ließen ihr Leben nicht zuletzt durch den fälschlichen Missbrauch der 20. Der Krieg endete erst nach 40 Jahren. In der heutigen Zeit, in der wir uns gerade befinden, ist eine zum Glück mittlerweile ruhigere, friedlichere Zeit erwacht. Der Krieg ist seit über einem Jahrzehnt vorüber, doch die Lage der einstigen Verbündeten ist noch immer angespannt. Doch an Krieg denkt zum Glück, keiner der sechs Völker mehr. Die Mittelländer oder auch Garettianer genannt. Ein menschliches, aufrichtiges Volk, welches von dem Ertrag der Landwirtschaft und Viehzucht lebt. Handel in ganz Avalon betreibt und ihr Territorial im Laufe des großen Krieges erweitert hatten. Sie wurden getrieben von Macht, der Unsterblichkeit, dem Nutzen, der Sklaverei anderer Rassen, so sorgte doch ihre Habgier dafür, dass sie ihre Welt in den Abgrund stürzten. Acht Helden auf ihrer fantastischen Reise durch die Welt. Diese vollkommen unterschiedlichen Charaktere, die eines verbindet. Eine so unvorstellbare Reise liegt vor ihnen. So unvorstellbar, dass es selbst den Bewohnern von Undria manchmal unwirklich erscheint. Bösartige Kreaturen wie Geister, Monster und sogar Drachen erwarten sie laut der Legende. Doch da wären auch noch die 20. Kaum vorzustellen, wenn sie in die falschen Hände geraten. Doch die Beschützer der Uluk Hain wachen so gut sie können darüber.

»Nichts ist, wie es scheint, nicht einmal der Anfang vom Ende. Denn was wart, ist die Dunkelheit, und wo

Schatten ist, erhellt ein manches Mal auch nur der kleinste Augenblick das Nichts. Ist das nicht der Anfang vom Ende? Ist oben nicht unten? Und unten, nicht oben? Nichts ist, wie es sein sollte, und dennoch ist alles anders als es eigentlich sein müsste.«

Garetekka der Mittellande

*B*eginnend in der Zeitrechnung vom zweiundzwanzigsten Jahr nach KES, erschließen wir eine über dreihundert Jahre lange Saga um die Thronfolge. Jedoch führt es uns bis ins Jahr eins, nach Eldwin. Eines begleitet jedes Lebewesen vom Anfang der Geburt. Es ist nicht mehr als die Zeit. Ein mächtiges Instrument, ohne es kein Alpha und auch kein Omega gibt. Und schon gar nicht die Zwanzig. Die Zeit ist kein Spielzeug, man muss vorsichtig mit ihr umgehen, jeder hat seine vorgegebene Linie, die nicht durchbrochen werden sollte. Geht bedacht vor, denn genau jetzt, zu dieser Zeit, erzähle ich euch die Geschichte darüber. Am wunderschönen Sommermorgen des Jahres 22. nach KES, haben wir mittlerweile den 184. Tag in der Hauptstadt der Menschen von Avalon erreicht. Wir beginnen in der sagenumwobenen, prächtigen Stadt, namens Garetekka. Diese herrliche Stadt, welche im Mittelreich von Avalon liegt, befindet sich ziemlich zentral des Kontinentes. Sie ist nicht nur Dreh- und Angelpunkt, wenn es um den Handel und auch militärische Ressourcen geht, sondern sie ist auch eine Stadt mit hohem Ansehen und Wohlstand.

Die von Menschen regierende Stadt, mit dicht besiedelten Wäldern, befindet sich in ihrer Blütezeit und im Wandel der neuen Epoche. In ganz Undria rechnet und misst man bestimmte Einheiten in Finger, welches in etwa einem Zentimeter entspricht, und Fuß, welches circa dreißig Zentimeter darstellt. Garetekka ist eine Stadt, in der von früh bis spät immer ein reges Treiben herrscht. Viele Kulturen aus den noch so entlegensten Orten treffen aufeinander. Man kann auch schon das geräucherte Fleisch und Wurstwaren in den Schaufenstern, der

Geschäften riechen. Einige Händler fahren schon früh mit ihren Handkarren oder der Kutsche über die holprigen Straßen zum Marktplatz. Die Bäcker der Stadt sind schon vor dem Morgengrauen aufgestanden, und verkaufen bereits die ersten Brote. Kinder spielen auf den Straßen der Stadt, wie es üblich ist. Garetekka, beherbergt zu dieser Zeit um die 200.000 Einwohner. Ein enormes wirtschaftliches Denken wird dafür erfordert. Dazu kommen noch Händler, Besucher und Durchreisende. Garetekka, ist eine Stadt vom Mittelreich, welche die guten Kriegslosen Zeiten uneingeschränkt auskostet. Eine Stadt, welche von Tag zu Tag größer, einflussreicher und mächtiger zu werden scheint.

»Und gerade am Anfang vom Ende, an diesem wunderschönen Tag, einem Sommermorgen, passieren seltsame Dinge, zu manchen Zeiten.

An diesem Tag, welchen wir hier gerade erleben, ist nicht immer von Anfang an alles so wie es vermutlich sein sollte, aber dazu kommen wir noch!«

Alle Menschen leben hier neben und beieinander, in den Tag hinein. Diese gehen ihren vielen Aufgaben nach. Zum Glück ist es in den vergangenen Jahren sehr ruhig um Schlachten und Kriege geworden. Aber viele wissen auch, dass es selbst in einer schönen Zeit, viele dunkle Momente warten. Dieses werden viele, schon bald schmerzlich erfahren. Es gab damals eine Zeit, in der Undria in Schutt und Asche lag. Bogor, der Fürst der Hölle, hatte seine Dämonen nach Undria geschickt, um die zu bestrafen, die dem Leben nicht würdig genug waren. Es heißt, mehr als eine Million haben damals ihr Leben lassen müssen. Es war eine Zeitrechnung, in der ein jeder ums nackte Überleben kämpfen musste. Damals gab es keinen Handel und keine Regierung mehr. Kaum vorzustellen, wie es damals hier aussehen musste. Undria war aufgerissen und die Dämonen kamen, um zu richten. Nicht alle wurden damals wieder zurückgeholt. Die, die noch unter uns in Undria weilen, sind dazu da, das Gleichgewicht zu halten. Heute ist dennoch eine bessere Zeit, wie wir wissen. Eine Zeit, in der der Glaube Kraft gibt und in der die Zwölf herrschen. In dieser Epoche blüht das Land wieder und alle Völker handeln miteinander. Denn auch wenn es manchen schwerfällt, es geht ein manches Mal nicht ohne den anderen. Auch dann nicht, wenn es vielleicht ein Feind ist, dann, wenn es keinen anderen Ausweg mehr gibt, muss man die zerstören, die nur an sich denken. Und mit ihrer egoistischen Art eine ganze Welt ins Unheil stürzen können. Sagen, Mythen und Legenden in Avalon, erzählt man sich in den einzelnen Provinzen viele Geschichten. Reichlich handeln von mächtigen Zauberern und Magiern. Andere handeln von magischen Artefakten, die einen mit den zwölf Göttern gleichstellen. Wieder andere handeln von den mächtigen 20, ein mancher interpretiert die ein, oder andere Sage als Wahrheit. So ist jeder auf der Suche nach dem, was nicht gefunden werden will. Aber ein jeder kennt jeder die Sage von dem zu Unrecht selbst ernannten König Grondo. Dieser König, wollte den Lauf der Geschichte verändern, und sich selbst das nehmen, was ihm nicht gehörte. Doch dies wurde ihm zum Verhängnis. Es ist Zeit, seine Geschichte zu erzählen. Es ist eine Überlieferung, die man sich noch heute erzählt, sogar noch 500 Jahre danach. Aber bevor wir damit beginnen, sollten wir noch einige Zeit davor anfangen. Sodass, man auch die ganze Geschichte versteht. Kaum einer hat so viel erreicht, und doch so viel verloren. Auch hat niemand, so viel Vertrauen in neue Freunde erreichen können. Nur mit seiner Hilfe war es möglich, die 20 zu finden und den Krieg ein für alle, mal zu beenden. Dennoch

ist unsere Zeit bislang nicht vorbei!
Mein Volk und ich werden nicht ruhen,
bis auch das letzte Geheimnis gelöst
ist. Denn ich gab damals ein Versprechen, ein Versprechen im Namen Purpur.
Wir werden siegen, wir werden die 20
wieder besitzen, und ich werde die Zeit
verändern. Denn das, was bereits geschehen ist, lässt sich noch immer ändern!
Nichts ist in Stein gemeißelt, auch
nicht die Zukunft!

»Denn was ward, war der Anfang! Ein
Anfang, dessen Ende noch offen ist. Ein
Anfang, dessen Ende noch geändert wird!
Ein Ende, welches, so gleich man es auch
will, nicht mehr beeinflussen kann. Alles ist Schein und bisher nicht be-
herrscht. Nur wer dessen Würdigkeit beweist, wird alles da gewesene erreichen
und so an 13. Stelle stehen!«

So erzählt auch der mächtigste Groß-
magier, der je gelebt hat, die Geschichte. Man kann heutzutage nur mutma-
ßen, was damals wirklich vorgefallen

ist. Es sind Überlieferungen und Geschichten. Aber in jeder Legende steckt ein Funken Wahrheit. Vielleicht kommt einmal der Tag, an dem man die ganze Wahrheit erfährt, und die Geschichtsbücher neu geschrieben werden. Aber ich bin mir sicher, dass der Tag kommen wird, an dem alle zwanzig zusammengetragen werden und es von da an 13 Götter geben wird. Sobald der Tag gekommen ist, wird die Zukunft und auch die Zeit, neu gerechnet. Wir können nur hoffen, das, dass Geheimnis nicht in die falschen Hände fällt. Wir müssen, mit allen uns zur Verfügung stehenden Mitteln, verhindern, dass diese in die falschen Hände geraten, wenn wir scheitern, war alles umsonst. Doch müssen Undria retten. Auch, wenn dafür die guten sterben. Die, die denken, sie würden das Richtige tun, müssen vernichtet werden.

Gez.: Elric Purpur, im 1. Jahr vor Grondo

Ein Morgen voller Fragen!

Am frühen Morgen, des ersten Tages,

in einem Außenbezirk von Garetekka, spielen in der Nähe der Stadtmauer, zwei Kinder im Alter von sieben und zehn Jahren. Sie spielen nahe einiger Häuser mit ihren Steinen. Es ist ein beliebtes Spiel von Kindern im Mittelreich. Es funktioniert in etwa so! Ein in etwa Faust großer Stein liegt in kleiner Entfernung, circa zweihundert, bis dreihundert, Finger entfernt auf dem Boden. Einer der Jungen versucht mit einem kleineren bunten Stein, so nah wie möglich an diesen heran Zuwerfen. Das geht immer abwechselnd mit jeweils vier versuchen. Der, der es schafft am nächsten an dem schwarzem Stein zu werfen, ohne diesen zu berühren, gewinnt diese Runde.

Der ältere von beiden verändert allerdings zu seinen Gunsten das Spiel. Und der jüngere zieht dabei immer wieder den Kürzeren. Als aber der kleine Junge, mittlerweile das fünfte Mal in Folge verliert, reicht es ihm. Er hat keine Lust mehr zu verlieren. Er nimmt einen seiner Steine, vom Boden und wirft diesen vor Wut in Richtung der Scheune neben ihm. Die Hölzerne Scheune ist zweitausend bis dreitausend Finger lang. Dies entspricht in etwa zwanzig bis dreißig Schritten. Sie besitzt im Giebelbereich kleine, längliche Fenster aus einfachem Glas. Die Scheune gehört einem alten griesgrämigen Zwerg, der in einem beschaulichen Häuschen neben der Scheune in Garetekka seit vielen Jahren lebt. Sogar schon solange das die Eltern der Kinder ihn bereits seit der Kindheit kennen. Selbst die Großeltern kannten den Zwerg schon. Man muss wissen, dass Zwerge sehr alt werden können. Dieser Zwerg ist bereits schätzungsweise 150

Jahre, in der Hauptstadt wohnhaft. Der kleine Junge, hat beim Werfen des Steines, eine der oberen Scheiben der Scheune getroffen. Von der Wucht des Aufpralls zerspringt die Scheibe sofort. Viele unzählige kleine Glasscherben fallen nach innen. Es ist ein ziemlicher Lärm und die beiden Jungen hören schon den Zwerg aus seinem Haus kommen.

»Was ist das für ein Lärm?« beide Jungen beobachten den Zwerg aus sicherer Entfernung. Da sie sich versteckt haben. Aus seinem Haus kommt ein 80 Finger kleiner Zwerg heraus. Er trägt einen roten Vollbart, welcher zusammengeflochten wurde und ziemlich verfilzt ist. Am unteren Ende des langen roten Bartes, hat er diesen mit einem goldenem Ring versehen, so das sich dieser nicht so einfach lösen kann. Der Zwerg hat ein rundliches knautschiges Gesicht und dicke Wangen. Er hat einen grimmigen Blick drauf. Seine Kleidung, besteht aus einem einfachen Hellbraunen Hemd, welches mit

Schlaufen und Seilen zugemacht wird, und eine alte kaputte dunkle Leinenhose, wurde schon vielfach geflickt. Seine Schuhe hingegen bestehen aus den besten Tierfellen und Leder. Viele Bürger tragen einfache Leinenkleidung, nur der gehobenen Gesellschaft ist es möglich, neben Leinen auch Seide oder Metall zu Tragen. Die beiden Jungen sehen, wie der alte Zwerg ein paarmal um sein kleines Haus und um die Scheune geht. Mit seinen kleinen Schritten stampft er über den staubigen Boden. Die Jungen beobachten ihn noch einen kleinen Augenblick, bis er wieder zurück in seinem Haus verschwindet. Sie hören noch, wie er etwas in seinen rötlichen Bart murmelt.

»Puh gerade noch einmal gut gegangen!«

Sagt der Ältere von beiden.
Kurz darauf entscheiden die beiden sich dafür lieber nach Hause zu laufen, bevor doch noch etwas schlimmeres passiert. Die zersplitterte Glasscheibe hat der

Zwerg zum Glück nicht gesehen. Darüber sind die beiden Jungen auch erfreut. In der Scheune selbst, liegt in diesem Moment ein noch schlafender Mann. Grün, violettes Licht schimmert ihm auf die geschlossenen Augen. Es wirkt bei ihm so als wäre er in Trance gewesen. Doch er wurde vom Bersten der Scheibe über seinem Kopf unsanft geweckt und schreckt hoch.

»Nanu! Wo bin ich? Was tue ich hier?« Denkt er! Und gibt keinen Laut von sich.

Er schaut an sich herunter. Das Amulett seiner bereits verstorbenen Eltern zerrt an seinem Hals. Vorsichtig steckt er dieses an einer langen Silberkette hängend unter sein Leinenhemd zurück. Nur mit einem Brummen im Kopf lauscht er der Stille. Aber er hören kann er nichts. Doch dann schreit eine Stimme von draußen. Mit angehaltener Luft und sich nicht bewegend hört er dem Schreien zu. Schnell steht fest, Nicht er ist gemeint, sondern jemand anderes. Er beschließt für sich selbst, keinen Ton von sich zu geben und bleibt leise, um keine unnötige Aufmerksamkeit auf sich und die Scheune in der er sich befindet zu ziehen. Er hört wie scheinbar ein Mann, mit schweren Schritten vorbeigeht. Dann entfernen sich die Schritte und nur wenige Augenblicke später kommen sie schon wieder zurück. Ganz so als würde die Person auf und ab an der Wand ent-langlaufen. Nach ein paar Augenblicken, kurz nachdem die Schritte sich entfernt haben, und nur noch ein Knallen einer Holztür zu hören ist. Traut er sich erst wieder, Luft zu holen und sich zu bewe-gen. Er bemerkt jetzt erst die tausenden kleinen Glasscherben, auf dem Fußboden neben ihm. Verdutzt schaut er nach oben zu den schmalen Fenstern, diese werfen etwas Licht in die Scheune. Die Scheibe muss von draußen eingeworfen worden sein, vermutet er. Erst jetzt kommt in ihm Fragen auf.

»Wo bin ich hier?«

»Wer bin ich?«

»Und wie kam ich hier her?«

Es ist staubig und dreckig, um ihn herum.

Er schlief wohl auf dem Fußboden, nur auf etwas Stroh. Aber erinnern kann er sich an nichts. Er setzt sich erst einmal aufrecht hin und schaut sich neugierig um. Neben den Glasscherben liegt ein Großteil seiner Ausrüstung auf dem Boden.

»Bin ich Soldat?«

Fragt er sich selbst.

Sein Tuchbeutel, sein Schwert, und seine Rüstung, mit Helm und Kettenhemd, liegen direkt neben ihm vor den Scherben. Etwas komisch ist ihm schon zumute. Dazu kommt noch, dass er kein Zeitgefühl. Um ihn herum sind nur reine Holzwände, es ist dämmrig und staubig. Nur etwas Sonnenlicht scheint durch die schmalen Fenster, am oberen Teil der Holzwände. Er kneift die Augen zusammen, um in dem schlechten Licht mehr erkennen zu können. Vor ihm steht ein kleiner runder Tisch, oder etwas in der Art. Der Mann beugt sich etwas weiter nach vorn um zu erkennen, worum es sich handelt.

»Auf dem Tisch, scheint etwas zu liegen!«

So macht es Anschein im schwachen Licht, sagt er zu sich selbst.

Er schaut sich weiter um, aber immer noch etwas benommen. Rechts an der Wand neben ihm Hängen verschiedene alte Feldwerkzeuge erkennt er durch die Schattierung. Dieses kann man in dem dämmerndem Licht, gerade noch so erkennen. Auf der gegenüberliegenden Seite befindet sich ein großes Holztor, mit zwei breiten Türen. Neben seiner Ausrüstung befindet sich noch ein Futtertrog.

»Das muss wohl für die Schweinezucht sein!«

Denkt er sich mit einem ziehen im Kopf.

Es liegen auch noch überall die ausgeschiedenen Überreste von Tieren auf

dem Boden. Und so riecht es leider auch,
fällt ihm auf. Das Atmen fällt etwas
schwer, es ist stickig und warm zugleich. Es dauert einen Moment, aber
nach kurzer Zeit kommen seine Sinne wieder zurück. Nach und nach wird er wieder
klarer im Kopf. Er fasst sich an den
Kopf und tastet ihn ab. Zu seinem entsetzten, muss er aber feststellen, dass
keine Beule, kein Blut und auch keine
Wunden Kopf vorhanden ist. Das hätte er
nach den Kopfschmerzen erwartet. Und
auch am Körper ist nichts zu sehen.
    »Also niedergeschlagen und überfallen
worden, schein ich ja nicht zu sein!«
    Überlegt er.
Nachdem er aber keine Verletzungen feststellen konnte, steht er auf und klopft
sich, den hellen Sandstaub von seinen
Sachen. Darauffolgend geht er vorsichtig
den großen Raum ab. Im Anschluss, beschließt er bei dem Tisch zu beginnen.
Er geht die paar Schritte, und begutachtet die darauf liegende Notiz. Im

schwachen Licht lässt sich diese misera-
bel lesen. Darauf steht folgendes.

Befehl vom König!

*Garetekkas, Herrscher über die Ländereien
Garetiens und König des Mittelreiches.*

„Ihr werdet zum achten Glockenschlag, beim
König erwartet!

Bei Missachtung, drohen Ihnen Disziplinar-
strafrechtliche Folgen.

Die da wären!

Straflager, Gefängnis, Rationen Entzug, Aus-
peitschen.

Bei schwerer Selbstschuld wird dazu aufge-
rufen Sie so lange am Halse aufzuhängen, bis
der Tod am Galgen einsetzt.

Dieses Urteil kann auf Wunsch und Gnaden
des Königs ausgesetzt werden. Die folge darauf wäre dann die Enthauptung auf eigenen Wunsch!"

Darunter steht noch mehr, aber ein Großteil ist leider nicht mehr lesbar. Nach
dem Lesen steckt er sie in seinen Tuchbeutel. Dabei fallen ihm aber wieder einige Sachen zum König ein.

»Ich bin Soldat des Königs!«
Sagt er dabei leise zu sich selbst.

Aber ihm fällt auch ein, dass der König Verspätungen und ungehorsam gar
nicht leiden kann. Er kann sich zwar
nicht mehr an alle Dinge erinnern, aber
Grundlegende Sachen, weiß er wieder.
Auch Garetekka kommt ihr wieder in den
Kopf. Mit seinen Prächtigen Häusern,
Mauern und Gebäuden. Die langen gepflasterten Straßen, die Händler und Läden.
Auch die schönen Abende, mit seinen Kameraden, in der Kopflosen Harpyie. Das
alles mit reichlich Bier, und den Dirnen
auf seinem Schoß. Gerade als er versucht, sich an andere schöne Momente zu
erinnern und in Gedanken versunken ist,
wird er wie aus dem nichts herausgerissen. In diesem Moment beginnt die

Turmuhr zu schlagen. Noch leicht benommen zählt er jeden Gong mit.

»Gong… „1…. 2….. 3…. 4…. 5…. 6…. 7….«

»Nichts?... Puh! In Ordnung noch eine Stunde!«

sagt er zu sich selbst.

»Ich muss hier irgendwie rauskommen!« Er geht alle Möglichkeiten im Kopf durch und versucht sich so einen ersten Überblick zu verschaffen.

Ihm fällt wieder die Doppeltür ein. Zielstrebig geht er auf diese zu. So alt wie das Gebäude, in dem er sich befindet auch ist. So neu und akkurat sind die Scharniere und Bretter. Er nimmt einen Griff von einer Tür und mit beiden Händen, drückt und schiebt er. Auch rüttelt er kräftig an der Tür, aber außer ein bisschen Wackeln passiert rein gar nichts.

»Ich könnte versuchen mit einem der Werkzeuge die Tür aufzubrechen.« Geht ihm durch den Kopf.

Er dreht sich zu den Werkzeugen hinter ihm um, muss aber ein paar Schritte darauf zugehen und begutachtet diese.

»Ich könnte natürlich auch um Hilfe rufen, aber welcher Soldat ruft schon um Hilfe?«

»Ich wäre das Gespött der Stadt! Wie es wohl aussieht, wenn ich mich Gegen werfe, bis das Holz nachgibt?«

überlegt er weiter.

Er dreht sich wieder um, nimmt ein paar Meter Anlauf, visiert das Tor an und rennt darauf zu. Mit einem lauten Knall Prallt er gegen das Tor. Trotz des ganzen Körpergewichtes und der Wucht des Aufpralles, passiert rein gar nichts. Er wird von dem Nachgeben der Doppeltür, nach hinten geschleudert und landet auf dem Rücken. Ein dumpfer Aufprall ist die Folge, dabei schlägt er auch mit dem Hinterkopf auf dem Staubigen Boden auf.

»Herold, Ich heiße Herold!«

Sagt er freudig über sich selbst.

An andere Sachen kann er sich jetzt auch wieder zur eigenen Freude erinnern. Er weis unter anderem wieder seine Aufgaben bei der Armee. Nach dem kleinen Rückfall, noch auf dem Boden liegend, steht er erneut auf, macht sich sauber und geht zurück zu dem runden Tisch. Herold, geht alle weiteren Möglichkeiten im Kopf durch.

»Ich sollte es einfach anpacken und versuchen, hier herauszukommen.«

Sagt Herold selbstverständlich. Er erinnert sich, dass der Marktplatz nicht allzu weit entfernt zu sein scheint. Dieses schätzt er von der gehörten Entfernung der Stadt Uhr. Die Glockenschläge, die sehr nah zu sein schienen, machten es ihm deutlich. Das Läuten der Glocke ist aber auch unverkennbar im ganzen Mittelreich. Sogar einzigartig in Avalon und viele tausend Finger weit zu hören.

»das heißt, ich muss mich in Garetekka befinden.«

Um auf Nummer sicher zu gehen, dass
er auch nicht falsch liegt, schaut sich
weiter in der Scheune um, nach Sachen
die ihm helfen könnten.

Zielstrebig geht er erst einmal rüber
an die Wand mit den Feldwerkzeugen.
Diese sehen aber so wie er es auch gedacht hat, sehr alt und zum Teil kaputt
aus.

»Es muss noch einen anderen Weg geben!«

Sagt er entschlossen mit geballter
Faust.

Trotz alledem, überlegt er ob ihm die
Werkzeuge vielleicht doch Herold ist
sich sehr Sicher, dass wenn er eines
dieser benutzen würde die Wahrschein-
lichkeit höher wäre, dass er diese
dadurch kaputt macht, oder schlimmer
noch, er sich selbst verletzt.

»Die Werkzeuge, kann ich dafür vergessen.«

Denkt er enttäuscht.

Von der Wand, geht er zum runden Tisch. Herold, rüttelt an diesem, aber der kleine Holztisch wackelt zu stark, wie er feststellen musste. Erst jetzt fällt ihm ein Holzfass auf welches unterhalb des zerbrochenen Fensters steht.

»Das könnte schon funktionieren!« Denkt sich Herold, und geht zu dem Fass rüber um dieses zu begutachtet.

»Sieht zu stabil aus.« Denkt er nach.

Probeweise klettert er vorsichtig auf das Fass, Herold wippt etwas darauf herum. Das Fass hält ihn mit seinem Körpergewicht aus. Gerade als er oben auf dem Fass steht und darauf rum wippt, hört man von draußen wie immer mehr Menschen die Straßen entlang laufen. Diese ziehen Richtung Marktplatz. Herold der noch auf dem Fass steht, schaut von dort aus, aus einem der Fenster in Richtung Straße. Er sieht das alle Händler sich nach und nach durch die Straßen zwängen.

Jeder will den besten Platz haben. Er hört von seinem Standpunkt aus, wie sich zwei Händler um den Vorrang streiten. Der eine, will den anderen, in den schmalen Straßen nicht vorbei lassen. Er kann beobachten, wie von weiter hinten immer mehr ungeduldige Händler die Straße hinauf kommen. Doch die beiden Händler, blockieren den Weg. Aus normalem Sprechen, entsteht nach und nach ein kleiner Streit.

»Jetzt ist aber mal gut hier! Verpisst euch vor meinem Haus und verzieht euch!«

Kommt von einer Stimme, neben der Scheune.

Er hält die Luft an. Herold vermutet, dass es ist dieselbe Stimme ist, die vorhin geschrien hatte und an der Holzwand entlang lief . Einer der Händler sagt.

»Es tut mir ja auch leid, aber dieser Gauner will mich einfach nicht durchlassen.«

der unhöfliche mischt sich mit ein.

»verpiss du dich Zwerg!«

»Und was heißt hier Gauner? Wer ist hier der Gauner?«

fügt dieser hinzu.

»Ja Gauner! Wir wissen alle wie du deine Waren verkaufst!«

sagt wieder der andere.

»Ich glaub es geht los! Ihr sollt euch vermissen!«

antwortet der Zwerg.

Kurze Stille kehrt ein. Herold hört wie die beiden Streithähne wieder lauter werden. Herold beschließt aber sich auf Grund seiner misslichen Lage erstmal gedeckt zu halten. Die kleine Auseinandersetzung, wird von Minute zu Minute schlimmer. Jetzt Mischen sich auch noch andere Händler ein. Gerade als es anfängt zu eskalieren, kommt ein fremder Mann den Streithähnen dazwischen. Dieser schlichtet den kleinen Disput und kann auch den Zwerg beruhigen. Nach und nach Löst sich der Streit auf.

»Und jetzt verschwindet von hier,
Aber zackig!«

Doch der Zwerg muss dennoch das
Schlusswort haben.

Der Mann, der den Streit geschlichtet
hat, sieht nicht aus wie ein Händler.
Denkt sich Herold. Er ist Adelig gekleidet und spricht sehr vornehm, trägt ein
Lilafarbendes Gewand und einen Purpur-
farbenden Umhang. Er scheint nicht aus
der Stadt zu kommen, vermutet er. Nach
dem Streit und nachdem die Händler gegangen sind, fängt der Adelige Mann an,
mit einem breiten Grinsen, in Herolds
Richtung zu schauen. Herold duckt sich,
um nicht gesehen zu werden. Nach wenigen
Sekunden, stellt er sich aber wieder hin
und schaut erneut durch das Fenster.
Doch der Mann ist weg und auch sonst ist
niemand mehr zu sehen oder zu hören.

Der Weg durch die Stadt!

*K*urz zuvor am Stadtrand von Garetekka, in der Scheune. Dort hat Herold
Mittlerweile seine Ausrüstung wieder angelegt. Diese besteht aus seinem Kurz-
schwert, einem Kettenhemd, die Leinenkleidung auch ein Tuchbeutel mit einem
Silberstück und seiner Rüstung, aus ge-
schmiedetem Stahl. Er sucht noch immer
eine Möglichkeit, um aus der Scheune zu
kommen. Aber bevor er über das Fass, ir-
gendwelche waghalsigen versuche startet,
möchte er versuchen mit seinem Schwert
das Tor aufzuhebeln. Als er davor steht,
versucht er das große Tor von innen auf
zu drücken. Es knackt und bricht einmal
kurz etwas vom Holz ab als der das
Schwert zur Hilfe nimmt. Herold versucht
es danach aufzuziehen, indem er es fest

mit einer Hand an den Metallischen Griff
packt. Aber er hat keine Chance wie sehr
er es auch versucht. Von außen ist es
mit einem Querbalken verschlossen worden. Diesen Balken bekommt er auch mit
seinem Schwert nicht bewegt. Herold versucht den Balken mit dem Schwert, aus
seiner Halterung zu hebeln. Der Querbalken ist aber so schwer und von außen
verriegelt, dass er sich fast überan-
strengt. Er rüttelt, drückt und schiebt,
aber nichts passiert. Herold stellt be-
dauerlicher weise fest, dass ein öffnen
von innen, ohne fremde Hilfe von außen
somit unmöglich ist. Noch immer will er
ungern versuchen über das Fass nach
draußen zu gelangen. Herold fasst einen
Entschluss, er holt einmal tief Luft und
schreit so laut er kann nach Hilfe. Auch
wenn dies gegen seine Prinzipien ver-
stößt. Er hofft so, dass jemand von außen Hilft und ihn aus seiner misslichen
Lage befreit. Er Lauscht kurz ob er etwas hören kann. Allerdings passiert rein

gar nichts. Es ist als wäre die Zeit
stehen geblieben. Keine Vögel, keine
Menschen, keine Schritte oder Stimmen.
Aus dem Haus neben der Scheune, kommt in
diesem Augenblick der Grimmige Zwerg aus
seinem Haus. Er geht von seinem Haus an
der Scheune vorbei. Das kann Herold hören weil die Schweren Schritte an der
Wand vorbeilaufen. Herold verfolgt die
Schritte, die unter dem Holz durchschei-
nen. Er Schreit wieder nach Hilfe, haut
mit beiden Händen gegen die Holzwand,
aber nichts passiert. Der Zwerg scheint
nicht das geringste mitzubekommen. Zielstrebig geht dieser vor seiner Scheune
in Richtung Brunnen. Der Zwerg, prüft
noch einmal in aller Ruhe den Wasser-
stand des Brunnens, genießt das piepsen
und zwitschern der Vögel, aber auch
seine Ruhe vor anderen. Er wirft einen
Blick in das dunkle Loch des Brunnens.
Kurz darauf lehnt er sich wieder zurück
und lässt den kleinen Holzeimer, der an
einem Seil befestigt ist in den Brunnen

hinab. Dann zieht er den vollen Eimer wieder nach oben welcher voll mit klarem Brunnenwasser ist. Er löst das Seil vom Eimer und geht mit diesem zurück zu seinem Haus. Dort angekommen bewässert er in aller Seelenruhe sein kleines Karottenfeld. Herold kann ihn durch ein kleines Loch in der Holzwand beobachten und ruft ihn immer wieder. Doch der Zwerg Ignoriert ihn. Nach getaner Arbeit stellt er den Eimer neben seine Eingangstür und verschwindet wieder in seinem Haus. Herold der wie verrückt immer wieder und wieder nach Hilfe gerufen hat, sieht ein das auch nach dem zehnten Mal rufen, keine Reaktion von dem Zwerg ausgeht. Herold steigt wieder auf das Fass und schaut zur Straße. Auf dem Holzfass stehend, hüpft er leicht auf diesem herum um die Stabilität nochmal zu testen. Er schaut durch das Fenster, um sich einen weiteren Überblick zu verschaffen. Auch um zu schauen ob er eventuell wen beobachten kann. Entdecken

konnte er niemand aber dafür konnte er
sich einen Geographischen Überblick verschaffen. Er blickt auf den äußeren
Stadtrand von Garetekka. Erst jetzt ohne
Schreiende Händler, durchsucht er die
Umgebung nach Anhaltspunkten. Die Häuser, stehen hier in diesem Stadtteil
sehr eng bei einander. In der Ferne kann
Herold die Turmuhr und auch die Innen-
burg sehen, die auf einer Erhöhung
steht. Herold weiß jetzt, in welche
Richtung er gehen muss. Die Turmuhr befindet sich direkt am Marktplatz weiß
er. Jetzt muss er nur noch hier rauskommen. Herold macht mit seinem Schwert,
das übrige Glas weg und zieht sich mit
aller Kraft hoch. Mit samt seiner schweren Rüstung versucht er durch das
schmale Fenster zu kommen. Doch die Rüstung ist zu Breit und das Fenster zu
Schmal. Ihm bleibt nicht viel mehr übrig
als seine Rüstung abzulegen und diese
vor dem Durchklettern aus dem Fenster zu
werfen. Noch auf dem Fass stehend, zieht

Herold sie nach und nach aus, und wirft die komplette Ausrüstung heraus, samt dem Schwert. Das alles kostet extrem viel Zeit, aber was anderes bleibt Herold nicht übrig. Herold hört wie ein Teil nach dem anderen auf dem Staubigen Boden aufkommt. Doch dann hört er nichts mehr. Gerade noch die Metallrüstung herausgeworfen aber kein typisches Blechernes Geräusch vom Aufprall. Auf Zehenspitzen schaut er durch das Fenster, aber niemand ist zu sehen. Unbeirrt macht er weiter, doch dies Wiederholt sich bei jedem Teil welches er aus dem Fenster wirft. Zwar Verwundert aber unbeeindruckt macht Herold trotzdem weiter als wäre nichts gewesen ohne sich ablenken zu lassen. Gerade in dem Moment als er selbst auch durch das Fenster steigen will schlägt die Turmuhr ein weiteres Mal. Er Weiß das dies bedeutet das Ihm ab jetzt keine halbe Stunde mehr bleibt. Er nimmt all seine Kraft zusammen und stemmt sich hoch mit anfangs ein paar kleinen Schwierigkeiten zwängt er sich selbst durch das schmale kleine Fenster. Und lässt sich herunter, hängen. Ein kurzer Prüfender Blick in Richtung Boden und er lässt los. Endlich steht er nun vor der Scheune an der äußeren Holzwand am Stadtrand von Garetekka. Durch seine Aufmerksamkeit weiß er jetzt wenigstens in welche Richtung er gehen muss. Er legt so schnell er kann seine gesamte Ausrüstung wieder an und steckt den Befehl in seinen Tuchbeutel. Herold weiß er muss sich schnell auf den Weg machen. Er hat schon viel zu viel Zeit verloren. Er muss sich schnell beeilen und das in Richtung Markplatz und Turmuhr. Ein letztes Mal schaut Herold über den Boden das er auch nix vergessen hat und läuft von der Holzwand in Richtung Straße. Da wo vor wenigen Minuten noch die Händler ihren kleinen Disput hatten. Dort angekommen überblickt er einmal schnell seine Lage. Er hört einige Leute in Ihren Häusern und den Gassen. Auch die

Vögel die auf den Giebeln sitzen und von dort Oben die Menschen beobachten. Ohne weitere Zeit zu verlieren macht Herold sich auf den Weg durch die engen Gassen der Stadt. Auf dem Weg in Richtung Marktplatz kommt er an vielen Bürgern und Häusern vorbei. Einer der Stadtbewohner schien es sogar noch eiliger zu haben! Als Herold gerade Fahrt aufgenommen hat und los rannte Wurde sein schneller Sprint kurzfristig abrupt gestoppt. Aus einer kleinen Seitengasse wurde er noch im Sprint von einem Mann umgerannt. Der Mann der aus der engen Gasse gestürmt kam traf Herold mit seinem Kompletten Körpergewicht. So stark das dieser sein Gleichgewicht verlor und zu Boden ging. Noch kurzfristig Verwirrt und Überrascht von diesem schnellen Stopp blickte Herold hinter her. Der Mann der mit einem Lila Mantel gekleidet unterwegs ist hatte es nicht einmal Nötig sich kurz um zu drehen und sich zu entschuldigen. Und so schnell wie der

Mann aufgetaucht ist, so schnell verschwand er auch in der gegenüberliegenden Gasse. So schnell das Herold noch nicht einmal ein Wort heraus bekam. Hätte Herold noch genug Zeit hätte er den Rüpel zur Rede gestellt und wäre Ihm gefolgt. Zwar etwas verärgert von dem Benehmen mancher Bürger aber unbeirrt Steht Herold auf und rennt weiter in Richtung Marktplatz. Er ist trotz seines schnellen Fußmarsches fasziniert von dem ganzen treiben in der Stadt. Aus dieser Sicht hat er Garetekka noch nie betrachtet. Ein Bürger nach dem anderem baut an seinem Haus. Ein Stadtbewohner an dem er vorbei kommt deckt gerade sein Dach neu. Und wieder ein anderer an dem er vorbei kommt bemerkt Herold zwar nicht aber er Repariert gerade fleißig ein anderes Haus. Eine Frau bemerkt Herold vorbei Rennen als sie gerade dabei ist ihre Wäsche vom Fenster aus auf eine Leine zu hängen. Auf halben Wege zum Marktplatz kommt er an einem Bordell vorbei. An

diesem vorbei gekommen, hört er schon am
frühen Morgen eindeutige Geräusche einer
jungen Dirne. Sie geht wohl gerade ihren
Geschäften nach. Hätte er doch nur noch
etwas Zeit. Denkt erst sich leise. Aber
Herold weiß, dass die Zeit langsam knapp
wird. Er zieht weiter die Straße hinauf.
Endlich am Marktplatz angekommen, schaut
er sich um. Der ganze Markt ist voll von
Menschen und Ständen es ist ein riesen
Gedränge. Überall wird gefeilscht und
gehandelt und alle reden durcheinander.
Man kann kaum sein eigenes Wort verstehen. Auf dem Marktplatz stehen auch einige Priester und Heilige, Sie Predigen
den Leuten zu und versuchen so ihren
Glauben zu vermitteln. Auch ein Magier
befindet sich auf dem Marktplatz und be-
lustigt mit kleinen Zaubern einige Menschen und Kinder die gespannt zusehen.
Musiker Spielen auf den Nebenstraßen und
Singen dabei. Herold drängt sich durch
die vielen Menschen bis zur Mitte des
Platzes durch. Dort angekommen, steht

das Schafott. wenn man es nicht besser wüsste, auch eine Bühne seihen könnte. Eine aus Holz erbaute Erhöhung, die auch von weiter aus gut gesehen werden kann. Das Schafott mit einem großem Holzklotz befindet sich genau in der Mitte des Platzes. Davor stehen einige Bewohner und Lesen Flugblätter. Einer dieser Zettel ist an einen Balken des Schafotts genagelt worden. Am Schafott angekommen, liest er sich den Zettel durch!

»Heute zum zwölften Glockenschlag, Hinrichtung wie geplant!«

In großer Überschrift.

Er liest weiter.

»An die Bürger der Stadt, wer an dieser Veranstaltung teilnehmen möchten, sollte bitte folgendes beachten!

Decken sie sich rechtzeitig mit ausreichend fauligen Obst, Gemüse oder Eiern ein! Und bitte warten sie mit dem Bewerfen, bis dem Schuldigen seine Taten komplett aufgezählt wurden, um den

Scharfrichter nicht bei seiner Arbeit zu behindern.«

Als er gerade weiter gehen will, hält ihn eine Blinde frau am Arm fest. Sie sagt zu Herold

»Hütet euch vor Lila und Grün! Dies vermag nichts Gutes! Einhundertzwölf, Krieg, Tod und Verderben. Barekastria ist es nicht!«

die leeren weißen Augen der Frau, schauen ihn mit einem kalten leeren Blick an.

Herold erschreckt sich fast zu Tode als Sie ihn festhält. Er könnte diese kaum beschreiben, wenn er müsste. Ein Verschlissener grauer Mantel, lange verfilzte Haare, Obendrein noch ein Gesicht mit tiefen Augenhöhlen, schiefe schwarzgelbliche Zähne und ein Fauliger Atem.

Gerade als Herold sich los reißen will, bekommt er ein Unheimliches Pfeifen und Piepen auf den Ohren. So sehr, dass er seinen Arme von ihr weg zieht und sich die Hände schützend auf die

Ohren hält. Es dauert für Herold eine gefühlte Ewigkeit! Er will nur das es Aufhört. Er schließt dabei seine Augen, eine kurze Zeit. Nur einen Moment später, ist alles still. Als er seine Augen wieder öffnet, ist die Frau ist verschwunden. Er kann alle Bewohner sehen, als wäre nie etwas Passiert. Nur hören tut er nichts mehr, ganz so als wäre er Taub. Verwirrt schaut er durch die Menge, Herold kann beobachten wie die Menschen weiter Handeln und sich Unterhalten ganz so als wäre nichts passiert. Doch die Lage verändert sich in dem Moment, als die Zeit scheinbar langsamer verläuft. Immer langsamer Bewegt sich alles um ihn herum. Herold schaut in den Himmel aber selbst die Vögel in der Luft stehen nun bewegungslos dort oben am Himmel. Herold geht durch die Menschenmasse, diese steht still. Er schaut sogar bei einem in die Augen doch nichts rührt sich. Erst nach wenigen Minuten, fängt alles um ihn herum an sich wieder

zu bewegen, erst ganz langsam bis zu dem
Punkt an dem alles wieder normal verläuft. Als alles wieder in der Normalen
Bewegungsgeschwindigkeit ist und selbst
die Vögel wieder über die Dächer fliegen, kommt sein gehör zurück. Dann gibt
es einen Tiefen dumpfen unfassbar lauten
Knall. Herold zuckt vor schreck zusammen! Er kann kaum Glauben was da gerade
Passiert ist. Die Menschen auf dem
Marktplatz scheinen von all dem nichts
mitbekommen zu haben. Verwirrt und zugleich verwundert, schaut Herold auf die
Turmuhr am Markt. Er stellt fest, dass
sie 7:30 Uhr anzeigt.

»Hä? Wie jetzt? Wir hatten es doch….«
fängt er an zu sich selbst zu reden.

Herold erinnert sich, dass er zum
achten Glockenschlag beim König sein
soll. Herold versucht das alles hinter
sich zu lassen und keinen weiteren Gedanken mehr daran zu verlieren. Herold
drängt sich weiter durch die Menschenmassen und Händler in Richtung Burg. Von

seiner Position aus kann er bereits den Innenhof, die Burg und das Tor durch welches er gehen muss sehen. Auf halben Weg dorthin, überkommt ihm Plötzlich ein komisches Gefühl. Gänsehaut läuft Herold kalt den Rücken hinunter. Trotz allem und dem Zeitdruck, bleibt er kurz stehen. Herold dreht sich um. Schaut zurück in die Menschenmenge, welche bereits einige Schritte hinter ihm liegt. Er sieht er Tatsächlich etwas, ein Mann mittleren Alters wie er vermutet. Er ist sehr groß um die 200 Finger hoch und 40-50 Finger breit. Dieser trägt einen Lilafarbenden Mantel, mit einer Kapuze die sein Gesicht verdeckt. Sein Gewand ist ähnlich wie bei Mönchen könnte man sagen. Herold findet einfach nur noch, dass es ein komisches, unschönes Gefühl ist, wie er da steht und über alle Köpfe hinweg schaut direkt zu Herold schaut. Gerade in dem Moment als er darüber nachdenkt und den ersten Schritt auf die Person zugehen will, wird Herolds Weg und auch von einem Marktkarren versperrt. Gerade als dieser dann endlich vorbeigezogen ist, ist auch die seltsame Person verschwunden. Immer mehr und mehr verwirrt, verunsichert und Verängstigt von den Erlebnissen, will er einfach nur noch schnell in den Thronsaal und zum König. Er schaut wieder Mal zu der Turmuhr. Die Zeit drängt, denkt er doch die Uhr zeigt noch immer 7:30 Uhr an.

»Das kann nicht sein!«
murmelt er leise.

Herold dreht sich um, und rennt einfach nur noch den Hügel zum Tor hinauf. Währenddessen lässt er jede Sekunde noch einmal Revue passieren.

Ein König, und sein Volk!

Am Burgtor angekommen, blockieren zwei Wachen das Tor. Gerade als Herold passieren will, blockieren diese mit ihren gekreuzten Piken den Zugang.

»euer Name?«
fragt einer der Torwachen.
»Sir, Herold Schradock«
antwortet dieser.

Danach wundert er sich über sich selbst, dass die Antwort wie selbstverständlich kam.

»Ihr seid Sir, Herold Schradock? «
»Jawohl!«

Antwortet Herold auf die Frage.
»Na endlich, der König lässt schon nach euch Fragen!«

Antwort der andere Torposten ihm.
»Macht schnell, Er hat schon die vergangenen Tage mehrere, Hinrichtung befohlen!«
Herold schaut die Wach mit großen Augen an.

»und heute steht schon die vom Knaben an!«
Asrael der einige Schritte hinter den Wachen steht, ruft laut, mit beiden Händen vor dem Mund.

»Herold, los jetzt! Wir haben keine Zeit mehr«
»Ja, ich komme.«

ruft er rüber.
Eine Stimme brennt sich in den Kopf

»Zeit spielt keine Rolle!«
Sagt Sie, Herold schaut nach hinten über die Schultern, aber niemand ist zu sehen.

»darf ich passieren?«
fragt er die Wache am Tor ohne sich was anmerken zu lassen.

Beide Torwachen gehen mit ihren Piken wieder in Grundstellung und Salutieren ihm. Herold dankt ihnen und geht durch das Gemauerte Steintor mit Fallgitter. Im Innenhof bei Asrael angekommen, fragt dieser.

»Alles gut Herold? Du bist so blass!«
Herold schluckt nur und sagt.

»Ja, ja alles gut.«
sagt Herold mit gesenktem Kopf.

»Muss ich das jetzt verstehen?«
hinterfragt Asrael.

»egal, dann komm!«
sagt Asrael nach der Frage.

Herold und Asrael machen sich vom Innenhof, auf in Richtung Thronsaal. Die beiden gehen auf das Gebäude mit den Steinsäulen zu und dort angekommen ein paar Steinstufen hinauf. Da angekommen halten sie zwei Wachen Asrael und Herold auf ebenfalls auf. Die Wachen halten ihre großen Hellebarden über Kreuz und versperren so den Durchgang zum Thronsaal.

»Halt, Stopp! Kein Schritt weiter!«
sagt eine der Wachen mit Lauter und
ernster Stimme.

»Zutritt nur mit einer Genehmigung!«
Sagt er weiter.
Herold, der sich davon nicht beirren
lässt, holt das Pergament mit dem Befehl
aus seinem Tuchbeutel den er aus der
Scheune mitgenommen hat und gibt diesen
der Wache. Die Wache nimmt den Schrieb
von Herold entgegen und liest sich diesen durch. Dabei schaut sie immer wieder
kurz über den Rand von dem Pergament
hoch.

»Jetzt bitte den richtigen Befehl?«
spricht die Wache ernst.

»Richtiger Befehl?«
hinterfragt Herold unsicher.

Herold nimmt das Pergament der Wache
wieder entgegen, schaut drauf und kann
nicht glauben, was er sieht.
Herold hält jetzt einen Zettel in der
Hand, auf dem sich nur noch Striche befinden. Keine Unterschrift, kein Befehl,

nur Striche, die über das Pergament gezogen sind.

»Wie kann das sein?«
Fragt er sich verwundert, während er Asrael den Zettel übergibt.

Hastig durchwühlt Herold seinen kleinen Tuchbeutel auf der Suche nach einem
anderen Pergament. Zu seinem Entsetzen
findet er aber keines. Noch während Herold in dem kleinen braunen Tuchbeutel
sucht, zieht Asrael seinen Befehl hervor. Asrael öffnet seinen Befehl mit
Siegel und kann auch seinen Augen nicht
trauen. Auch auf diesem befinden sich
nur striche.

»Ich könnte Schwören, das war vorhin
noch ein Befehl mit dem Königlichen Siegel«

Die eine Wachen antwortet darauf.
»Tut mir leid Sires! So kann ich euch
nicht passieren lassen!«

in dem Moment läutet die Glocke der
Stadt ganze acht Mal.

Asrael antwortet der Wache daraufhin mit ernster aufgebrachter Stimmt!

»Ich bin Asrael Sturmfalke! Garetianischer Hofmagier und auf Befehl von König Sentur dem XV-Herrscher von Garetekka und Graf der Ländereien von Garetekkas mit Sir, Herold Schradock auf dessen Befehl hier!«

Noch bevor die Wache auf das ausgesprochene eingehen kann, kommt von hinten aus dem Thronsaal ein älterer Mann aus dem dunklen Gang ins Licht.

»Lasst sie passieren! Ich Bürge für die beiden.«

Sagt der Mann zu den Wachen.
Herold begutachtet den fremden sorgfältig. Er ist mittleren alters schmal von der Statur etwa 190 Finger hoch und Trägt ein Violettes Gewand. Er hat nur noch wenig Haare die schon leicht Gräulich sind und einen leeren Blick in den Augen. Nach dem der Mann, die beiden Wachen darauf hin angesprochen hat, ziehen

sie Ihre Hellebarden zurück und gehen
ihn Ihre gewohnte Ausgangsstellung.

»Bitte kommt! Die Zeit drängt.«
Spricht der Mann, Herold und Asrael zu.

Herold und auch Asrael gehen an den
beiden Wachen Vorbei und treten durch
den großen Eingang. Der Mann geht dabei
voraus. Herold und Asrael stehen nun mit
dem Fremden in einem Großen Vorraum des
Thronsaales. Links und rechts von ihnen
stehen halbhohe weiße Säulen die denen
vor dem Gebäude sehr ähneln. Auf diesen
stehen zwei brennende Feuerschalen. Und
dahinter hängen jeweils zwei Große Wand-
teppiche mit dem Garetianischen Königs-
symbol. Um in den Thronsaal zu gelangen
müssen sie durch ein weiteren Durchgang
wo wieder Wachen den König beschützen.
Von Ihrer Position aus können sie bereits den Thronsaal sehen. Sie werden
allerdings zuvor noch kurz von dem Mann
aufgehalten. »Der König ist heute nicht
besonders gut drauf. Macht keine falschen Bewegungen und fallt dem König auf

garkeinen Fall ins Wort!« Warnt er die
beiden vor. Nach dem der Mann die Warnung ausgesprochen hat, schaut er kurz
in die Gesichter von Herold und Asrael
fängt an zu grinsen und sagt zu Ihnen.
»Dann los!« Im Thronsaal erwartet bereits der König die drei schon. Vor ihm
Kniet ein Bauer aus der Stadt. Ohne ein
Wort auf seinem Thron sitzend schaut der
König Asrael, Herold und den Mann vor
ihnen an. Der Fremde antwortet dem König.

  »Wie Befohlen, melde ich mich mit
zwei euer Soldaten.« Der König nickt ihm
ab, und winkt ihn mit seiner Hand weg.

  Ohne ein weiteres Wort dreht er sich
um und geht in einen Gang links von
Ihnen. So schnell wie er aufgetaucht
ist, so schnell ist er auch wieder verschwunden. Kurz darauf hören die beiden
ein wimmern von dem Bauern.

  »Nein bitte nicht! So habt doch erbarmen!«

Der König schaut sofort zu dem Bauern
rüber.

Ohne ein Wort zeigt er einer Wache
was tun soll.

»Nein bitte nicht!«
fängt dieser an zu weinen.

Die Wache stellt sich hinter den Bauern und zieht sein Schwert.

»So habt doch erbarmen.«
fleht dieser nochmal.

Doch den König interessiert dies
herzlich wenig. Er rollt mit den Augen
und winkt mit seiner Hand ab. Die Wache
hinter dem Bauern ergreift sein Schwert
mit beiden Händen, von hinten durch-
sticht er den Bauern. Sein Schwert geht
glatt durch ihn durch. Ein röcheln kommt
von dem Bauern der nur noch Blut auf die
Marmorfliesen spuckt.

»na los, weiter!«
befiehlt dieser mit ganzer Kraft zieht
die Wache das Schwert nach oben.

Ein lautes reißen und knarzen hallt
durch die große Halle. Das Schwert

schneidet sich durch den gesamten Oberkörper des Bauern. Blutig, Zerteilt und
in zwei Hälften geschnitten fällt der
Körper zu Boden. Halbherzig und gelang-
weilt, applaudiert er kurz. Dann stemmt
er sich von seinem Thron hoch, klatscht
einmal in die Hände und sagt zu Asrael
und Herold.

»so wer hat Hunger?«
während er die beiden angrinst.

Diese schauen sich nur geschockt an,
nicken dem König zu und hoffen nicht die
nächsten zu sein. Die Wache bittet er in
der Zwischenzeit sauber zu machen.

»So dann kommt!«
sagt er zu den beiden und winkt sie zu
sich.

Während Asrael und Herold der bitte
des Königs nachkommen, schleift die Wache den Leblosen Körper an den Beinen
aus dem Saal. Der Körper des Bauern
zieht noch bis zum Ausgang eine Lange
rote Blutspur hinter sich her. Als der
König mit seinem Purpur Farbenden Umhang

vor geht, begutachtet Asrael den König. Dieser hat viele Falten gehabt und ist schon sehr alt. Einen langen, weißen Vollbart und eine Prunkvolle Krone mit sämtlichen Juwelen die in Gold gefasst sind.

»schön das ihr Pünktlich seid!« meint der König noch ohne die beiden anzuschauen.

Dieser führt sie in einen Nebenraum zu einer gedeckten Tafel an der sie essen. Währenddessen sagt er zu ihnen.

»ich muss mit euch sprechen! Es ist wichtig und entschuldigt bitte dieses kleine Missgeschick! Ich hasse Enttäuschungen!«

Erneut schauen Herold und Asrael sich an, noch immer ohne ein Ton zu sagen.

Asrael kommt in den Kopf, dass er so etwas niemals mitbekommen hatte. Während er darüber nachdenkt, wird ihm leicht übel. Auch weil vor ihm eine ganze Schweinshaxe liegt. Einen bissen bekommt er nicht runter. Der König ist kein netter Mensch aber so etwas hätte er niemals vergessen, ist er sich sicher.

Der König, ergreift das Wort.

»Einer meiner Botschafter sagte mir, dass Wehrholm vor genau sieben Tagen, von einer Ork Armee belagert wurde.

Ich habe einen Großteil meiner Armee dorthin entsannt.

Ja um Wehrholm zu Retten. Diese Stadt ist ausgenommen wichtig für Garetekka.

Sie ist und gehört zu einem der wichtigsten Haupthandelsrouten zwischen uns und den Nördlichen Ländern.«

Darauf nickt der König und meint zu Herold.

»Sprecht!«

dieser guckt.

»In Ordnung und wie können wir unsere Dienste leisten mein König«

fragt er diesen.

»Ich werdet euch ebenfalls dorthin begeben, um meine Truppen im Kampf zu unterstützen.

Nach der Belagerung, werdet ihr mir Bericht erstatten.«

Asrael nickt seinem König Wortlos zu. Und er bekommt bei jedem weiterem Wort, weichere Knie. Er hofft einfach nur, das Er und auch Herold nicht wie der Bauer endet. So ungern Herold das auch sagen möchte, sagt er selbstverständlich.

»Sehr gern mein König habt dank.« Der König freut sich darüber, und grinst ihn dabei an.

»Nun denn fahren wir fort!« nachdem sie gemeinsam gegessen haben und der König etwas mehr über seine wie er selbst sagt, Elite wissen wollte.

Danach steht der König auf, und bittet sie mitzukommen. In einem kleinen Nebenraum befindet sich ein Runder Tisch. Auf diesem ist die Karte von Avalon aufgezeichnet. Der König zeigt anhand der Karte zeigend mit seinem Finger sein Problem.

»Hier sind wir!«

Sagte er während er auf die Mitte der
Karte zeigt.

»von hier in Garetekka«
erzählt er weiter.

»nehmt ihr die Route Richtung Norden
vorbei an Nattzu, Barekastria und Shi-
rehain.«

Asrael und Herold hören gespannt zu.

»Das letzte kleine Dorf in dem ihr an-
kommt, ist Perz.«

Asrael schaut hoch!

»und dort warten unsere Truppen?«
möchte Asrael wissen.

»Nein! Perz liegt, wie ihr sehen könnt,
direkt vor den Toren von Wehrholm.«
beendet der König seinen Satz schaut
nach unten, schluckt einmal und fügt
hinzu.

»doch da wäre noch etwas! Etwas wichti-
ges! Es werden Kinder vermisst.

Viele Kinder, sowie junge Erwachsene.
Immer wieder kommen Boten und Bürger.

Sie wollen das ich das Problem löse.
Sie wollen Antworten die ich ihnen nicht
geben kann.
Ich brauche eure Hilfe.
Es werden zu viele bereits vermisst.
Nicht nur aus Garetekka, Nein auch
aus dem Umliegenden Regionen.
Hauptsächlich handelt es sich um Mäd-
chen.
Ich möchte das ihr Informationen ein-
holt.
Ich muss meinen Beratern rede und
Antwort stehen.
Ich kann nicht erneut alles schön re-
den und versuchen die Familien zu be-
sänftigen.
Wenn ein Kind vermisst wird, ist es
das Problem der Eltern.
Werden hunderte Kinder vermisst, wird
es zum Problem des Königs.«
Herold und Asrael fehlen die Worte, der
grimmige König hat doch eine sanfte
Seite? Fragen sie sich nur dabei an-
schauend.

»Eines noch!«

fügt er hinzu.

Asrael und Herold schauen zu ihm.

»Dieses Gespräch hat so in der Form nie statt gefunden!«

spricht König Sentur mit ernster Stimme.

Asrael und Herold nicken ihm zu und Antworten kurz und knapp.

»Ja mein König!«

»Gut, in Wehrholm endet dann euer Auftrag vorerst. Weitere Befehle werdet ihr dort von Hauptmann Gerst erhalten.«

»Wenn meine Botschafter recht haben, solltet ihr ohne weitere Probleme bis dorthin Reisen können.«

Asrael und Herold verfolgen die Finger des Königs weiter auf der Karte vor ihnen. Da die Karte sehr detailliert ist können die beiden den Weg sehr gut Überblicken. Der König teilt den beiden zusätzlich noch mit, dass er sie selbstverständlich genauso gut Ausrüsten wird, wie den Rest seiner Armee. Herold ist über die Aussage mehr als erfreut. So sehr dass er sogar den Bauern vergessen hat. Der König teilt Ihnen auch mit, dass sie sich auf seinen Befehl beim Stallmeister und Waffenschmied melden sollen.

»Mein Waffenschmied wird euch mit Ausrüstung und Waffen versorgen.

Und der Stallmeister wird euch Pferde zur Verfügung stellen.«

Herold ist erleichtert, da sich die angespannte Situation langsam etwas lockert.

Mit einem leichten Lächeln schaut er zu Asrael rüber. Beide schauen zum König und sagen.

»vielen Dank mein König, ihr seid zu Großzügig.«

König Sentur, bittet die beiden sich jetzt auf den Weg zu machen er habe noch zu tun.

Behauptet er mit einem Sarkastischen Unterton. Und wirft noch eine Aussage hinterher die beide nicht ganz verstanden haben.

»Ach und Herold, tut mir leid mit
deinem Knaben!«

Asrael und Herold verbeugten sich
noch einmal Höflich vor dem König und
verlassen verwirrt die Hallen. Zurück im
Thronsaal, Sehen beide die langgezogene
Blutspur die sich bis zum Ausgang zieht.
Eine seiner Bediensteten, Kniet auf dem
Boden und wischt mit einem Feuchten Lappen das Blut weg. Herold flüstert zu Asrael rüber.

»Ich spüre schon eine Wurf Axt in
meinem Rücken!«

Asrael muss grinsen
»Du auch? Ich dachte schon es geht nur
mir so.«

Am Ausgang des Gebäudes angekommen,
schauen die beiden sich im Innenhof um
und überlegen, wohin sie zuerst gehen.
Von Ihrer Position aus können sie durch
das Fallgitter der Mauer auf die Turmuhr
der Stadt sehen. Zwar sieht man nur die
Spitze mit dem großen Zifferblatt, aber
dies reicht Ihnen um zu sehen das es

mittlerweile 8:45 Uhr ist. Die beiden entschieden sich nach einer kurzen Absprache dafür erstmal zum Stallmeister zu gehen und Ihrer neuen Pferde abzuholen. Sie gehen die paar Steinstufen hinab und folgen dem Kiesweg rechts entlang zu den Ställen. Je näher die beiden den Ställen kommen, je lauter hören sie ein Winseln und Weinen. Herold und Asrael bleiben kurz stehen und Lauschen der Situation. Kurz darauf, hören sie eine tiefe Männerstimme, die aus dem Stall zu kommt.

»Du dämlicher Bengel!«
Sagt die Stimme. Beide lauschen weiter.

»zu nichts bist du zu gebrauchen! Ich sollte dir die Hände abhacken lassen, und den Schweinen zum Fraß vorwerfen. So erfüllen sie wenigstens einen Sinnvollen Zweck!«

Asrael und Herold sind alles andere als begeistert in Anbetracht der Aussage. Leise mit abrollender Sohle schleichen sie weiter auf die Ställe zu.

Nicht mehr weit von den Ställen entfernt, hören sie aus dem rechten Stall
hinter Holzbrettern, ein lauten klatschen und schreien.

»Du kleiner Bastart! Wie kannst du es
wagen!«

Darauf hin hört man ein Kind weinen.
Asrael und Herold überlegen nicht lange
und Rennen hinter den Sichtschutz. Dort
prügelt gerade ein Mann auf einen kleinen Jungen ein.

»Hey! Was ist hier los?«
Schreit Herold.

»kümmert euch um euren Mist!« antwortet der Mann ihm und schaut zu dem Blau
und Blutig geschlagenen Jungen rüber.

»von dir, will keinen Ton hören!«
Die beiden müssen mit Anschauen, wie der
kleine Junge weinend in der Ecke liegt
und sich dir Hände vor das Gesicht hält.

Asrael und auch Herold schauen ihn
mitleidig an. Der Stallmeister hat dir
Blicke der beiden mitbekommen und meint
darauf nur.

»was denn? Er hat selber schuld!« Asrael und Herold wissen beide nicht was
sie sagen sollen.

Doch bevor dies geschieht sagt der
Stallmeister!

»ich weiß wieso ihr hier seid! Aber
tut mir leid. Ich habe alle Pferde bis
auf eines in Wehrholm.«
er zeigt dabei auf ein alten Ackergaul
der in einer der Boxen steht.

»damit sollen wir die Königlichen
Truppen unterstützen?«
flüstert Herold zu Asrael rüber.

Dieser zuckt danach, nur zu ihm blickend mit den Schultern. Der Stallmeister dreht sich nochmal zu dem Jungen um
der immer noch schluchzend in der Ecke
sitzt und schreit ihn an.

»Jakob! Beweg die letzten Stunden
noch deinen Arsch und bring das Pferd!«

Asrael schaut nur zu Boden unwohl bei
der Sache.

Auch Herold ist alles andere als wohl
dabei. Am liebsten würde er das Pferd

selbst holen. In Begleitung einer Wache die hinter einer Wand im Stall stand kommt der kleine Junge mit dem Riesigen Ackergaul zu Herold und Asrael. Mit wimmern in der Stimme sagt er.

»hier Sires, euer Pferd!«
Wortlos nimmt der Stallmeister ihm die Zügel ab und übergibt sie Herold mit den Worten.

»Hier bitte sehr! Ich weiß nicht das beste aber als Transportmittel perfekt.«

Dankend nimmt Herold ihm die Zügel ab und blickt immer wieder zu der Wache rüber.

»komm Junge, es wird Zeit.«
sagt die Wache zu dem Jungen.

Diese nimmt ihn an den Schultern und beide gehen auch nur ohne ein Wort zu wechseln den Weg in Richtung Thronsaal und Tor.

»was ein nutzloser, dreckiger Bastard!«

nuschelt der Stallmeister vor sich hin.

»was ist los mit euch? Er ist noch
ein Kind!«
schreit Herold ihn wütend an.

»Er ist selber schuld«
versucht der Stallmeister sich zu erklären, mit etwas Reue in seiner Stimme.

»nun denn, hier ist euer Pferd. Den
Schmied falls ihr dort noch nicht wart
ist dort drüben.«

meint er darauf in der nächsten Sekunden als wäre nichts passiert und
zeigt auf die andere Seite des Hofes.

Daraufhin dreht sich der Stallmeister
um, verliert kein Wort mehr und geht
wieder in dem Stall zurück. Asrael und
Herold sind perplex und wissen nicht wie
sie mit der Situation umgehen sollen.
Mit dem Pferd im Schlepptau ziehen sie
dieses auf die andere Seite des Hofes in
Richtung Schmied. Noch immer wortkarg
schlendern sie zusammen den Schotterweg
entlang. Asrael geht die Situation von
gerade nicht aus dem Kopf. Seit heute
Morgen, ist alles irgendwie anders

findet er. Am Schmied angekommen, finden
sie einen Kräftig gebauten Schmied vor.
Dieser steht gerade an seinem Riesigen
Amboss und haut mit dem großen Hammer
immer wieder auf glühenden Stahl. Die
Funken fliegen bei jedem Schlag in alle
Richtungen. Herold wischt sich schon mit
der freien Hand den Schweiß von der
Stirn. Je näher sie kommen je heißer
wird die Umgebungstemperatur. An der
Schmiede selbst, bindet Herold das Pferd
an einen Pfeiler fest der vor dem Gebäude ist.

»Hallo!«
ruft Asrael laut.

Doch der Schmied ist so in seinem
Element das er kein Stück reagiert.

»Sir? Hallo?«
ruft Herold mit beiden Händen laut nur
wenige Meter von ihm weg.

Der Schmied schaut kurz hoch und ohne
etwas zu sagen, schmiedet er weiter.

»wir sollen und hier melden!«
Ruft Herold wieder laut.

»ich weiß!«
antwortet der Schmied ohne ihnen einen Blick zu würdigen.

»ich habe bereits alles vorbereitet!« ruft er rüber und zeigt kurz mit seinem Schweißgebadeten Muskelbepackten Oberarmen an die Wand der Schmiede.

Dort sehen die beiden zwei Haufen mit Ausrüstungsteilen liegen. Einer der Haufen scheint wohl für Herold zu sein wie er feststellt. Eine Komplette neue Ausrüstung liegt dort mit Glänzendem Brustpanzer, Kettenhemd und Garmaschen. Freudig geht Herold dort hin und begutachtet seine neue Ausrüstung. »Nicht die!« ruft der Schmied zu ihm rüber. Herold schaut auf den glänzenden Brustpanzer den er gerade in Händen hält. Mit enttäuschtem Blick schaut er zu dem Schmied rüber. Dieser grinst ihn mit seinem Schmiedehammer am Amboss an und zeigt ein paar Schritte neben den beiden Ausrüstungshaufen in eine dunkle Ecke.

»die da!«

sagt er dabei.

Herold schaut in die Ecke und ist etwas unbeeindruckt von dem was er sehen kann. Asrael lacht und sagt zu Herold

»na hey, Glückwunsch!«
Herold findet es weniger lustig und antwortet.

»sehr witzig.«
dort liegt ein halb rostiges Schwert und beschlagene Stiefel.

»oh danke!«
antwortet er dem Schmied mit Sarkasmus in der Stimme.

»und wie sollen wir die Ausrüstung mit uns rumschleppen«
möchte er vom Schmied mit herablassender Stimme vom Schmied wissen.

»Moment!«
antwortet er und geht in den hinteren Bereich der Schmiede.

Asrael und Herold können hören, wie der Schmied hinter einer Wand, irgendetwas sucht und rumwühlt. Nach einer kurzen Zeit kommt er mit einer Großen Satteltasche wieder zurück.

»Das hier kann ich euch noch mitgeben!«

sagt er als er mit einer Großen Satteltasche zurück kommt.

Der Schmied wirft diese vor die Füße von Asrael und Herold und geht wieder zurück zu seinem Amboss.

»vielen Dank!«

sagt Herold zum Schmied mit den Gedanken wenigstens ein bisschen Sinnvolle Ausrüstung bekommen zu haben.

Herold hebt die große Satteltasche auf und geht damit zurück zum Pferd um die Satteltasche schon Mal, zu befestigen. Asrael bleibt hingegen weiter beim Schmied in der Scheune. Asrael schaut wie in Trance das Schmiedefeuer an. Und lässt es auf sich wirken während er an den Stallmeister, Jakob und den König denken muss. Ihm geht der Morgen einfach nicht aus dem Kopf. Auch die Gedanken an Zauber kommen ihm wieder in den Kopf

aber es ist so als hätte man sein Ge-
dächtnis gelöscht. Asrael überlegt etwas
beschließt aber dann für sich Herold
nicht zu fragen ob es nur ihm so geht.
Es brennt wie die Hölle von Bogor immer
weiter und in Gedanken versunken packt
ihn Herold von hinten auf die Schulter.
Erschrocken zuckt Asrael kurz zusammen.
Der Schmied haut bereits immer wieder in
regelmäßigen Abständen auf den glühenden
Stahl ein den er aus dem Schmiedefeuer
geholt hatte.

»Alles gut?«
möchte Herold von Asrael wissen.

Dieser Nickt ihm Wortlos zu.
»in der Satteltasche waren einige Sachen
drin die wir gut gebrauchen können.«

meint Herold darauf antwortend.
»in Ordnung!«

meint Asrael nur auf Herolds Aussage.
Asrael und Herold gehen in die Ecke und
nehmen die Ausrüstungsbündel die sie
vorher nicht wahrgenommen haben. Diese
sind zu kleinen Paketen

zusammengeschnürt. Ein kurzer Blick von Herold zum Schmied doch der nimmt ihn gar nicht mehr wahr. Herold geht zu dem einem Haufen, den er mit seiner Ausrüstung zuerst verwechselt hatte und schnappt sich das Schwert welches an der Wand lehnt. Nochmal ein kurzer prüfenden Blick, und er sagt zu Asrael

»komm wir gehen.«
Asrael bedankt sich noch beim Schmied, doch dieser reagiert nicht mehr auf ihn.

Der Schmied selbst ist wieder so in seinem Element, dass er nichts hören will und weiter den Heißen stahl bearbeitet. Herold ging während Asrael sich noch verabschieden wollte mit seinem neuen Schwert und dem Ausrüstungsbündel nach draußen zum Pferd und verstaut seine Sachen. Gerade als auch Asrael aus der Scheune kommt und zu Herold stößt, schlägt die Turmuhr zum zehnten Mal an diesem Tag.

»schon zehn Uhr?«
fragt Asrael Herold mit großen Augen.

»ja die Zeit rennt! Wir sollten runter in die Stadt.

Wir haben noch eine lange Reise vor uns!«

Antwortet er ihm.
Herold geht zu dem Pferd, bindet es los und nimmt es an den Zügeln.

»dann los!«
befielt er Asrael.

Dieser Verstaut gerade noch das was er vom Schmied bekommen hatte auf der Satteltasche und beide gehen samt dem Pferd den Schotterweg in Richtung Tor.
Auf halben Weg fragt Asrael, Herold.
»Hat das Pferd eigentlich einen Namen?«

Er schaut zu dem Pferd neben ihm und darauf zu Asrael.

»ähm ne ich glaube nicht!«
»wir sollten es Rupert nennen!«

lacht Herold
»Ja gut! Dann haben wir jetzt einen Namen!«

sagt er freudig beim Gehen in Richtung Tor.

Am Tor stehen immer noch die Wachen auf ihrem Posten wie sich aus der Entfernung erkennen lässt. Herold der auf dem Weg entlang geht schaut sich den Hof etwas an. Nicht viele Leute sind zu sehen die beiden Torwachen und vor der Eingangshalle des Thronsaales stehen zwei weitere. Ansonsten wird die Stille nur von den Vogelgezwitscher begleitet. Er schaut nach oben und kann kaum seinen Augen trauen als er sieht das die Vögel rückwärts statt vorwärts fliegen. Er ruft zu Asrael.

»hey du träume ich?«
Asrael schaut zu Herold rüber und bemerkt dass er stehen Löcher in die Luft starrt.

Asrael blickt auch nach oben.
»was meinst du?«

möchte er wissen.
Herold schaut zu Asrael bevor er wieder in den Himmel schaut.

»Na die Vögel!«
»hä? Was meinst du!«

doch oben am Horizont sind keine Vögel zu sehen.

Verwirrt von dem was er gedacht hat
zu sehen sagt er.

»ach nichts, schon gut.«
Asrael schüttelt nur mit dem Kopf,
nichts wissend was Herold gemeint hat.

Am Tor angekommen, Salutieren die
beiden Wachen, Asrael und Herold. Die
linke Wache meint darauf zu den beiden

»wo soll die Reise hingehen?«
»Nach Wehrholm!«

Antwortet Asrael.
Die rechte Wache schaut skeptisch drein.

»Wehrhom? Wehrholm, ist doch vor Jahren bereits gefallen.«

Beide schauen sich unglaubwürdig an.
»wie jetzt?«

fragt Herold die Wache.
»Das wird nicht Einfach für euch, ein
Sechstagesmarsch liegt vor euch.«

Asrael hinterfragt ebenfalls.
»was war jetzt mit Wehrholm?«

Die linke Wache antwortet aber stattdessen.

»ach nichts, er übertreibt nur etwas!«

»wir haben gehört, das Wehrholm bereits
von den Orks umstellt wurde und Gefallen
ist!«

sagt die rechte Wache dazu. Herold
schluckt einmal.

»klingt nach einem Himmelfahrtskom-
mando.«

Sagt Asrael niedergeschlagen. Die
beiden Wachen lachen lauthals.

»ja aber unser König hat sich bestimmt etwas dabei gedacht.«

meint eine der Wachen.

»Ja das stimmt! Aber woher wisst ihr?«

hinterfragt Herold die beiden Wachen.

»Man erfährt hier recht schnell Neuigkeiten wisst ihr!«

Herold empfindet seine Aussage als
Glaubwürdig und fragt deshalb auch nicht
weiter nach.

Er bedankt sich trotzdem bei den beiden Wachen. Die linke Wache antwortet ihm aber.

»Ihr solltet euch gut mit Proviant eindecken! Die Reise dorthin ist Gefährlich. In den Wäldern, soll es von Orks wimmeln.«

»wie viele Orks?!« möchte Asrael wissen.

»wenn ich euch dass sagen könnte, ich selbst bin nur knapp Ledon entkommen.«

»Ihr wart dort?« hinterfragt Asrael.

Asrael schluckt. »Dazu kommt noch, wenn ihr es tatsächlich bis an die Tore von Wehrholm schafft müsst ihr immer noch ungesehen dort rein, kommen.«

Asrael schaut leicht verunsichert zu Herold der sich bereits die Hände vor Freude reibt.

»wieso freust du dich so?« möchte Asrael wissen.

»naja dann erleben wir ein richtiges Abenteuer!«

Asrael bemerkt das die beiden Wachen dies alles andere als gut fanden.

»fast alle aus meiner Einheit sind gestorben! Ich bin nur knapp entkommen. Geht auf euer Abenteuer.«

Herold hat jetzt auch bemerkt dass seine Aussage nicht die beste war. Er entschuldigt sich noch für sein Fehlverhalten und verabschiedet sich von ihnen. Leicht geknickt gehen Herold, Asrael und Rupert den Hügel von der Burg hinunter in die Stadt auf dem Weg dorthin Versucht Herold von der Peinlichen Situation abzulenken.

»Es ist ein Sechstages Marsch dort hin! Ich meine es nur gut. Aber wir sollten Uns vorher eindecken.«

Asrael der auf die Aussage eingeht stimmt ihm zu.

»wir gehen vorher zum Markt und besorgen uns ausreichend Lebensmittel, Wasser und was wir sonst noch brauchen.«

Weiter den Hügel abwärts überlegen sie sich schon mal jeder für sich, was wer braucht um sich vorab mit neuen Vorräten einzudecken.

Schon fast am Marktplatz angekommen dreht sich Herold, noch einmal zu den Wachen oben am Tor um.

»wo sind sie hin?«
fragt er Laut.

Auch Asrael dreht sich um und wundert sich ebenfalls, aber die Torwachen sind nicht mehr auf ihrem Platz. Auch das Tor ist Verschlossen.

»Das kann dich nicht sein!«
meint Asrael darauf.

Kein Soldat ist weit und breit zu sehen. Dort wo gerade eben noch die Torwachen standen ist keine Spur mehr von diesen zu sehen. Verwirrt und mit Kopf schütteln, gehen sie das letzte Stück in Richtung Marktplatz den Hügel hinunter.

Henker ohne Reue!

*H*erold der gerade eben noch nach dem

Soldaten gesucht hat fasst sich an den Kopf während er noch immer Rupert hinter sich her zieht. Asrael läuft mittlerweile neben Herold und unterhält sich mit diesem.

»Hmm!«

stutzt Asrael!

»Weck! Einfach weck!«

   sagt er zu Herold.

Dieser hingegen könnte auch nicht mehr dazu sagen. Aber Herold zuckt nur noch mit den Schultern. In Anbetracht der kläglichen stumpfen Aussage von Asrael. Herold, Rupert und Asrael, gehen gerade die letzten Schritte auf den Marktplatz zu. Auf dem Marktplatz angekommen, ist noch immer reges Treiben wie Herold bemerkt. Asrael fragt ihn.

»ist hier immer so viel los?«
Herold schaut rüber und meint zu ihm.

»Ja so weit ich mich erinnere schon.«
Mit einem kläglichen

»na gut, dann ist das so.«
will Asrael die Aussage so stehen lassen.

Beide stehen nun am Eingang zum Marktplatz und schauen sich um. Händler, streiten sich um die besten Kunden und der Markt ist voll mit den Unterschied-lichsten Waren und Produkten. Neben dem Stadtbrunnen steht links davon das Schafott. Herold überkommt wieder ein komi-sches Gefühl, gerade als er auf das Schafott schaut, geht ihm wieder die Si-tuation von heute morgen durch den Kopf.

»komm Mal mit Bitte, ich wollte was schauen!«
sagt Herold zu Asrael.

»in Ordnung kein Problem.«
Herold zieht Rupert durch das Gedränge an den Zügeln hinterher.

Asrael folgt den Beiden auf dem dichten Marktplatz. Geradewegs geht Herold auf das Schafott zu, dort will er noch einmal schauen, was auf dem Flugblatt steht. Doch dazu kommt Herold nicht, denn Asrael zieht Herold am Ärmel seines Oberteiles. Mit verunsichertem Blick zeigt Asrael mit dem Kopf und den Augen auf das Schafott direkt vor ihnen. Herold hat ihn gar nicht bemerkt als er darauf zu ging. Aber der Henker steht dort oben und Schleift seine Axt. Ganz so als wäre es ganz Normal, dabei schaut er immer wieder in die Menschenmenge und beobachtet die Neugierigen, verbeilaufenden und Gaffer. Als die beiden immer näher an ihn ran kommen, folgt der Henker ihnen mit seinem Blick durch seine Schwarze Kapuze.

»es ist ein schauriges Gefühl! Den Henker mit seiner Axt und der Schwarzen Maske zu sehen, die sein Gesicht verdeckt.«

denkt sich Herold als er ihn Anschaut.

Aber unbeeindruckt schleift der Henker die Axt immer weiter. Asrael versucht sich nichts anzumerken, und ohne
ein Ton zu sagen schaut er sich auf dem
Marktplatz genauer um, so versucht er
den Blicken des Henkers auszuweichen. Er
hofft sich so vielleicht etwas ablenken
zu können. Doch diese Ablenkung ist nur
von kurzer Dauer als Herold auf einmal
eine junge Frau in Ferne entdeckt die am
Rande der Menschenmenge ist. Er sieht
Sie Kniend, weinend und zusammengebro-
chen auf dem Steinen hocken. Herold sie
das Sie bitterlich am Weinen ist und hat
die Hände vor Ihrem Gesicht. Herold haut
Asrael auf den Oberarm und sagt zu ihm.

»los komm, da drüben!«
Auf Herolds bitte, folgt ihm Asrael ohne
zu zögern.

Zusammen mit Pferd, sind sie in wenigen Augenblicken bei der Frau

angekommen. Herold übergibt Asrael die
Zügel und hockt sich runter zu ihr.

»hallo! können wir ihnen helfen?«
Fragt er vorsichtig.

»nein das könnt ihr nicht.«
Antwortet die Frau unter Tränen.

»was ist denn passiert?«
möchte Herold wissen.

»nicht so wichtig!«
antwortet sie und schluchzt einmal tief.

»wie heißt ihr?«
möchte Asrael von ihr wissen.

»ich heiße Lydia«
antwortet sie ihm.

»und was ist genau passiert?«
»unser Sohn wird gleich hingerichtet!«
sagt sie und bekommt kaum noch ein Ton
vor weinen raus.

»wieso das?«
fragen Asrael genau wie Herold ganz entsetzt.

»ach tu doch nicht so du Mistkerl.«
beide verstehen den ganzen Morgen nicht.

Asraels Mitgefühl lässt ihn aber auch eine Träne verlieren.

»was hat er getan?«
fragt er mit sanfter stimme.

»er hat Äpfel aus dem Königsgarten geklaut«

Herold kann kaum glauben was er hört.
»er hat was?«

fragt er nach.
»Äpfel?«

möchte auch Asrael wissen.
»viel mehr einen Apfel!«

antwortet sie kaum verstehend. »das ist doch kein Grund?« meint Asrael vollkommen baff nach ihrer Aussage.

»wie viel Zeit bleibt uns noch?« hinterfragt Herold völlig außer sich.

»zu wenig Herold!«
gerade als sie den Satz beendet hatte schlägt die Uhr.

Herold schaut zur Uhr
»wie ist das…«

auch Asrael versteht nichts mehr.
Beide schauen sich vollkommen Ratlos an.

Um das Schafott steht bereits der ganze
Marktplatz. Kein Händler geht in dieser
Sekunden seinen Geschäften nach. Es ertönen Trompeten und Herold sowie Asrael
schauen zur Frau. Doch dort ist niemand
mehr.

»was ist hier los!«
hinterfragt Asrael.

»ich weiß es nicht.«
antwortet Herold zum dritten Glockenschlag.

»ja tötet ihn!«
lässt sich aus der Menge heraus hören.

Herold springt hoch und rennt ohne
nachzudenken durch die ganzen Leute zu
Schafott. Dort die Treppe hinauf geht
gerade in diesem Moment Jakob.

»Er ist ihr Sohn?«
sagt Asrael laut zu Herold!

»oh bei Sadura!«
sagt er nicht glaubend was er gerade
sieht.

Der Henker steht oben bereits stolz
auf seinem Schafott und schaut durch die

Menge bis sein Blick bei Herold und Asrael stehen bleibt. Es ist ein unheimliches Gefühl. Als würde er die beiden
durch seine Schwarze Maske durch ausla-
chen. Jakob wird in Begleitung der Wache
aus dem Stall und einem Richter auf das
Schafott begleitet und vor den Hackklotz
gestellt. Pünktlich zum letzten Glockenschlag um 12 Uhr ist alles still und der
Richter verliest die Anklage.
»Jakob Tell, du wurdest am gestrigen
Tage in den frühen Morgenstunden bei dem
Diebstahl auf frischer Tat ertappt.«

Laute Buhrufe kommen aus der Menge
und eine Tomate trifft Jakob am Kopf.

»bitte meine Sires und Ladys! Warten
sie bitte bis danach!«

Schreit der Richter durch die Menge.
»Du wurdest von dem hier anwesenden Sir
Herold Schradock, beim König gemeldet.«

Asrael schaut zu ihm Rüber vollkommen
fassungslos.

»ist das wahr?«
fragt dieser!

»nein! Ich weiß nicht… das kann nicht sein!«

sagt dieser mit Schuldgefühlen in der Stimme.

Dabei rauft sich dieser vollkommen aufgelöst die Haare nachdem er seinen Helm auf den Boden geworfen hat.

»Gestehst du dieses Verbrechen?« fragt der Richter, Jakob.

»aber ich hab…«
will sich Jakob unter Tränen erklären.

»Gestehst du, das du einen Apfel geklaut hast?«

Asrael kann Herold nicht verstehen. Dieser schaut ihn an mit Tränen in den Augen.

»ich weiß es nicht, ich kann mich nicht erinnern!«

sagt dieser.

Erst jetzt gibt Asrael nach und versteht ihn. Sein Gesichtsausdruck wird wieder Normal und er sagt zu Herold.

»es ist bei mir ähnlich, auch ich kann mich nicht erinnern!«

in der Zwischenzeit hat Jakob gerade geantwortet.

»Ja aber ich…«
will er wieder sagen und zu Ende sprechen.

Aber der Richter lässt ihn nicht Ausreden.

»Somit bis du schuldig!«
Antwortet der Richter, ohne ihn aussprechen zu lassen.

Der Richter spricht weiter.
»Somit wirst du dem Diebstahl, Verrat, Verleumdung, Unterstellung, Falschaussage und der Missachtung von Königseigentum für Schuldig befunden.«

Jakob fängt noch mehr an zu weinen und kann nicht glauben das sein Leben sogleich vorbei sein soll.

Herold hat Schuldgefühle und es zerreißt ihm fast das Herz, als er dies mitanschauen muss. Die Wache hinter Jakob drückt ihn runter auf den großen Hackklotz. Seine Hände werden unterhalb des Klotzes in kurze Ketten gelegt. Der

Scharfrichter tritt einen Schritt zurück
und holt zum Schlag aus. Der Richter
fragt.

»noch ein paar letzte Worte?«
doch es kommt nur ein wimmern und er bekommt gerade noch.

»Papa...«
raus.

»möge Ledon, deiner kleinen Seele
gnädig sein.«
Die Axt will gerade runter schwingen.
Doch erneut schlägt die Turmuhr.

Asrael und Herold blicken nach Oben.
Erneut schlägt sie den ersten Schlag der
zwölften Stunde.

»wie ist das möglich?«
der erste Gong ist vergangen und ein
kalter Schauer zieht beiden über den
Körper.

Der Henker blickt zu Asrael und Herold runter und sein Blick durchbohrt
die Beiden. Und mit einem Mal steht wieder alles still. Asrael schaut sich um.
Zuerst war ihm gar nicht klar was um ihn

Herum passiert. Erst als er Herold ansprechen will bemerkt er, dass dieser
wie versteinert ist.

»Herold?«
fragt er vorsichtig aber dieser reagiert
nicht.

»was ist das für ein Mächtiger Zauber?«
denkt er sich als er bemerkt, dass
nicht nur Herold, sondern die gesamte
Umgebung Still steht.

Die brennenden Fackeln von dem Jong-
leur am Rande des Marktes, stehen in der
Luft. Die Lagerfeuer auf dem Platz steht
still. Selbst die Vögel in der Luft und
die vielen Menschen um ihn herum sind
wie versteinert.

»wie ist das möglich?«
fragt er sich.

Er beobachtet die Vögel, die starr am
Horizont wie verankert sind. Nur einen
Augenblick später brennt sich eine
Stimme in Asraels Schädel.

»Zeit spielt keine Rolle!«

Das Blut gefriert ihn in den Adern.

Immer wieder dreht er sich zu allen Seiten um doch er sieht niemand der mit ihm hätte sprechen können. Ganz Undria steht um ihn herum still. Bis Asrael auf der anderen Seite vom Marktplatz eine Gestalt entdeckt die sich ebenfalls normal bewegt. Asrael reibt sich die Augen doch darauf hin ist sie verschwunden. Und wieder die Stimme.

»Zeit spielt keine Rolle!« Flüstert es in seine Ohren als wäre jemand direkt hinter ihm.

Asrael weiß gar nicht wie ihm geschieht. Aus Angst und Verzweiflung, schreit er über den ganzen Marktplatz!

»was willst du von mir?« doch nichts passiert.

Immer schneller und durchdringender wiederholt sie immer wieder die selben Worte. Das geht für Asrael eine gefühlte Ewigkeit so. Bis nach ein paar Minuten die Umgebung wieder Beginnt sich zu bewegen. Zuerst in Zeitlupe, dumpfe Töne

sind wieder zu hören und nach wenigen
Sekunden ist alles wieder normal. Ein
schneiden durch Fleisch ist zu hören.
Danach jubelt die Menge Asrael schaut zu
dem Schafott. Nur noch der Halsstumpf
ist zu sehen mit dem Zuckendem Kindskör-
per auf dem Hackklotz. Das Blut Pump die
letzten Male durch den Körper und verteilt es auf dem Holz. Der Kopf liegt in
der Wanne vor dem Hackklotz und nach einem Mal läuft der Körper nur noch leer
mit dem dicken Roten Blut in die Wanne.
Asrael hat das Gefühl sein Herz bleibt
stehen. Und fühlt sich mit einem Mal so
leer als wäre ein Stück Seele verschwunden. Herold neben ihm schaut nur Wortlos
auf das Schafott und zittert am ganzen
Körper. Es hat ihm scheinbar ebenfalls
die Seele aus dem Laib gerissen. Mit
Traurig Stimme und Tränen in den Augen
sagt er zu Asrael.
　　»komm wir gehen!«
Asrael greift ihn an der Schulter und
drückt ihn zur Seite weg.

»na komm, wir können nichts mehr tun.«

versucht er aufmunternd zu sagen. Niedergeschlagen nimmt Herold die Zügel von Rupert und sie entfernen sich vom Schafott. Erneut schlägt die Turmuhr ein weiteres Mal nur diesmal ist es bereits zum dreizehnten Mal, an diesem Tag.

»ich weiß nicht was hier los ist, aber hier stimmt etwas ganz und gar nicht!«

Meint Asrael daraufhin zu Herold. Diesem scheint aber gerade alles egal zu sein und Asrael muss mit anschauen wie Herold nur auf die Steine auf dem Boden schaut. Asrael versucht weiter sein Glück um Herold auf andere Gedanken zu bringen.

»vielleicht finden wir ja den einen oder anderen Händler, der genau das ver-kauft was wir für die Reise benötigen könnten.«

Doch ohne ein Wort zu sagen schaut
Herold nur zu ihm rüber und zuckt mit
den Schulter.

»hey schau Mal da vorne!«
meint Asrael in der Hoffnung, dass dies
besser hilft.

»da schau der Händler!«
erzählt er weiter freudig.

Nach kurzer Zeit, haben sie sich
durch den Marktplatz gezwungen und stehen bei dem Händler den Asrael gemeint
hatte. Asrael begutachtet ihn vorab
gründlich, da er sehr aus der Menge heraus sticht mit seinem aussehen. Er ist
sehr extravagant gekleidet, viele bunte
Farben darunter ein Umhang, eine weite
Hose, eine Braune Weste. Diese passt
aber ganz und gar nicht zu seinem Flie-
derfarbenden Oberteil wie Asrael selbst
findet. Aber das Aussehen ist Ihm erstmal egal, ihm geht es um die alleinig Um
die Waren die dieser anbieten kann. Herold schaut kurz hoch zu dem Händler.
Erst jetzt wird er aus seiner Trauer

herausgerissen in dem er den Händler
fragt,

»bist du nicht der komische Typ der
mich heute morgen umrannte?«
Der Händler grinst und widmet sich wieder Asrael.

»ich habe die besten Waren, alles was
ihr für eure Reise benötigt.«
Herold ballt die Faust und sagt Zornig zu dem Händler

»ich habe euch etwas gefragt!«
doch diese sagt zu seinem Entsetzten.

»selbst wenn ja? Was würde dies euch
bringen? Ich habe was ihr braucht und
das ist mehr als genug.«
Herolds Faust entspannt sich und er
schaut wieder Recht normal.

Asrael versucht nebenbei die Lage
weiter zu entspannen.

»was habt ihr denn in eurem Sortiment?«
fragt er ihm auch immer wieder zu Herold blickend.

»ich Frage Mal so, was benötigt ihr denn?«

Antwortet der Händler.

»Ich suche folgendes für uns. Ein Zelt, Fackel, Feuersteine und Proviant und auch etwas von ihrem besten Schnaps, wenn ihr so etwas im Angebot haben solltet.«

Der Händler fängt laut das Lachen an und sagt daraufhin.

»was ihr sucht, ist eines meiner leichtesten Übungen!«

Daraufhin holt noch vor Ihren Augen alles unter seinem Tresen hervor.

»hier bitte, eine Fackel, das Zelt, Feuersteine, ausreichend Proviant sollte in etwa für 7 Tage reichen 14 Tage falls ihr alleine Reisen solltet. Und zu guter Letzt, hier dein Fusel.«

Herold und Asrael schauen ganz baff als wäre das ein Zauberstück.

Herold allerdings rümpft sich leicht die Nase als der Händler sich vorgebeugt

hatte. Von diesem geht ein sehr penet-
ranter Geruch aus. Herold denkt noch.

»so vornehm wie er aussieht, so sehr
stinkt er auch. Kaum zu beschreiben«
geht in seinem Kopf vor. Gerade noch
die waren unter dem Tisch hervor geholt
fragt Herold in einem Atemzug nach,

»habt ihr noch mehr?«
Der Händler grinst Herold an!

»Aber natürlich! Was immer ihr
braucht und wollt, ich habe es.«

Herold ist bei der Aussage von dem
Händler etwas misstrauisch aber mindes-
tens genauso Neugierig ob der Händler
auch die Wahrheit sagt. Herold ist mehr
als überrascht in Anbetracht der Tatsache.

»Wie sieht es mit einer Karte der Umgebung aus?«

»Kein Problem!«
und auch diese holt der Händler unter
seinem Tisch hervor.

»In Ordnung?!«
Sagt Herold ganz erstaunt.

»Was ist mit einem, neuem Schild?«
Fragt Herold erneut voller erstaunen.

»Rund oder Eckig?«
Fragt der Händler.

»ähm… Eckig?«
kommt von Herold, kaum glaubend was er
vom Händler zu hören bekommt.

Auch dieses Mal greift der Händler
unter seinen Tisch und zieht einen Wun-
dervollen Schild hervor.

»Ist dieser In Ordnung?«
Fragt der Händler.

»ähm ja natürlich!«
Erwidert Herold Asrael knufft Herold am
Arm und flüstert ihm leise zu.

»alles schön und gut, aber irgendwas
ist hier komisch! Ganz davon abgesehen,
dass dies ein Vermögen kosten wird.«

Doch Herold scheint das nicht sonder-
lich zu interessieren. Jetzt aber
schreitet Asrael ein und Fragt.

»Was verlangt ihr überhaut für das
alles?«

Der Händler rechnet alles still und leise durch während er mit dem Finger über die Waren Zeigt.

»Da jetzt eh gleich Schluss hier ist und ich gute Soldaten schätzte…. Sagen wir 100 Silbertaler!«

Herold bekommt große Augen.

»Das ist mehr als Großzügig, aber soviel haben wir nicht!«

Der Händler runzelt mit der Stirn.

»Wieviel habt ihr denn?«

fragt er nach.

Asrael und Herold wühlen in ihren Tuchbeuteln Rum. Herold zieht ein paar Silbertaler heraus und Asrael ebenfalls.

Sie zählen durch vierundzwanzig, fünfundzwanzig.

»genau die Hälfte von dem was ihr verlangt.«

meint Asrael nach dem Durchzählen von beiden Tuchbeuteln.

Erneut grinst der Händler freundlich und meint zu den beiden.

»wisst ihr? Es ist eh gleich Feier-
abend von daher, nehme ich die fünfzig
Silbertaler und den Rest zahlt ihr mir
beim nächsten Mal.«

Beide schauen ganz erschrocken bei
der Aussage von ihm.

»in Ordnung!«

stottert Asrael ganz unglaubwürdig.
Und übergibt ihm das Geld. Dankend nimmt
dieser das Geld an und beide dürfen ihre
Waren vom Tresen nehmen. Ein Teil nach
dem anderen stecken sie in die Satteltasche von Rupert. Danach drehen sie sich
um und suchen schnell das Weite. Herold
kann bereits jetzt mit anschauen wie ein
Händler nach dem anderen Langsam seine
Waren die er nicht verkaufen konnte ein-
packt. Auf der anderen Seite vom Marktplatz wollen sie gerade den Straßenver-
lauf in Richtung Stadttor nehmen als
erneut wieder die Turmuhr schlägt.

»hatte sie nicht erst vor Gefühlt
zehn Minuten geschlagen?«

fragt Asrael zu Herold rüber.

»Ja gut möglich sagt dieser wieder bedrückt.«

»Jakob?«

hinterfragt Asrael.

»Ja! Ich weiß nicht wieso aber es
ging mir sehr nah!«

sagt er.

»in Ordnung dann sag mir was hier vor
sich geht!«

sagt Asrael zu Herold.

»wieso?«

möchte dieser wissen.

»schau Mal hoch!«

sagt Asrael.

Wie Asrael es gesagt hat folgt dieser
seiner Anweisungen und schaut in Richtung Turmuhr auf welche Asrael gezeigt
hatte. Herold versteht es nicht und
schaut zu Asrael.

»wir haben über eine Stunde mit dem
Händler gesprochen?«

fragt er ganz unglaubwürdig.

»ich weiß es nicht, mir fehlt das Zeitgefühl!«

Meint Asrael darauf.

Starr bleibt Herold mit Rupert stehen.
Er bemerkt wir Rupert unruhig wird. Herold versucht ihn zu beruhigen, doch statt besser wird es nur schlimmer. Rupert Schnauft, Wiehert und geht mit den Vorderhufen hoch. Herold hat schon Probleme ihn festzuhalten, doch Asrael Unterstützt ihn so gut es geht. Nach einer ganzen Weile schaffen sie es mit streicheln und darauf einreden ihn etwas milde zu stimmen und er beruhigt sich nach und nach. Doch statt das er in dem Moment, besser wird, hören Asrael und Herold beide wieder die kalte, raue, tiefe Stimme.

»Zeit spielt keine Rolle!«
beide Schauen sich verängstigt an, Herold fragt Asrael.

»hast du, dass auch gehört?«
er Antwortet!

»ja! Wer ist das?«
»ich weiß es nicht!«

beide drehen sich mehrfach im Kreis und versuchen herauszufinden woher die Stimme kam.

Sie blicken auf Händler, Tresen, und das rege Treiben. Es macht den Anschein, als hätten nur sie diese Stimme wahrgenommen. Doch auf einmal steht eine furchterregende vermummte Gestalt vor ihnen. Beiden Rutscht ihr Herz in die Hose.

»wer bist du und was willst du?« fragt Herold verängstigt.

»das braucht euch nicht zu interessieren!«
sagt die Gestalt mit der kratzigen Stimme.

Von ihr geht ein elendiger Gestank aus wie Asrael bemerkt. Eine Mischung aus faulen Eiern, morschem Holz und Verwesung. Auch Asrael erschrak sich fast zu Tode. Er ist starr vor Schreck und würde am liebsten aufschreien, bekommt aber keinen laut heraus. Die Gestalt trägt eine Lilafarbene Samtige Robe die

Ihr Gesicht verdeckt. Asrael kann nur eine Grüne Knochige geschwollene Hand erkennen die, die Gestalt versucht zu verstecken. Diese hat eitrige dicke Blasen und eine, grün bräunliche Färbung. Gerade als Herold danach fragen möchte was die Gestalt von ihm will fängt sie an zu Reden. »Mein Name braucht euch nicht zu interessieren! Wer Ihr seid weiß ich! Ihr kennt mich nicht aber ich kenne euch. Kümmert euch nicht darum.« Beide schauen sich immer wieder an und der Puls rast.

»Ihr könnt diesen Krieg nicht gewinnen.«

»welcher Krieg?«

Fragt Asrael vorsichtig.

Doch anstatt darauf zu Antworten, sagt die Gestalt.

»Nichts ist so wie es scheint, denn dies ist der erste Tag vom Anfang des Endes.«

Herold und Asrael verstehen nicht ganz.

»Es gab eine Zeit, eine Zeit die
wart! Eine Zeit die blieb denn nur wer
Weis was Augen sagen wird erkennen was
Sterne und zahlen dir zwischen den Zei-
len sagen.«

Herold versteht kein Wort von dem was
er schwafelt, und fragt dazwischen.

»was meint du?«
doch sie redet weiter ohne darauf einzu-
gehen.

»Denn das was an einem jedem Ende ist
geschrieben ist! Gibt vor wo die Reisen
dir blieben!«

Plötzlich hat nicht nur Herold sondern auch zeitgleich Asrael einen
schrillen Pfeifenden Ton auf den Ohren.
Er ist so laut, dass der einen fast verrückt mach. Beide halten sich vor
Schmerzen die Ohren zu und halten Ihre
Augen geschlossen. Nach wenigen Sekunden
ist der ganze Spuk vorbei. Herold und
Asrael öffnen die Augen wieder. Doch die
Gestalt ist verschwunden. Zum entsetzen
beider, ist aber nicht nur die Gestalt

verschwunden sondern die meisten der Händler auch. Nur noch vereinzelt sind Menschen auf dem Markplatz der gerade noch voll war. Das Schafott ist leer, der Körper ist weg und Blut ist keines mehr zu sehen. Beide schauen sich nichts glaubend um. Ihre Blicke gehen hoch zur Turmuhr. Es ist fast vierzehn Uhr, wie beide zum Erstaunen sehen können.

»Wie ist das nur möglich?«
Fragt Herold.

»du bist dich Magier, erkläre es mir.«
Asrael schaut aber genauso verwirrt wie Herold und Antwortet.

»ich kann es dir nicht Sagen, niemand ist so mächtig und kann die Zeit beherrschen.«

Herold wünscht sich am liebsten, einfach nur Aufzuwachen und in seinem Bett zu liegen.

Sie suchen den Händler von vorhin auf und suchen den Marktplatz ab, doch dort wo er stand ist niemand er. Und auch

sonst ist kein bekanntes Gesicht zu sehen. Nach einiger Zeit des Umherirrens,
sind bereits weitere dreißig Minuten
vergangen. Asrael drängt Herold schon
mit,

»wir sollten jetzt echt aufbrechen!
Bereits halb drei und noch sechs Stunden
liegen vor uns.«

Herold antwortet.

»aber ich dachte er sagte Zeit spielt
keine rolle.«

Asrael meint hingegen.

»ich glaube nicht dass er das so gemeint
hatte.«

»ja vielleicht hast du Recht!« antwortet Herold darauf.

Gerade als sie beschließen aufzubrechen siegt Herold, das Jakob vom Marktplatz direkt in Richtung Burg rennt.

»Er ruft noch Jakob!«
doch dieser ist bereits zu weit weg. Asrael sagt zu Herold mit ruhiger stimme.

»Herold alles gut? Da ist niemand!«
Er dreht sich kurz zu Asrael um und

schaut wieder den Weg entlang, dich Asrael hatte Recht.

Dort ist kein Jakob. Er meint zu Asrael.

»Du hast Recht, ich glaube ich werde
verrückt?«

Immer mehr Menschen verlassen den
Markt dich in der Ferne steht Lydia wie
Asrael vermutet. Sie steht neben dem
Schafott und schaut in den Himmel.

»dort drüben!«
ruft Asrael, Herold zu und zeigt mit dem
Finger in ihre Richtung.

Zusammen rennen sie auf Lydia zu und
dort steht sie, sich kein Stück vom
Fleck bewegend. Vorsichtig geht Asrael
auf Sie zu und fasst ihr von hinten auf
die Schulter. Vorsichtig fragt er.

»Lydia?«
Er dreht sie um und das was sie sehen
werden sie niemals vergessen können.

Es ist Lydia, aber nicht wie Sie eigentlich aussehen sollte. Aus der Hüb-
schen jungen Frau mit Langen leicht

lockigen Haaren und blauen Augen ist eine Frau geworden, mit leeren Blick, Dunklen Augenringe, Falten grauen Haaren und gelblichen Zähnen. Sie sieht aus als wäre sie bereits Tod mit einem röcheln in der Stimme flüstert sie den beiden zu.

»Hütet euch vor Lila und Grün! Dies vermag nichts Gutes! Denn alles was ist, ist nichts im Vergleich, zu allem! Und alles ist nicht so wie es scheint.

Denn wo Licht ist, ist dunkel und wo Zeit ist, ist Stille! Ist oben nicht unten und unten nicht oben? Ist Links nicht Rechts? So kommt Ihr nie heraus aus diesem Geflecht!«

immer mehr verfällt ihr Körper bei den Worten die sie Spricht. Die faulige Haut fällt ihr von den Knochen, tiefer und düsterer wird ihre Stimme ihre letzten Worten sind die, die sie schon so oft gehört haben.

»Zeit spielt keine Rolle!«

Asrael und Herold gehen immer weiter zurück und verstehen Undria nicht mehr.

Nach diesen Worten fällt ihr Körper Leblos zu Boden und zerfällt zu Staub der vom Wind weggetragen wird. Herolds Herz schlägt immer schneller und schneller. Fast so als würde es gleich aus seiner Brust springen. Jetzt stehen sie nur noch allein auf dem Marktplatz. Keine Menschenseele ist mehr zu sehen, nur die Stille und das zwitschern der Vögel über ihnen.

»los komm, wir gehen!«
sagt Asrael voller entsetzten.

Beide überlegen ob das gerade wirklich passiert ist. Sie sehen sich verängstigt an und Herold stimmt Asrael bezüglich seiner Aussage vollkommen zu. Noch ein Prüfenden Blick in Richtung Himmel. Die Sonne scheint immer tiefer zu sinken. Herold sagt zu Asrael!

»wir haben schon zu viel Zeit vergoldet. Und etwas will uns hier Loswerden.«

Asrael nickt ihm zu mit den Worten,

»Ja ich glaube du hast recht.«

beide Lauschen noch einmal der Stille.

Und gerade als sie sich wieder Sicher gefühlt haben, nach allem was sie in den Morgenstunden erleben mussten, schreit eine Stimme aus dem nichts.

»geht! Und kommt nie wieder!« Mit dem Schrecken in den Knochen, rennen sie vom Marktplatz in Richtung Stadtausgang auf den engen Straßen entlang.

Immer noch nicht vergessen was sie erlebt haben. Immer näher kommen sie dem Tor. Es ist Offen, keine Wache ist zu sehen. Ein Riesiges Fallgitter und eine Zugbrücke sind zu sehen. An den Großen Türmen auf der Mauer und den Türmen stehen nur vereinzelnd Wachen und behalten die Umgebung im Auge. Die beiden Atmen noch einmal Tief nach dem sie den ganzen Weg gerannt sind. Dich ohne sich auch nur einmal Umzudrehen, verlassen beide die Stadt durch das Nördliche Stadttor. Für beide war der Morgen und das Treffen

der vielen Menschen mehr als seltsam. In
dem ganzen Trubel und durcheinander haben beide die Zeit vollkommen vergessen.
Asrael wollte eigentlich vor der Abreise
noch einmal die Zeit prüfen, doch so
weit kam er nach dem Schreck nicht mehr.
Sie passieren zusammen das Tor und vor
Ihnen liegt die wundervolle Landschaft
in all ihrer Blüte. Kaum Auszumalen wie
es aussieht. Kleine Hügel, viele Gründe
Bäume, lange geschwungene Wege mit spuren von Kutschen und Pferden. Und weit,
weit weck in der Ferne, stehen Qualm
Wolken über den Hügeln der Landschaft.

Hundertzwölf!

Herold und Asrael haben die Stadtmauern hinter sich gelassen. Garetekka verwindet immer mehr in der Ferne. Nach mehr als einer Stunde die Stadt nur noch grob zu erkennen. Und erst jetzt haben sie wieder die ersten Worte gewechselt und mit einem Mal sagt Herold

»Stopp!«

»was ist los?«

fragt Asrael ganz erschrocken.

»wir haben Rupert zurückgelassen!«

Antwortet Herold.

»so ein Dreck, du hast Recht.«

antwortet Asrael.

»sollten wir ihn holen?«

fragt Asrael ihn.

»nein! Wir sind schon zu lange draußen, das würde zu viel Zeit kosten.«

behauptet Herold.

Und gerade als Asrael noch hinzufügen
will das sich dich der Proviant in den
Satteltaschen befindet hören sie Hufe
die schnell auf sie zukommen.

»schnell Versteck dich!«
ruft Herold rüber.

Beide schauen sich in der Umgebung um
und sehen einen kleinen Graben nicht
weit von ihnen, Nähe der Waldkante.

»dort rein!«
ruft er.

Schnell und ohne groß nachzudenken
sprinten beide zu dem Graben rüber und
schmeißen sich hinein. Dort lauschen
beide den näherkommenden Hufen und
schauen vorsichtig über die Kannte. Asrael traut seinen Augen nicht als er auf
der Ferne Rupert sieht der auf sie zu-
kommt. Als hätte er sie gesucht bleibt
Rupert an dem Graben stehen, Wiehert und
Schnauft. Er trabt mit den Hufen und
beide stehen auf. Herold und Asrael
schauen nach links und Rechts dich sonst
ist niemand zu sehen. Herold geht den

Graben hinauf und auf direktem Wege zu Rupert. Er streichelt ihm die Mähne und sagt.

»guter Junge!«
Rupert wippt mit dem Kopf auf und ab ganz so als würde er sich freuen.

Asrael sagt zu Herold,
»meinst du das ist Zufall?«

Herold schaut ihn an und meint.
»ich weiß es nicht, aber es ist gut das er da ist!«

»Ja das stimmt wohl!«
nach der kleinen Unterhaltung greift Herold, Rupert an dem Zügel überprüft den Sitz der Satteltasche und führt ihn weiter auf der Straße entlang.

Asrael läuft den beiden in kleinen Schritten hinterher. Die Sonne steht bereits tief am Himmel, beide schätzen jetzt schon auf späten Nachmittag.

»wir sollten uns bald ein Nachtlager suchen.«

schlägt Herold vor.
»ja da stimme ich dir zu.«

meint Asrael als sie an einem Wegekreuz vorbeikommen.

»Da schau!«
Meint Asrael und zeigt auf die Beschil-
derung.

Auf einem Holzpfeil lässt sich Nattzu
lesen. Mit dem Hinweis 5 Stunden. Herold
erinnert sich an seine Kindheit die ihm
wieder eingefallen ist. Sein Vater er-
klärte ihm damals, das die Entfernung
zweier Städte immer in Stündlichen Ent-
fernungen festgelegt wird. Wenn man aber
mit einer Kutsche unterwegs ist. Zu Fuß
dauert also die Strecke immer etwas länger. Auf Grund seiner Erfahrung, kann
Herold gut abschätzen wie weit, er noch
entfernt ist und wie lange es in etwa
dauern würde. Er erklärt Asrael das man
etwa für Tagesmarsch von Sonnenaufgang
bis Sonnenuntergang die Entfernung von
in etwa fünfundzwanzigtausend Schritte
schaffen kann. Asrael hört gespannt zu,
für ihn ist eine solche Unterhaltung
eine gelungene Abwechslung.

»lass uns einen kleinen Zwischenstopp einlegen, auf die Karte gucken und kurz etwas essen.«

meint Asrael nach einigen Stunden, die sie bereits unterwegs sind.

Herold finde seine Idee nicht ganz Verkehrt meint aber trotzdem.

»lass uns noch etwas weiter gehen, dann suchen wir gleich ein Nachtlager Platz.«

Asrael nickt ab und sie gehen weiter. Die Sonne über Avalon sinkt immer tiefer und viel Zeit bleibt ihnen nicht mehr bis die Nacht hinein bricht. Herold hatte bereits seit einer geraumen Zeit Ausschau nach einem geeigneten Platz Gesucht und wurde in etwa eine Stunde bevor die Nacht herein bricht fündig.

»da vorn! Lass uns da das Lager Aufschlagen!«

schlägt er vor.
»ja keine schlechte Idee«

meint Asrael.

Als er mit dem Finger sieht wo Herold
hinzeigt. Zusammen gehen Sie auf einen
großen Platz hinter ein Paar Steinen.
Dieser befindet sich direkt an ein paar
Bäumen und Steinen, das macht ihn zum
Glück Weniger gut einsichtig wie sie
finden. Nach nicht einmal einer Stunde
sind sie so weit mit ihren Vorbereitungen fertig. Asrael bittet Herold schon
einmal den Proviant und die Zelte heraus
zu holen, die sich in der Satteltasche
befinden. Auf Asraels bitte hin geht
dieser zu Rupert rüber den sie an einen
Baum gebunden haben und er durchsucht
die Satteltaschen. Doch zum entsetzten
beider sagt Herold.
»ich glaube wir haben ein Problem!«
Asrael schaut hoch und fragt unwissend
zu ihm rüber.
»was ist los?«
Herold holt den Beutel voll Proviant
heraus und hält diesen sichtbar zu Asrael.

Der kann seinen Augen nicht trauen als das Brot vor seinen Augen zu Staub zerfällt.

»wie könnte es so verschimmeln?« sagt Asrael fragend.

»ich weiß es nicht, aber das ist nicht alles!«

Asraels Blick entgleitet ihn.
»wie meinst du das?«

fragt er vorsichtig.
Herold holt die Zerfledderten Zelte heraus, ein Verrostetes Schild eine Zerfetzte Karte, morsche Fackel und auch ein Gegorener Wein.

»wir sind doch gerade Mal ein paar Stunden unterwegs!«

sagt Asrael Nichts glaubend zu Herold.

»ich weiß! Das einzige was wir benutzen können, sind die Feuersteine.«

Asrael wird leicht sauer und sagt darauf nur.

»na toll! Dann gibt schon her.«

Herold wirft Asrael die Feuersteine rüber und will sich die Tasche und Rupert anschauen, vielleicht ist es ja ein anderes Pferd und nur Zufall denkt er.

Aber wie er feststellen muss, ist das die Richtige Satteltasche und auch Rupert hat er nicht verwechseln. Herold überlegt was passiert ist während er mittlerweile Hungrig zu Asrael rüber geht. Eine ganze Weile überlegen sie noch was los ist. Verbinden Rupert, die Satteltasche mit dem gestrigen Morgen. Herold und auch Asrael kommen aber beide zu keinem vernünftigen Entschluss. Hungrig und müde schlafen beiden ein, als der Mond schon hoch steht und die Wunderschöne Landschaft von Mittelreich in ein glänzendes weiß, grau Taucht. Es ist fast Vollmond und in der klaren Nacht strahlt er heller den je. Einige Stunden vergehen, das Feuer welches Asrael mit den Feuersteinen angezündet hatte, ist in der Nacht bereits erloschen. Asrael

wird von Stimmen und knackenden Ästen
aus dem Schlaf gerissen wird.

»wo sind sie?«
kann Asrael hören.

Nicht weit von ihm schleicht jemand
oder etwas umher. Asrael gibt kein laut
von sich Rupert grast noch im Mondlicht
versteckt vor fremden blicken. Er sieht
sehr zufrieden aus und lässt sich nicht
beirren. Asrael nach und lauscht, er
blickt zu Herold rüber aber dieser
schläft seelenruhig neben der kalten
Feuerstelle, ihm gegenüber. Asrael
lauscht weiter.

»irgendwo müssen sie doch sein!«
kann er vernehmen.

Tausende Gedanken gehen ihm durch den
Kopf.

»sucht man uns? Sind es Soldaten aus
Garetekka?«
»wenn ich sie finde bringe ich sie um!«

Hallt durch die Umgebung. Asrael
rutscht das Herz in die Hose.

»wer ist das und was will er von
uns?«

in dem Moment fängt Rupert an zu Wiehern.

»da drüben!«
ruft die Stimme und die Schritte kommen
schnell näher.

Asrael ruft noch laut,
»Herold!«
doch es ist zu spät und Asrael hat
einen langen Stab am Hals mit dem leicht
sein Kehlkopf eingedrückt wird daraufhin
erhebt er beide Hände.

»einen Stab?«
Denkt er und schaut nach oben.

Aber außer einem Schatten von Mondlicht kann er nicht viel erkennen.

»wer seid ihr?«
fragt die Schattengestalt.

Herold hat versucht in der Zwischenzeit heimlich aufzustehen und mit seinem
Schwert den Angreifer abzuwehren doch
bevor er soweit kommt bekommt Herold mit

voller Wucht den Stab ins Gesicht und ist Ausgeknockt.

»Ich Frage nicht noch einmal! Wer seid ihr?«

Asrael schluckt einmal schwerfällig und sagt vorsichtig.

»mein Name ist Asraels und das da vorne ist Herold.«

Während er mit einem Finger auf diesen zeigt. Herold hingegen liegt bewusstlos auf dem Boden und bekommt von dem allem nichts mit.

»woher kommt ihr?«
Asrael überlegt kurz ob er lügen soll, will es aber nicht schlimmer machen als es eh schon ist.

Also sagt er die Wahrheit. »Garetekka!«

die Gestalt lacht laut und nimmt den Stab runter.

»wohl kaum!«
sagt sie

»Doch ich sage die Wahrheit, wir haben gestern noch den Befehl von König Sentur bekommen und sind nun hier.«

Und wieder Lacht die Gestalt. »Interessante Geschichte habt ihr euch da ausgedacht.«

»ich sage die Wahrheit.«
versucht sich Asrael zu erklären.

»wenn ihr die Wahrheit sagt, habt ihr euch wirklich sehr gut gehalten.«

Asrael überlegt was gemeint ist und schaut zu Herold.

Doch die Gestalt beugt sich runter zu Ihm. Es ist ein Mensch mit einer Langen braunen Robe ähnlich wie bei Mönchen wie er erkennen kann im Mondschein. Er sieht zwar alles andere als Böse aus und dennoch macht er ihm Angst. Er schaut in das Gesicht des Fremden der einmalig auf die Lippen beißt und flüstert.

»Garetekka, ist vor 112 Jahren gefallen. Es war in Orkhand. Aber wir haben es vor wenigen Tagen geschafft, sie zu vernichten. Garetekka wurde dabei fast komplett zerstört dennoch haben wir es geschafft es zurückzuerobern.« »wie ist das möglich?«

fragt Asrael ihn.

»sagt ihr es mir.«

»ich weiß es nicht!«

antwortet er.

»vereinzelnd laufen hier noch immer Orks Rum.«

meint Drothe zu ihm.

Asrael versteht nichts mehr.

»nochmal von vorne!«

bittet er den Fremden.

»Mein Name ist Drothe, ich bin Orkjäger!«

Sagt er Stolz über sich selbst.

»Ich war auf der suche nach zweien von ihnen.«

Herold kommt langsam wieder zu sich und hält sich den Kopf.

Er tastet diesen ab aber außer einer Beule an der Stirn ist nichts zu fühlen. Erschrocken sieht er den Fremden mit seinem Stab im Mondlicht stehen.

»wer bist du, was willst du?«
fragt er leicht benommen.

Drothe dreht sich zu Herold und Antwortet ihm ebenfalls.

. »Mein Name ist Drothe, ich bin Orkjäger und war auf der suche nach zwei Orks.«

»Orkjäger?«
hinterfragt Herold.

»ist das denn nötig?«
hinterfragt er unwissend.

»ja! Aber antwortet mir, woher kommt ihr?«

möchte Drothe von Herold wissen. Herold erklärt Drothe, wie er mit Asrael hier her gekommen ist. Was ihnen alles passiert ist auf dem Weg hier her, Drothe legt noch bei der Erklärung von Herold seinen Stab vor sich ab und setzt sich wie selbstverständlich zu den anderen an das erloschene Feuer. Dort hört er sich nochmal alles in Ruhe von den beiden an. Asrael wirft ein paar von den gesammelten Stöckern in die Feuerstelle.

Mit einem kleinen Feuerball entfacht er das Feuer. Sofort springt Drothe auf und ergreift seinen Stab den er in Asraels Richtung hält.

»Ihr seid ein Hexer!«
Asrael erschrak und versucht sich erneut zu erklären.

»nein! Ich bin ein Magier.«
sagt er ängstlich.

»ich sollte euch töten!«
meint Drothe darauf.

»wieso?«
möchte Herold wissen.

»weil Magie nach der Machtübernahme verboten wurde!«

Asrael und Herold schauen sich an und fragen Drothe.

»welches Jahr haben wir?«
»Das sagte ich euch doch, das Jahr 112 nach dem Fall.«

»das würde ja bedeuten das wir uns im Jahr 134 nach KES befinden! Ist das korrekt?«

»Nur das wir sagen 112 Jahre nach dem Krieg.«

Herold kann nicht glauben was er hört und schaut zu Asrael.

»willst du mir jetzt sagen, wir sind 112 Jahre durch die Zeit gereist?«

Asrael nickt ihm Wortlos zu.

»ihr versucht wirklich nicht mich zu verarschen oder?«

hinterfragt Drothe.

»nein das Sage ich doch.«

meint Asrael auf die Frage.

»wie sollte euer Auftrag aussehen?« möchte Drothe wissen.

Herold erklärt ausführlich wie beide den Auftrag vom König bekommen haben, Sie sollen nach Wehrholm erklärt er weiter und außerdem dort die Königlichen Truppen unterstützen im Krieg gegen die Orks. Nach einem Moment der Stille sagt Drothe.

»Im Sommer des Jahres Zweiundzwanzig, haben die Orks Garetekka angegriffen, der König wurde getötet und seit dem ist Garetekka in Orkhand gewesen.«

Drothe schaut in die fragende Gesichter und erzählt alles was er weiß.

»Im Jahr Zweiundzwanzig haben die Orks ein Täuschungsmanöver durchgeführt. Der Angriff auf Wehrholm war eine Finte sie umgingen die Truppen und überrammten Garetekka.«

»Ihr müsst euch irren!«
meint Herold ganz schockiert.

Asrael und Herold können beide ihren Ohren nicht trauen.

»Ich verstehe gar nichts mehr!«
Sagt Asrael vollkommen am Ende.

»können wir bitte einfach nur schlafen?«
fragt Asrael zu Drothe rüber.
Dieser ist immer noch etwas vorsichtig bei dem Gedanken einen Magier getroffen zu haben legt aber seinen Stab nieder und setzt sich wieder ans Feuer.

»sorry mein Kopf ist voll, ich bin einfach fertig und will nur noch Aufwachen!«

fügt er hinzu.

»kann ich verstehen.«

meint Drothe nachdem er Asrael anschaut.

Gemeinsam beschließen sie, dass sie am Feuer übernächtigen wollen. Nur einige Zeit später schlafen Herold, Asrael und selbst der zum Übernachten eingeladene Drothe am Feuer ein. Noch vor den ersten Sonnenstrahlen erwacht Herold aus seinen Träumen. Noch beim Wachwerden durchstreifen die letzten Stunden seinen Kopf. Nichts glaubend schaut er sich um und sieht wie Asrael und auch Drothe am erloschenen Feuer liegen. Herold steht auf und geht zu Asrael rüber. Vorsichtig weckt er diesen danach weckt er auch Drothe der nicht immer sitzt und schläft. Drothe schreckt hoch und zuckt zusammen.

»verdammt!«

sagt er.

»was los?«

möchte Herold wissen.

»ich wollte wach bleiben, die Feuer-
wache stellen.«

Asrael reibt sich die Augen und
schaut sich um.

Er meint zu den beiden.

»ich hatte einen seltsamen Traum.«

»welchen?«

möchte Asrael wissen.

»Der Mann aus Garetekka war hier.«

»und dann?«

»nichts, er sagte etwas, dich ich
weiß es nicht mehr.«

meint er zu Asrael in die Runde niedergeschlagen.

Danach packen sie die paar Sachen zusammen während sie sich einen Plan überlegen. Herold und Asrael beschließen gemeinsam trotz Drothes Erklärung nach
Wehrholm zu gehen. Drothe ist nicht ganz
begeistert davon lässt sich aber überre-
den und beschließt die beiden zu

begleiten. Nach einer kurzen Zeit machen sie sich mit samt Rupert auf den Weg. Mit Drothe als Wegeführer befinden Sie sich jetzt auf der richtigen Route nach Wehrholm. Dich es ist noch ein weiter Weg wie Drothe weiß. Zwar jetzt mit Herold und Asrael vertraut bleibt er dennoch misstrauisch und hält sich bis auf weiteres etwas zurück. Die nächste Stadt in Richtung Wehrholm ist Kiesweck. In diesem Fall müssen sie aber zuerst durch das Dorf Nattzu. Sie beschließen mit Drothe zusammen bis sie dort angekommen sind erstmal noch auf den Befestigten Straßen zu bleiben. Gerade auf den Weg gemacht dreht sich Asrael um und schaut noch einmal zurück. Dicke Rauchschwaden steigen in den Horizont von dort wo sie hergekommen sind. Als er wieder nach vorne Schaut bemerkt er das aus der Entfernung vor ihnen einen Mann der ihnen entgegenkommt. Je näher er kommt mehr lässt sich erkennen. Dieser zieht einen Karren hinter sich her.

»Ob er wohl aus Nattzu kommt?«
denkt sich Herold

»Ganz schön spät dran für einen Händler!«

sagt er zu Asrael!
»Gut möglich!«

entgegnet dieser.
Der Mann mit dem Karren ist gekleidet wie ein Mönch ähnlich wie Drothe überlegt Asrael während er Drothe mustert. Der Händler hat eine Lange Lila Kutte, eine Faserige Leinenschnur als Gürtel und Schaut sehr griesgrämig nach vorn ohne die beiden eines Blickes zu würdigen als er vorbeizieht. Als sie fast an ihm sind und der Händler sie noch immer Ignoriert sagt Herold mit Freundlicher Stimme.

»Guten Morgen der Herr. Ist dies der Weg in Richtung Nattzu?«

Der Händler antwortet mürrisch ohne Blickkontakt zu halten.

»Natürlich ist er das! Steht doch auch den Schildern oder?«

Asrael fragt ihn neugierig.

»wieso so schlecht gelaunt? Er hat doch nur gefragt!«

Der Händler bleibt einen kurzen Augenblick mit seinem Karren stehen Atmet tief ein schaut zu Asrael.

Mit lauter Stimme schreit er diesen an.

»dann fragt doch mal die anderen Stadtbewohner, was die so sagen! Kaum ist etwas ein wenig außer Kontrolle schon ziehen sie alle Soldaten ab! Und was ist das Ende vom Lied? Chaos und Verrat!«

»was, wieso? Könnt ihr uns das erklären?«

fragt Herold und auch Drothe wird hellhörig.

»Weil es keine Sicherheit mehr in der Stadt gibt! Es gehen seit Tagen die Plünderungen los, dann will der König nur immer höhere Steuern und für unser Wohl wird nichts unternommen!«

»Und jetzt geht Ihr fort von da?«
fragt Asrael nach dem dieser seinen Satz
beendet hat.

»Ich gehe in die Stadt! Ich will mich
dem Persönlich annehmen und mit dem König reden!«
Drothe schluckt.

»in welche Stadt?«
»Garetekka!«
sagt der Händler zornig.
»aber...«
will er gerade sagen.
Doch wird von Asrael der ihn mit dem
Ellbogen in die Seite sticht unterbrochen.

»Ihr wisst aber warum alle Soldaten
abgezogen wurden oder?«
Der Händler schaut ihn an und antwortet.

»Orks angeblich! Natürlich hoch oben
im Norden! Alles verarsche wenn ihr mich
fragt!«

Asrael, Herold und auch Drothe können
kaum Glauben was der Mann von sich gibt.

»verzeiht mit bitte die Frage, aber welches Jahr haben wir?«

Der Händler schmunzelt vor sich hin, schaut in die Runde und Antwortet.

»Das Jahr zweiundzwanzig nach KES!« Asrael und Herold wissen gar nicht wohin sie zuerst schauen sollen so entsetzt wie beide sind und schauen Hoffnungsvoll zu Drothe.

Doch dieser steht starr vor ihnen mit leeren Blick und reagiert nicht mehr. Nur ein leises

»was habt ihr gesagt?«

lässt sich hören.

Doch der Händler lässt sich nicht be-irren davon und meint zu ihnen. »gehabt euch wohl, wir werden und wieder sehen.« Noch nicht ganz den Satz beendet ist der Händler bereits wieder auf dem Weg und zieht seinen Handkarren hinterher.

»Ich verstehe nicht? Wer ist jetzt woher und aus welcher Zeit?«

möchte Asrael wissen und schaut zu Drothe.

Er geht zu ihm und rüttelt an diesem
damit er wiederklar im Kopf wird.
»Hey!«
    sagt Asrael.
Erst jetzt schüttelt Drothe seinen Kopf
und schaut Asrael an.
    »Wie ist das alles möglich? Wieso bin
ich jetzt in eurer Zeit?«
    Herold versucht Drothe zu beruhigen
und meint darauf
    »er war verrückt vielleicht irrt er
sich ja?«
    »oder vielleicht auch nicht und hat
Recht mit seiner Aussage.«
    »Ich weiß nicht was ich glauben
soll!«
    meint Drothe zu all dem.
»wir sollten dem Nachgehen!«
    meint Asrael zu seiner Aussage. He-
rold, Asrael und Drothe gehen zusammen
mit Rupert weiter in die entgegengesetzte Richtung der Straße folgend. So
laufen sie immer weiter in Richtung
Nattzu. Ein halber Tag des Fußmarsches

liegt bereits hinter ihnen. Seid Stunden hat niemand mehr ein Wort gewechselt.

»Schau die Sonne, wir müssten jetzt langsam schon Nachmittag haben!« Meint Asrael nach Stunden des Schweigens.

Herold und Drothe schauen nach oben zur Sonne. Und ein weiteres Schweigen kehrt ein. Nach einer weiteren Stunde des Fußmarsches kommen sie mit Rupert an eine Straßenkreuzung. Die Kreuzung zweigt in insgesamt drei weitere Richtungen. Auf einem Holzschild mit Richtungspfeilen stehen die Stadtnamen darauf.

»Hier schau mal wir sind noch richtig!«

sagt Asrael freudig zu Herold. »Nattzu liegt rechts entlang laut dem Schild! Sollte aber im Nord/-Westen liegen.«

Antwortet Drothe skeptisch auf Asraels Aussage.

»Ja mir ist auch so!«

meint Herold daraufhin.

Er Antwortet daraufhin mit.

»Auf der Karte im Thronsaal lag Nattzu auch im Norden-/ Westen und nicht im Osten!«

Erinnert sich Herold.

»Ja schon aber vielleicht laufen wie nur einen kleinen Schlenker?!«

versucht Asrael sich zu erklären. erwidert Asrael darauf!

»Na gut, wenn du meinst! Dann rechts entlang!«

Antwortet Herold!

Drothe zuckt nur mit den Schultern. Zusammen folgen Sie der Kreuzung Richtung Osten. Sie folgen dem Weg der in einen Wald hinein führt und immer Dichter wird. Nach einigen Minuten der Waldstraße entlang sehen Sie in der Ferne nur einige 100 Fuß vor ihnen eine Gestalt in einem Lila Umhang über die Straße huschen.

»War das nicht der Typ aus der Stadt?«

Schreit Herold lauthals zu den anderen.

»Los hinterher!«
befielt er! Während er bereits voraus rennt.

Asrael der Rupert neben sich führt hat ein Paar Probleme Herold zu folgen. Drothe hingehen bleibt derweil immer auf der Selben Höhe wir Asrael. Asrael führt Rupert am Zügel hinter sich her und rennt mit diesem immer weiter hinter Herold her. Herold bleibt auf der Höhe der Straße stehen wo er die Gestalt gesehen hat und schaut in den Wald hinein. Jetzt kommen auch Asrael und Drothe mit Rupert an. »Und?« Fragt Asrael.

»wer war das denn?«
möchte Drothe wissen.

»Der, der für all das verantwortlich ist, wie ich vermute.«
sagt Herold während er noch immer die Umgebung absucht.

Herold schaut sich weiter in der Gegend um und sucht nach der Person.

»Er ist in den Wald gelaufen!«
Sagt Herold während er versucht etwas
in, dem dichtem dunklem Wald auszu-
machen.

»Dann hinterher!«
Antwortet Drothe ohne groß zu zögern.

Zusammen betreten sie vorsichtig den
Wald mit Rupert im Schlepptau. Sie müssen eine kleine Kule hinab laufen bevor
sie die zwei bis drei Schritte wieder
hinauf gehen könne. Nun stehen sie direkt an der Waldkante vor dem dichtem
dunkeln Wald. Man kann kaum zehn
schritte weit schauen bevor die Dunkelheit das Licht verschluckt. Ihnen fährt
allen ein Kalter Windhauch durch das
haar welcher aus dem Wald kommt. Das ra-
scheln der Äste und Blätter hört man sogar noch lauter und beängstigender, wenn
man sich direkt am Waldrand befindet.
Dennoch gehen sie die ersten Schritte in
den Wald hinein. Alle halten Ausschau ob
sie die Lila gestallt irgendwo erblicken

können. Diese ist allerdings nirgends zu sehen.

»Los kommt schon! Oder wollt ihr hier Wurzeln schlagen?«

fragt Herold in die Runde während er weiter die Umgebung mit dem Blick abstreift.

Immer wieder schaut er in den Wald hinein. Herold setzt als erster einen Fuß in den Wald hinein. Asrael ist nicht ganz wohl dabei und ihm Überkommt ein komisches Gefühl.

»meinst du wirklich wir sollten einer daher gelaufenen Gestallt nachjagen?«

fragt er.
Asrael versucht Herold noch aufzuhalten in dem er sagt.

»wir sollten lieber unseren Auftrag erfüllen!«

doch trotz der ernst betonten Stimme von Asrael reagiert er nicht.

Drothe und Asrael bleibt vorerst nichts anderes übrig und sie folgen Herold in den Wald hinein. Sie sind jetzt

alle drei die ersten Schritte in den
dichten Wald gegangen. Vor ihnen ist nur
die pure Dunkelheit zu sehen. Je weiter
sie hinein gehen je mehr fallen die
letzten Sonnenstrahlen von hinten herein. Die dicht bewucherte Umgebung fängt
immer mehr an die Umgebungsgeräusche zu
verschlucken und zunehmende Dunkelheit
kehrt ein. Mit jedem Schritt wird es
Dunkler und Dumpfer bis sie in einer
Völligen Schwarzen Stille stehen. Mit
weit ausgestreckten Armen Tasten sie
sich durch den Wald. Asrael der nach
hinten blickt nur noch ganz schwach die
Waldkante erkennen. Licht welches eigentlich in den Wald hereinfallen sollte
wird von dem Dickicht vollkommen verschluckt.

»lass uns umkehren!«
bittet Asrael, Herold.

»wir sind gerade einmal zwanzig
Schritte gegangen. Wir drehen gleich
um!« Meint Herold.

»das bringt doch nichts, es ist schlimmer wie eine finstere Nacht!«

Asrael überkommt nach und nach ein sehr ungutes Gefühl bei der ganzen Sache er würde am liebsten jetzt wieder umkehren.

Asrael dreht sich noch einmal um und traut seinen Augen nicht.

»Ähm du Herold?«
Dieser ist allerdings immer noch mit der Suche nach der Gestalt beschäftigt und schaut durgehend nach vorne.

»Was denn?«
Antwortet er mit gereizter Stimmt.

»Dreh dich um!«
meint Asrael mit verängstigender und zittriger Stimme.

»Was ist denn?«
fragt Herold genervt und dreht sich zu Asrael um.

. In diesem Moment ergeht es Herold genauso. Dort wo gerade eben noch die Waldkante war ist jetzt nichts mehr als Dunkelheit. Herold dreht sich mehrfach

im Kreis und hat bei jeder Umdrehung
mehr und mehr das Gefühl er werde verrückt. Jedes Mal wird der Wald dichter
und dunkler je mehr er sich bewegt und
dreht. Er ruft nach Asrael und Drothe
doch außer seiner dumpfen Stimme hört er
nichts. Er versucht es weiter doch dann
ist alles still. Kein Drothe und auch
kein Asrael sind mehr zu hören. Herold
steht nun in vollkommender Dunkelheit.
Er nach Gefühlten fünf Minuten vorantas-
ten hört Herold aus der Entfernung ein
knacken der Äste. Die Eulen die Ihren
Nacht Ruf kreischen und der eiskalte
Wind der durch die Äste zieht. Ein
leichter Bodennebel zieht vorüber als
die Dunkelheit leicht schwindet. Herold
sieht den von Moos bedeckten Boden vor
sich. Der Bodennebel zieht sich wie ein
Schleier durch den Wald. Alles macht den
Anschein als wäre Herold inmitten des
Waldes viele hundert Meter von der Waldkante entfernt. Er hört Asrael nicht

weit entfernt der panische Angst zu haben scheint.

»Wie geht das? Wieso ich will hier raus!«

schreit er.
Herold rennt auf seine Stimme zu und ergreift Asrael am Arm. Dieser zuckt dabei zusammen und springt ein Stück weit weg. Herold versucht ihn zu beruhigen in dem er sagt.

»Wir suchen einen Ausgang!«
Doch sein Versuch von Aufbauenden Worten verängstigt Asrael noch mehr.

Gerade als Herold die Ideen ausgehen kommt Drothe aus der Dunkelheit hervor. Doch Asrael, verfällt nach wenigen Minuten zunehmend in einen Panikzustand und fängt zu allem Übel auch noch an zu Hyperventilieren. Herold sieht nicht viele Möglichkeiten Asrael zu beruhigen. Er Packt ihn und gibt ihm mit voller Wucht eine Backpfeife um diesen fürs erste zu beruhigen. Für den Augenblick zeigt

Herolds Reaktion Wirkung und Asrael be-
ruhig sich.

»Danke!«
sagt Asrael erleichtert während er sich
die Hand auf die Wange legt und reibt.

»Naja wir sollten zusehen das wir einen anderen Ausgang finden!«

Asrael schaut in die Baumwipfel und
versucht sich zu orientieren aber selbst
das bringt nichts wie er feststellen
muss.

Es kommt kein Tageslicht mehr durch
die Bäume. Bis zu dem Zeitpunkt als Herold nach einigen weiteren Umdrehungen
ein Lichtstrahl auffällt. Dieser wird
von oben aus den Bäumen auf einen kleinen schmalen Weg geworfen.

»da vorn! kommt!«
Gemeinsam gehen Sie auf den Lichtstrahl
zu der immer größer und heller zu werden
scheint.

Er leuchtet von oben aus dem Tief-
schwarzen Baumkronen hinab auf ein Wegekreuz. Auf dem Schild welches

unteranderem Richtungspfeile beinhaltet und auf dem kleinem schmalem Pfad steht stehen alle drei davor. Herold versucht zu entziffern was auf dem Schild steht doch es ist in einer alten Schrift geschrieben welcher er nicht mächtig ist. Drothe drängt sich an Herold vorbei und meint.

»Es ist die Göttliche Sprache! Sie ist seit mehr als Hundert Jahren ausgestorben.«

Drothe konzentriert sich und fängt an das mittige eckige Schild in verblichener Schrift zu lesen.

Er ließ den anderen laut vor.

»Ist oben nicht unten und links nicht rechts so kommt ihr nie heraus aus diesem Geflecht.

Die Farben müsst im Kopf behalten erst Rot dann Grün dann Blau und Weiß es ist nicht alles hier wie es Scheint!

So folgt dem rechten auf dem Ihr euch befindet und ihr werdet die Zukunft erkennen!«

Asrael und Herold schauen sich nach dem vorlesen des Schildes verdutzt an.

»was ist damit gemeint?« fragt Asrael.

Herold und auch Asrael sind verwirrt sie können mit diesen Worten zunächst nichts anfangen. Herold bemerkt in der Zwischenzeit das auf dem rechten grünem Pfeil nur das Wort Warnung steht. Auf dem linken blauen Schild steht rechts und auf dem weißen Schild welches geradeaus führt steht links. Hinter ihnen bemerkt Herold ein weiteres Schild welches gerade noch nicht da war. Dessen ist er sich sicher!

»war das gerade auch schon dort?« fragt er in die Runde.

»ich kann mich nicht daran erinnern.« meint Asrael auf die Frage.

Auf dem Schild steht nur das Wort »Vorsicht!«

Asrael überlegt und versucht die Tafel mit dem Rätsel zu verstehen.

Nach ein paar intensiven Minuten des Nachdenkens ist er sich aber sicher das Gedicht verstanden zu haben und meint darauf!

»Es gibt mit Sicherheit nicht viele Wege hier raus! Wir müssen nur alles richtig machen! Also folg mir hier entlang!«

überrascht von Asraels Anführer Potenzial folgen Drothe und Herold, Asrael den rechten Weg entlang der Route.

»In Ordnung dann nichts wie los!« meint Asrael noch beim Loslassen.

Zwar ist Herold etwas verwundert woher Asrael jetzt den Mut hat. Gerade eben war er noch in Panik und nun übernimmt er das Kommando. Schritt für Schritt wird es wieder dunkler und Unheimlicher. Die Stille im Wald, lässt einen fast verrückt werden. Asrael fängt an sich unsicher zu fühlen will sich seine Unsicherheit aber nicht anmerken lassen. Schritt für Schritt geht Asrael weiter voran ganz so als wäre nichts gewesen. Der Wald verschluckt sämtliche Umgebungsgeräusche dazu die Dunkelheit die wieder einkehrt nach dem sie sich wieder von dem Wegekreuz entfernen. Da kommt Asrael auf einmal eine Idee. Er bleibt vor Herold stehen und fängt an in seinem Tuchbeutel rum zu wühlen. Nach kurzer Zeit zieht er ein Pergament aus dem Beutel. Herold sieht in der Dunkelheit nicht sehr viel und kann nur die Silhouette von Asrael erkennen. Er fragt ihn leise.

»Was machst du da? Oder was hast du vor?«

Asrael reagiert zuerst nicht auf Herold stattdessen murmelt er irgendetwas vor sich hin während er von dem Pergament abliest.

Wie aus dem nichts sagt er plötzlich! »Ich glaube das hier kann uns helfen!«

Herold versteht nicht was er damit sagen will.

Asrael faltet das Pergament zusammen und steckt es sich ein. Asrael spricht in einer unverständliche Sprache. Es sieht jetzt so aus als würde Asrael eine imaginäre Kugel formen wollen. Gerade in dem Moment als Herold Asrael noch einmal fragen will was er das treibt formt Asrael eine kleine Leuchtende Energiekugel. Die Kugel wird immer heller und heller und erzeugt eine Glänzendes gleißendes Licht vor sich. Nach einer kurzen Zeit ist die Kugel soweit Kanalisiert das er seine Hände weg nimmt. Die Energiekugel sieht aus wie ein fliegender Orb er hat die Größe eines Menschlichen Kopfes. Drothe der hinter den beiden hergelaufen ist schreckt zurück. Herold sieht in dem Licht wie unwohl ihm zu seinen scheint. Er geht zu Drothe und redet ihm gut zu. Gerade als Herold noch etwas sagen will fängt die Kugel an zu flackern. Es schießen kleine Blitze aus ihr und auch Asrael geht nun einige Schritte zurück. Ein lautes Knacken und knallen geht von ihr aus.

»ist das Normal?«

ruft Drothe laut.

»nein! Geht in Deckung«
Herold schnappt Drothe am Arm und
springt mit ihm eine kleine Kule herunter.

Asrael versteckt sich hinter einem
Baum von wo er seinen Orb noch beobachten kann. Er kann sehen wie sich die
Lichtkugel aufbläht und aus dem hellen
weißen Licht wird jetzt ein eher leicht
gelbliches Licht es wirkt als würde der
Wald und die Umgebung das ganze Licht
verschlucken.

»Was! Das kann nicht sein!«
Meint Asrael zu sich selbst.

Als auf einmal ein riesiger Knall
durch den gesamten Wald zu hören ist.
Danach ist es wieder stockfinster nur
kleine leuchtende Partikel senken sich
in Richtung Boden dort wo gerade noch
die Lichtkugel war.

»seid ihr OK?«
ruft Asrael in die Dunkelheit.

»Ja uns fehlt nichts!«

ruft Herold aus der Dunkelheit gegenüber.

»In Ordnung! Also entweder ist dein
Zauber ist scheiße, oder irgendetwas
stimmt hier ganz und gar nicht!«

betont Herold im Ironischen Sinne.
»Ne komm in Ordnung komm lass gut sein!
Wir müssen hier wieder rauskommen!«

Gemeinsam treffen sie sich wieder
oben auf dem Pfad. Herold möchte gerade
ein Gespräch beginnen als sie Hufe aus
dem Wald hören.

»von wo kommt das?«
flüstert Asrael doch die Hufe kommen
schnell näher.

Herold zieht sein Schwert und stellt
sich in Richtung der Hufgeräusche.

»hinter mich!«
ruft er energisch.

Immer lauter und näher kommen die
Hufe in der Dunkelheit angetrabt doch
dann zum verwundern aller ist es kein
Feind es ist Rupert der in der Dunkelheit erscheint.

»nanu, wo kommst du denn her?«
fragt Asrael während er zu ihm geht und
ihn über die Mähne streichelt.

»ich hab ihn schon fast vergessen!«
meint Herold.

»ja ich auch.«
sagt Drothe dazu.

»in Ordnung dann los, wir müssen weiter!«

sagt Herold und fasst den Entschluss
endlich weiter durch die Dunkelheit zu
marschieren.

Herold schnappt sich Rupert und folgt
vorsichtig schritt für schritt dem Dun-
kele Pfad. Asrael sowie Drothe laufen
Ihm hinterher. Sie überlegen weiter wo
das Problem war. Dann in der Ferne bemerkt Herold ein kleines helles Licht.

»Dort schau!«
Ruft er ganz aufgebracht.

Kurz erschrocken von dem plötzlichem
Wortlaut hebt Asrael den Kopf und sieht
das Licht in der Ferne.

»Ist das der Ausgang?«

Fragt Asrael neugierig.

»Ich bin mir nicht sicher aber er könnte es sein!«

meint Drothe auf die Frage.
Hastig gehen sie schneller und schneller auf das Licht zu welches von Schritt zu Schritt heller und Größer wird.

»Noch ein Wegekreuzung?«
Sagt Herold deutlich und enttäuscht.

Asrael schaut sich um und begutachtet die Schilder die sich an der Kreuzung befinden. Danach antwortet Herold.

»Nein, Nicht noch eine Kreuzung! Es ist die, selbe Kreuzung!«

Erst jetzt bemerkt Asrael und auch Drothe das Herold in seiner Aussage Recht hatte.

Niedergeschlagen wissen sie nun das sie tatsächlich an derselben Kreuzung wie gerade eben stehen.

»wie kann das sein? Wir sind doch rechts gelaufen?«

meint Asrael verwirrt.

»vielleicht sind wir ja im Kreis gegangen?«

Antwortet Drothe.
»kann ja nicht wir sind auf dem Weg geblieben!«

antwortet Herold darauf und meint
»dann gehen wir halt links und bleiben auf diesem Weg!«

die anderen beiden stimmen ihm zu. Zusammen gehen sie jetzt den linken Pfad entlang. Alle drei gehen mit Rupert der sich hinterher ziehen lässt weiter. Nach dem sie zusammen einige Augenblick den dunklen Pfad links entlang gelaufen sind wird Rupert unruhig er springt mit den Vorderhufen nach oben und anfängt zu Wiehern. Obwohl Rupert die bisherige Reise ohne weitere Probleme mitgemacht hat bemerkt wohl auch dieser, dass hier etwas nicht stimmt. Asrael der weiter hinten läuft versucht Rupert in der Zwischenzeit zu beruhigen.
»ruhig größer!«
sagt er lautstark.

»In Ordnung… In Ordnung! Nochmal ganz
in Ruhe!«

betont Herold mit Ruhiger sanfter
Stimme in die Runde.

Immer tiefer und weiter gehen sie
durch den Wald den linken Pfad entlang.
Asrael und Herold drehen fast wie abge-
sprochen zeitgleich um. Das Licht von
der Kreuzung wird immer kleiner und entfernt sich Schritt für Schritt. Unbeeindruckt gehen sie immer weiter. Doch mit
einem Mal ist alles etwas anders als sie
erwartet hätten. Der Wald ist immer noch
dicht und dunkel aber sie kommen nicht
wieder an der zur Überraschung aller an
der Kreuzung an. Das Licht von der Kreuzung ist mittlerweile verschwunden doch
in der Ferne Taucht ein neues Licht auf.

»Nicht schon wieder!«
ruft Asrael doch sein Ruf wird unterbrochen von lauten Wind fast Sturmähnliche
Zustände kommen aus dem Nichts.

Gerade als Herold, Drothe und Asrael
befehlen will sich Schutz zu suchen ist

der Spuk auch schon wieder vorbei. So als wäre nie etwas gewesen.

»was war das?«
fragt Drothe doch beide wissen keine Antwort auf seine Frage.

Drothe schreitet voran und geht immer weiter auf das Licht in der Ferne zu. Diesmal laufen Asrael und Herold hinten und folgen Drothe den Pfad entlang. Alle drei stellen zu entsetzten fest, dass sie Mal wieder an einer Kreuzung stehen nur diesmal eine andere die dieser sehr ähnelt. Es ist eine Kreuzung die nicht durch die Baumkronen von oben hinab beleuchtet wurde. Auf dieser Kreuzung stehen überall leuchtende Pilze die aus dem Boden ragen, sie sind farblich Sortiert von weg zu weg diese erleuchten die Umgebung fast Tag hell. Es wirkt surreal ganz wie ein Buntes Farbenmeer. Rote, grüne, blaue und leuchtend weiße Pilze ranken aus dem braunen Erdboden.

»wow!«

fällt Herold nur ein als er das Farbenmeer sieht.

»wo sind wir?«
hinterfragt Asrael die anderen mit
leicht gehässiger Stimme.

Aber Herold erinnert sich an das
Schild von der ersten Kreuzung.

»Die Farben der Pilze standen auch
auf dem Schild!«

Antwortet Herold lautstark.
»was meinst du?«

möchte Drothe wissen.
Nach und nach verliert Asrael langsam
die Geduld.

»ich will aus dem Wald raus!«
ruft er sauer.

Herold wird zunehmend etwas erboster
bei solchen frechen Aussagen.

»denkst du wir nicht?«
meint er mit Ironischer Stimme zu Asrael.

Aber noch hat sich Asrael insofern im
Griff das er alles andere was er denkt
nur runterschluckt.

»welche Reinfolge ist die richtige?«
Fragt Drothe mit ruhiger Stimme um die
Situation zu entschärfen.

»War es Blau, Rot und dann Grün? Oder
doch Grün, Blau und zum Schluss Rot?«
spricht Herold leise nachdenkend.
Er überlegt kurz. Die leuchtenden Pilze
stehen weiterhin Farblich geordnet als
würden sie jeweils einen Pfad Farblich
markieren. Asrael mischt sich in Herolds
Gedankengang ein und wirft eine Aussage
dazwischen als dieser sich gerade konzentriert.

»Rot! Wir müssen den Roten weg gehen!«

Herold schaut Asrael verwundert an.
»Mensch nicht schlecht! Du bist doch zu
etwas zu gebrauchen!«
kommt von Herold mit einem Unterton
in seiner Aussage.

»Willst du mich verarschen? Was soll
der scheiß!«
fragt Asrael enttäuscht von Herolds
Aussage.

Herold schaut Asrael mit großen Augen an!

»Tut mir leid ich wollte das so gar nicht sagen!«

Betont er traurig.

»Ist schon In Ordnung! lass uns einfach nicht weiter drüber reden und hier verschwinden!«

Asrael geht zu dem Rot ausgeleuchtetem Weg und zieht einen der Pilze aus dem Boden.

Die anderen machen es ihm nach. Zusammen folgen sie zusammen mit Rupert der noch immer hinterher trappt und mit den Leuchtenden Pilzen in der Hand dem Roten weg. Alle drei folgen wie Asrael es vorgeschlagen hat dem Weg. Der Rote Weg zieht sich ins schier unendliche es macht den Anschein als würden sie einen Unendlich langem Weg folgen der sich immer wieder alle fünfzig Schritte wiederholt. Immer wieder der gleiche Busch und der gleiche abgeknickte Baum. Alles sieht gleich aus und Rote Pilze stehen im Abstand von zwei Schritten auseinander. Es macht den Anschein als würden sie keinen Schritt voran kommen und dich laufen sie immer weiter und weiter. Ein Leuchtpilz nach dem anderem und immer noch kein Ende in Sicht. Gerade als sie das Gefühl bekommen durch zu drehen und Asrael fast eine Panikattacke bekommt kommen sie nach einer gefühlten Ewigkeit an einem Roten weg.

»Nein!«
Schreit Asrael Lautstark kurz vor einem Nervenzusammenbruch und fällt auf die Knie.

Es ist die selbe Kreuzung an der sie gerade noch waren und an den leuchtenden Pilzen vorbeigelaufen sind.

»Warte kurz!«
ruft Herold aus dem nichts.

»Es ist nicht dieselbe Kreuzung!«
meint er noch im Anschluss.

Dies sagt er aber auch um Asrael zusätzlich zu beruhigen. Die Kreuzung auf der sie sich befinden ähnelt der von vor einer gefühlten Stunde stark. Nur mit der Ausnahme das sie jetzt vor sich nur noch einen weg links und ein Weg nach rechts haben. Der Ursprüngliche Weg den sie gegangen sind ist verschwunden. Es bleibt ihnen nur noch die Möglichkeit den rechten grünen oder dem Blauen linken weg zu folgen. Gemeinsam entschließen sie sich für den rechten grünen weg! Und kommen diesmal zur eigenen Überraschung nach kurzer Zeit auf einen geraden Pfad der an den der ersten Kreuzung im Wald erinnert. Keine leuchtenden Pilze erleuchten den Wegesrand mehr. Es siegt so als wäre hier eine Kreuzung geplant aber nur ein einziger Weg führt davon ab. Dort wo vorhin noch vier Wege abgingen ist nun nur noch eine Möglichkeit weiter zu gehen. Es ähnelt einer Kreuzung und doch ist es keine. Es gehen verschiedene Wege ab und doch ist nur ein Weg dort.

»Super gemacht! Was soll der scheiß eigentlich?«

Fährt Herold, Asrael mit einer Art an die er nicht von ihm kennt.

»Wie bitte?«
hinterfragt Asrael darauf hin mit entsetzter, und zugleich erbosten Stimme.

»Ich hau die gleich aufs Maul, wenn du noch mehr gequirlte scheiße von dir gibst!«
Schreit Herold in an.
Dieser hat eine Wut in sich und kann diese kaum noch unter Kontrolle halten. Er ballt seine Fäuste.

»Herold! Was ist los mit dir?«
Fragt Asrael mit Angst und Unsicherheit in seiner Stimme.

»Ich bringe dich um du scheiß Verräter!«
kommt von Herold er hat seinen Satz noch nicht ganz angesprochen und stürmt auf Asrael los.

Dieser weiß gar nicht wie ihm geschieht als Herold auf ihn los geht. Herold holt mit ganzer Kraft aus und verpasst Asrael eine mitten auf den

Wangenknochen. Asrael geht sofort zu Boden und ist Bewusstlos von dem harten Aufprall der Faust in seinem Gesicht. Asrael ist hart mit dem Kopf auf dem Boden aufgeschlagen und liegt nun Regungslos dort. Drothe ist ganz entsetzt und weiß nicht was er machen soll. Am liebsten wäre er eingeschritten aber es ging so schnell das er keine Möglichkeit dazu hätte. Als Asrael nach kurzer Zeit wieder zu sich kommt sieht er wie Herold wenige Schritte von ihm entfernt zusammen gekauert an einem Baum sitzt und die ganze Zeit unverständliche Worte von sich gibt. Drothe steht neben ihm und flüstert Herold etwas zu. Asrael rappelt sich hoch, hält sich den Kopf der schmerzt und geht vorsichtig zu Herold rüber. Noch aus der Entfernung fragt er Herold behutsam.

»Herold? Alles In Ordnung?«
In diesem Moment als Asrael seine Frage beendet hat schnellt Herold den Kopf

hoch und schaut ihn mit glänzenden komplett weißen Augen an.

Asrael ist starr vor Schreck und sogar Drothe schreckt zurück und stützt sich mit beiden Händen nach hinten ab. Asrael kann noch aus der Entfernung in der Dunkelheit die weißen Augen wahrnehmen. Herold spricht!

»Ulug krosch hagjan!«
kein Wort kommt über die Lippen von Drothe und Asrael.

Und wiederholt schreit Herold
»Ulug krosch hagjan!«
so laut das es durch den Wald hallt. Asrael schaut skeptisch und aus sicherer Entfernung zu Herod rüber.

»Herold ich bin es! Erkennst du mich? Ich komme zu dir rüber!«
in dem Moment als Asrael den Satz beendet hat schüttelt Herold den Kopf und fragt.

»Was ist passiert?«
Asrael antwortet leicht verängstigt!

»Ich glaube das war ein Fluch! Du hast irgendetwas auf Orkisch gefaselt!«

Herold schaut ohne ein Wort sagen zu können zu Asrael und Drothe.

Herold der keinen Satz rausbekommt ist sich noch nicht ganz sicher bei alle dem. Doch bevor er etwas fühlt er sich bedroht und stürmt auf Asrael los er selbst weiß nicht wieso seine Gedanken sind klar und dich macht sein Körper etwas anderes. Asrael weiß gar nicht wie ihm geschieht. Herold holt mit seiner ganzen Kraft aus und verpasst Asrael mit der Faust eine mitten auf den Wangenknochen. Das einzige was er raus bekommt ist!

»Was habe ich?«
Asrael überlegt kurz und versucht wiederzugeben was er gehört hat bekommt es aber nicht hin und antwortet nur!

»Ich kann es dir nicht beantwortet! Aber wenn ich eines weiß, dann das wir hier raus müssen!«

»du sagtest das Zeit keine Rolle
spielen!!«

antwortet Drothe.

»woher kannst du Orkisch?«

fragt Asrael ihn.

»In meiner Zeit hätte man die Möglichkeit ein kleinen Teil der Sprache zu
lernen!«

»wie das denn?«
möchte Herold wissen der noch immer am
Baum sitzt.

»wenn wir einen gefangen haben könnten wir so einiges über sie lernen.«

Asrael geht in der Zwischenzeit zu
Herold hin und streckt seine Hand aus um
Herold auf zu helfen Dieser Antwortet
Drothe.

»das könnte uns noch nützlich sein!«
Herold nimmt die Hand von Asrael und
zieht sich hoch.

»Wir sollten keine weitere Zeit mehr
verlieren und weiter!«

Meint Asrael in einer ruhigen Art zu
den anderen.

Herold geht zu Rupert streichelt dem
Ackergaul über das Gesicht und Mähne
nimmt die Zügel in die Hand und sagt
entschlossen

»In Ordnung kommt! Nichts wie raus
hier!«

Ohne weitere Zeit zu verlieren gehen
sie zusammen den letzten möglichen Weg
entlang immer weiter geradeaus.

Je weiter Sie dem Weg folgen je Heller scheint alles zu werden. Herold und
Asrael bleiben mit einem Mal verdutzt
stehen. Auch Drothe kann gar nicht glauben was dort vorne auf sie Wartet und
mitten im Wald steht. In nicht einmal 10
Schritt Entfernung direkt vor ihnen
steht mittig auf dem Waldweg eine Holztür. Asrael und auch Herold können beide
sehen das unter dem Türspalt ein helles
Licht durchscheint. Vorsichtig gehen sie
zusammen näher an die Tür heran. Asrael
sagt noch zu Herold im Spaß

»Du machst aber die Tür auf!«

doch noch beim Lachen fasst er sich wieder an den Kopf der immer noch schmerzt und sticht.

Herold schaut noch mit einem leichtem Blick zu Asrael rüber und entschuldigt sich bei ihm für den Schlag.

»Was habe ich nochmal gesagt?« möchte Herold von Drothe wissen und hinterfragt dies erneut.

»du sagtest das Zeit keine Rolle spielt!!«

antwortet Drothe.

»woher kannst du genau Orkisch?«

fragt Asrael ihn.

»In meiner Zeit hatte man die Möglichkeit ein kleinen Teil der Sprache zu lernen!«

Drothe erklärt ihnen das im Verlauf der Krieges und der Gefangennahme ausreichend Zeit war diese Sprache zu lernen.

Nachdem das Gespräch beendet ist geht Herold ohne zu zögern auf die Tür zu. Alle wollen nur noch aus diesem Alptraum raus aber Asrael ist sogar froh das Herold der ersten Schritt gemacht hat und die Tür ergreift. Herold nimmt den goldenen runden Knauf in die Hand dreht diesen vorsichtig nach links und öffnet ganz vorsichtig die Holztür die sich mit einem leichtem knarzen öffnen lässt. Ein helles Licht blendet sie, es ist so hell das sie sogar das Gefühl haben zu erblinden. Nach einigen Sekunden des Schreckens, schauen sie durch den Türrahmen auf eine Wundervolle Landschaft. Es sieht aus wie aus einem Märchenbuch oder einer Geschichte von den Großeltern genauso wie aus einer Sage oder Legenden. Sie schauen auf Grüne kleine Hügel die Hasen hoppeln über die Grünflächen und es ist eine Wunderschön warme Atmosphäre. Die warme Luft weht durch den Türrahmen und die Sonne erwärmt die Haut. Ohne lange zu überlegen oder eine Sekunde zu zögern treten sie durch die Tür. Sie gehen ein paar Schritte weiter auf die Wiese und genießen für einen Augenblick die Freiheit!

»Ich glaube wir haben es geschafft und sind aus dem Wald raus!«

freut sich Asrael fast wie ein kleines Kind.

Stille, Ruhe und Geborgenheit kehrt ein. Geradewegs in diesem Moment hören sie wie die Tür hinter ihnen zuknallt. Selbst Rupert hat sich dadurch so erschrocken das er sich losreißt und über die weite Wiese läuft. Asrael will noch hinterher rennen doch es ist spät. Rupert verschwindet aus dem Blickfeld und rannte weck. Zuerst schauen Drothe und Herold Asrael hinterher der versuchte Rupert einzufangen doch nur einen Augenblick später drehen sie sich zur Tür um. Doch durch die Tür, durch die sie gerade noch gegangen sind, ist keine Tür mehr zu sehen. Die Tür die gerade noch da stand ist verschwunden. Herold ruft Asrael der einige Schritte entfernt auf einem Hügel steht zurück. Herold zeigt

auf die Stelle wo gerade noch die Tür
war und Asrael bleibt geschockt stehen.

»wo ist sie hin?«
fragt er entsetzt als wieder näher
kommt.

Da ist keine Tür mehr! Sagt er erneut
geschockt. Es ist nur noch ein Wald zu
sehen der sich dahinter befand. Es sieht
ein wenig so aus als wäre es der selbe
Wald in dem sie gerade noch waren. Aber
keiner der drei möchte es herauszufinden. Das Wissen und verstehen sie auch
ohne sich abzusprechen. Drothe fällt auf
das es sogar noch schlimmer ist als er
zur Waldkante geht. Nicht nur der Eingang des Waldes ist dort mit den kleinen
senken sondern auch alles andere ist da.
Drothe bückt sich und fasst mit den Fingern über die Erde. Er stellt fest das
sogar die Fußabdrücke von ihnen noch zu
sehen sind. Auch Ruperts Hufabdrücke
sind noch immer im Lehmboden zu erkennen.

»Was ist hier los?«

fragt Asrael mit einem Blick zu Herold und Drothe.

Aber Drothe hat seine Frage komplett Ignoriert und Antwortet!

»Wie geht es deinem Gesicht?« Erst jetzt nach dem Aussprechen von Drothe bemerkt er wieder seine Wahnsinnigen Kopfschmerzen die er noch von dem Schlag hat.

»es geht, ich werde es überleben!« meint Asrael dazu.

»Drothe was hast du gesehen?« hinterfragt Herold, Drothe der von der Waldkante zurück ist.

»Selbst, wenn ich es dir sage, würdet ihr mir doch nicht glauben!«

beide schauen fragenden Blickes zu Drothe.

Doch Drothe muss gar nichts aussprechen! Asrael und Herold fallen jetzt erst wirklich auf das sie sich an dem exakt selben Punkt befinden wie vorhin. Nach den letzten vergangen, Stunden haben alle zunehmend den Punkt zwischen

Realität und Scheinwelt verloren. Nachdem der erste und auch zweite Schock überwunden wurde, versuchen sie sich erstmal zu Orientieren. Das nächste Problem was wartet ist das weder Asrael noch Herold eine Ahnung haben in welche Himmelsrichtung sie laufen müssen. Drothe entschließt sich dazu erst einmal den Pfad weiter zu laufen und überredet so die anderen. Asrael und Herold folgen mit Drothe der vorweg läuft dem Pfad. Auf dem Weg haben Asrael und Herold wie durch Zufall den selben Vorschlag. Diesen teilen sie sogar fast Zeitgleich mit.

»Wir sollten eine Person finden die uns Aufklären kann!«

beide sprechen es fast Synchron zu einander aus beide müssen sogar darauf kurz Loslachen.

Als beide noch am grinsen über ihre Aussage sind werden sie von einem Magier Unterbrochen. Dieser kam von dem Pfad hinter ihnen und hat sich ihnen

genähert. Hinter Asrael, Drothe und Herold kommt wie aus dem nichts eine Männ-
liche Stimme.

»Guten Morgen die Herren!«
Asrael und auch Herold drehen sich
schreckhaft um.

Wie selbst verständlich antwortet Herold

»guten Morgen!«
Asrael schaut zu Herold.

»guten Morgen?«
sagt Asrael fragend.

»Keine Angst meine Herren ich will
euch nichts tun!«

»darum ging es mir nicht!«
betont Asrael.

»worum dann?«
möchte der Fremde wissen.

»nichts alles gut!«
erklärt sich Asrael mit einem Blick zu
Drothe und Herold das sie jetzt nichts
falsches sagen.

Der alte Mann grinst und antwortet.
»nun gut in Ordnung!«

Auf Asraels Vorsicht hin sind sie alle nach allem was passiert ist noch vorsichtiger.

»wer seid Ihr denn?«
Fragt Asrael skeptisch.

»Ich bin nur ein alter Mann auf der Durchreise! Mein Name ist Lertaac!«

Nun mischt sich wieder Herold ein!
»Auf der Durchreise! Wohin denn wenn wir fragen dürfen?«

»Ich bin auf dem Weg in Richtung Kosch Berge!«

Antwortet der alte Mann mit einem Lächeln in der Stimme.

»Kosch Berge?«
möchte Herold von ihm wissen.

»Ja die Kosch Berge liegen noch einige Tagesreisen von hier im Westen!«

Asrael muss kurz überlegen. »Entschuldigt bitte die Frage! Aber wieso?«

»Ich will in die Provinz! Hier ist es alleine zu gefährlich ich bin mittlerweile zu alt.«

Drothe räuspert sich auf dessen Aussage.

»ähm ja, Ich musste nur einen Auftrag erfüllen!«

Antwortet der Mann etwas kleinlaut. Asrael schaut Herold an als würde er Fragen wollen ob er mehr versteht als er.

»Musste?«

fragt Asrael den alten Mann auf dessen Aussage.

Herold hingegen ist eher am Auftrag Interessiert und Fragt nach diesem! »Tut mir leid meine Herren, mehr darf ich euch dazu nicht sagen!« Antwortet der alte.

»Und wohin seid ihr denn Unterwegs?« stellt der Fremde als Gegenfrage.

Asrael schüttelt leicht den Kopf ohne das es Groß auffällt dich Herold antwortet ihm.

»Wir wollen in Richtung Wehrholm oder Kiesweck!«

Der Mann bekommt bei der Aussage ganz große Augen und muss einmal Kräftig Schlucken!

»Wehrholm?... Kiesweck! Seid Ihr von allen Zwölf Götter verlassen? Noch dazu in der Aufmachung!«

»wie können wir das Verstehen?« meint Asrael auf dessen Aussage.

Nach einer kurzen schweige Pause redet Herold weiter.

»Wir sind im Auftrag von König Sentur der XV unterwegs und sollen die Truppen in Wehrholm bei der Belagerung unterstützen!«

Der Magier schluckt erneut kurz und Antwortet darauf nur!

»Ähm…. Ich denke nicht!« Ohne auch nur einmal kurz zu warten fragt Herold.

»Wie ihr denkt nicht!« Noch bevor ein weiterer Satz von Asrael kommen kann erzählt der Fremde ihnen etwas was sie alle lieber nicht gehört hätten.

»Die Belagerung von Wehrholm fand vor
112 Jahren statt! Es begann sogar noch
vor Wehrholm nämlich in Barekastria!«

Mit jedem Wort merkt Asrael wie sein
Blut in die Beine fließt und er das Gefühl bekommt Ohnmächtig zu werden.

Der Mann redet weiter.
»Die Orks haben eine Ablenkung gestartet
und Griffen von hinten zuerst Barekastria am Morgen des Jahres 22 nach
KES! Etwa zum Zehnten Glockenschlag an.«

Auch Herold kann kaum glauben was sie
hören.

»Sie überrannten Wehrholm und nach
noch nicht einmal einem Tag, nachdem
Wehrholm gefallen war, fiel auch der
Rest! 7 Jahre anhaltender Krieg!«

Drothe ist verwirrt zwar kennt er bereits diese Geschichte doch versteht er
selbst gerade auch nicht was hier vor
sich geht.

Der Mann erzählt weiter.
»Die Bürger und Untertanen von König
Sentur der XV waren nach dieser Zeit

nicht mehr so begeistert von dessen Regentschaft. Ihre Worte waren damals! Er hat sein Volk ins Verderben rennen lassen!«

»Es gab nach den Belagerungen einen Angriff auf Garetekka! Diese hat den König Sterben lassen! Die Ehemalige Hauptstadt Garetekka ist jetzt eine Orkstadt!

Es gibt nur noch kleine Provinzen der Menschen, die meisten hinter den Kosch Bergen. Aber das wisst ihr mit Sicherheit alles bereits! Die Menschen mussten sich nach dem Krieg zurückziehen und die meisten von uns leben jetzt weit hinter den Wäldern und Bergen im Westen.

Die Orks haben fast alle Städte ausgelöscht es gab kaum Überlebende. Jeder kennt doch die Geschichte des Sieges über die Menschen von den Orks!...«

Je mehr und mehr der Mann erzählt desto schneller schlägt das Herz von Herold und auch Asrael. Beide müssen noch einmal nachfragen.

»112 Jahre?«

Fragt Herold ganz erschrocken und Kreidebleich.

Asrael fragt ebenfalls mit zitternder
Stimme

»welches Jahr haben wir?«
Der Mann Antwortet darauf mit lachender
selbstverständlicher Stimme!

»Das Jahr 141 n. KES oder auch das
Jahr 112 n. dem Krieg! Wieso fragt ihr?«

Asrael und Herold können nicht Glauben wer der Mann gerade von sich gab.

»Das ist ein Scherz oder?«
fragt Herold den Mann!

»ähm… nein wieso sollte dies ein
Scherz sein?«

Asraels Herz schlägt immer schneller
und er fängt an schwer zu Atmen.

Herold bekommt mit wie Asrael sich an
die Brust fasst und will ihn gerade darauf ansprechen. Doch dazu kommt es
nicht mehr, weil der Durchreisende noch
etwas dazwischen, ruft.

»Ach so! ihr habt mich nie gesehen!«
Zwar geschockt aber neugierig Fragt Herold nach.

»Wieso, wenn ich fragen darf?«
Doch anstatt zu antworten grinst der Fremde nur schnippst einmal und ist verschwunden.

»Drothe hast du das gesehen?«
sagt Herold vollkommen baff.

Herolds Hand haut ins leere als er gerade Drothe darauf aufmerksam machen wollte. Er schaut sich um und kann es kaum glauben aber Drothe ist ebenfalls verschwunden.

»wo ist er hin?«
Fragt Herold Asrael der vor ihm steht.

»wer?«
fragt Asrael zurück.

»Drothe!«
»wer ist Drothe?«

Herold schaut Asrael entsetzt an.
»du verarscht mich?«

Antwortet Herold ernsthaft.
»Wie kann das sein?«

Fragt Herold sich selbst!

»du weißt wirklich nicht wer Drothe ist?«

fragt er ein letztes Mal mit ruhiger stimme zu Asrael rüber.

»nein!«

Antwortet er.

»und Lertaac?«

Asrael zuckt mit den Schultern.

»ich hab keine Ahnung was du meinst!«
entgegnet er.

Herold Versucht Asrael aufzuklären.

»Gerade waren wir noch im Jahr 22. Und befinden uns jetzt 112 Jahre später wieder!«

Herold versucht es mit allen Mitteln logisch zu betrachten.

Und auch Asrael bemerkt das Herold keine Scherze macht. Er versteht zwar nicht was Herold meint aber versucht sich dennoch mit einzubringen. Aber wie sehr beide sich auch anstrengen, keiner kann das geschehene logischen Erklären. Als Herold und auch Asrael einen kurzen

Augenblick stillschweigen. Beschließt
Asrael sich weiter auf den Weg zu machen. Er meint darauf.
»ich denke nur so bekommen wir Antworten!«

»In Ordnung aber vorsichtig und wir
machen es auf meine Art!«
befielt Herold ihm. Nichts wissend
dreht sich Herold nach links und rechts
er hofft so zu erahnen in welche Richtung sie gehen müssen. Doch da beide
keine Ahnung haben in welche Richtung
sie müssen beschließen sie sich dafür
erstmal einen Weg zu finden um nach
Wehrholm zu gelangen. Zusammen gehen sie
den kleinen Hügel vor sich hinauf in die
selben Richtung in der auch Rupert verschwunden ist. Beide stehen nun auf einer Weggabelung nicht weit weg von dem
Hügel auf dessen Wegekreuz befinden sich
Holzschilder mit Richtungspfeilen. Mit
einem letzten prüfendem Blick Richtung
Schilder auf dessen Nattzu steht treten
sie ihre weitere Reise an. Doch das was

dort auf sie wartet und sie schon aus der Ferne erblicken können ist alles andere als normal. Asrael und Herold schauen sich an als wolle keiner von ihnen mehr weiterlaufen und trotzdem gehen sie ohne auch nur einmal zurück zu blicken immer weiter in Richtung Natzu.

Ist er Überall?

Allein ohne Drothe laufen sie von der Straße aus über eine weitere Erhöhung und bemerken noch bevor sie wirklich oben angekommen das die große Schwarze Rauchsäule immer höher am Horizont steigt. Als die beiden oben auf der Anhöhe stehen sehen sie erst was wirklich alles anders ist. Die komplette Umgebung um sie herum ist ausgetrocknet und braun. Kein Grün blüht mehr in der Umgebung. An den ehemals schönen Bäumen befinden sich keine Blätter mehr. Nur noch Asche und Glut fliegen durch die Luft der Boden ist Staubig und Sandig. Einige Bäume vor Ihnen sehen aus als wären die komplett abgebrannt. Diese sind Rußig schwarz und qualmen sogar noch. Die Luft riecht nach verbranntem Holz, Blut und Tod. Herold kommen Erinnerung aus seiner früheren Zeit hoch. Es sind Erinnerungen die aus seinen Kriegszeiten sind. Es ist alles genau wie nach einer Schlacht. Beide können nicht glauben was sie sehen. Gerade eben noch war es das reinste Paradies und jetzt ist alles vollkommen Zerstört. Asrael und Herold trauen ihren Augen nicht beim Anblick der Zerstörten Umgebung. Es muss wohl allem Anschein nach die Stadt Nattzu sein vermutet Herold. Asrael holt einmal tief Luft und sagt zu Herold.

»los komm! Aber wir sollten die Umgebung im Auge behalten.«

Herold nickt geschockt und Sprachlos auf dessen Anweisung.

Auch Asrael holt tief Luft und gemeinsam folgen sie dem Weg immer weiter auf die Dichte Rauchsäule zu. Nach einiger Zeit des Fußmarsches kommen sie der Stadt immer näher die Rauchsäule steht mittlerweile hoch über ihnen. Nach einer ganzen Zeit stehen sie nun vor den Toren der Stadt. Eine Große Mauer lässt nur erahnen was sich dahinter befindet. Sie sehen ein Schild welches nur noch an einem kleinen Ring hängt. Auf dem Schild kann man schwach lesen das dort mal Willkommen in Nattzu stand. Es scheint wirklich Nattzu zu sein stellt Asrael fest.

»aber wie kann das sein? Die Orks können doch nicht so schnell aus Wehrholm hier gewesen sein!«

Herold ist sich nicht sicher, er ist verwirrt und versucht Asrael klar zu machen was alles passiert ist.

»wir können nicht einmal genau sagen wo oder wann wir uns befinden!«

»wie meinst du das?«
möchte Asrael von ihm wissen.

»es ist zu viel passiert, viel zu viel seltsames!«

Erst jetzt versteht der Magier aus Garetekka das Herold vielleicht doch die Wahrheit gesagt hat.

Herold stellt fest das wenn sie sich doch noch im Jahr 22 nach KES befinden

würden hätten die Orks niemals so
schnell hier sein können.

»Wehrholm zu erobern hätte noch viele
weitere Tage, wenn nicht sogar Monate
gedauert!«

versucht er Asrael zu erklären.
»und was sagt uns das jetzt?«

Asrael der von Kampf und Krieg nicht
die größte Erfahrung hat richtet sich in
so einer Situation lieber nach Herold
und überlässt ihm das Kommando.

Vorsichtig geht Herold zu dem großem
Tor und öffnet es vorsichtig einen Spalt
um hindurchsehen zu können. Viel erblicken kann er zunächst nicht und öffnet
es darauf vollständig. Langsam und Vorsichtig betreten die beiden mit ersten
Schritten die Stadt. Fast ganz Nattzu
ist nur noch Staub und Asche! Auf den
Straßen liegen einige Leblose Körper
herum. Diese scheinen noch nicht lange
dort zu liegen. Sie sind höchstens ein
Paar stunden alt vermutet Herold an Hand
von Frischem Blut und dem Aussehen der

teils verstümmelten Leichen. Herold und auch Asrael schauen sich genau um und begutachten einige der Toten!

»Sie sind aber nicht im Kampf gestorben!«

Sagt Herold zu Asrael!
»viele müssen auf Grund der starken Rauchentwicklung und dem Feuer gestorben sein!«

vermutet er sagend.
Gerade als Herold einen der Leblosen Körper durchsuchen will und zu diesem hingegangen ist kommt aus einem zusammen gestürztem Haus ein winseln und wimmern. Beide hören plötzlich ein Stöhnen und Schreien vor Schmerzen und Qualen. Herold lässt sofort von dem Körper ab und lauscht nach dem Geräusch. Auch Asrael hält ebenfalls die Luft an und lauscht genauso wie Herold. Und wieder ertönt ein Stöhnen. Asrael und Herold rufen beide danach um auf sich aufmerksam zu machen.

»Hallo ist da wer?«

zusammen gehen sie zu dem eingestürzten Haus.

Herold hebt einen großen Balken und ein paar Steine hoch. Darunter befindet sich ein noch bei Bewusstsein lebender Mann. Er ist schwer verletzt und Blutet stark. Die beiden sehen das er so sehr schwer verletzt ist, dass sie ihm kaum helfen können. Auch wenn sie beide es noch so gern würden. Neben Offenen Brüchen und Wunden ist sein Unterkörper unter der Last des Holzes zerquetscht worden. Es ist ein Wunder das er überhaupt noch lebt! Denkt Asrael bei dem Schockierendem Anblick. Aber da der Mann unter dem Balken ansprechbar scheint fragt er trotzdem.

»Können wir dir Irgendwie helfen?« Der eingeklemmte Mann sagt unter Schmerzen!

»Ich bin kein Narr! Ich weiß, dass ich hier Sterben werde! Aber da ihr die einzigen beiden seid die ich noch kennenlernen werde, möchte ich euch um zwei letzte gefallen bitten!«

nach Beenden des Satzes hustet er und spukt Blut das über seine Wangen nach unten läuft.

Herold schaut zu Asrael und ist davon beeindruckt das er in seinem Zustand überhaupt noch so antwortet!

»Aber natürlich! Wie immer wir helfen können!«

Antwortet Asrael dem Mann.
Herold fällt diesem ins Wort!

»können sie uns sagen was hier Passiert ist?«

Der Mann holt Luft und antwortet unter schmerzen.

»Gestern Abend, war alles ganz normal, wie immer! Nur ein Mönch war zu Gast in unserer Stadt.«

»Ein Mönch?«
hinterfragt Herold.

»Wie sah er aus?«
Möchte Herold wissen.

Der Mann antwortet!

»Ich konnte sein Gesicht nicht erkennen!
Er Versteckte es unter seinem Lila Umhang und Sprach nicht!«

»Und dann?«
drängt Herold als er sieht das der Mann
immer schwächer wird.

»Bin ich zu Bett gegangen ich Wohne
hier in dem Haus neben der Schänke! In
der Nacht wurde ich Wach! Aber da Stand
die ganze Stadt schon in Flammen! Ich
konnte mich nicht mehr Rechtzeitig Retten und bin hier verschüttet worden! Ich
hätte nicht gedacht das ich überhaupt
noch wen sprechen werden!«

Der Mann wird immer Schwächer und
leiser! Er kann kaum noch die Augen aufhalten.

Herold gibt ihm eine Backpfeife und
sagt.

»hey wach bleiben!«
der Mann kommt leicht zu sich und Asrael
sagt noch schnell als er mitbekommt das
der Mann nicht mehr lange hat!

»Sag uns dein wünsche!«

Dem Mann kullern Tränen von den Wangen!

»nehmt diesen Brief und gebt ihm bitte meiner Schwester! Ihr Name ist Sandra! Sie, wollte mich die Tage besuchen kommen! Ich wollte ihr vorher noch ein paar Sachen sagen die sie mir mitbringen sollte. Sagt ihr was passiert ist!«

hustet er vor Schmerzen.

»und wo finden wir diese?«

fragen Asrael und Herold fast Zeitgleich!

»nur einen Ort weiter! In Barekastria! Würdet ihr, Ihr diesen Brief für mich geben? Und ausrichten das ich es nicht geschafft habe?«

Stöhnt der Mann vor Schmerzen!

»Aber ja Selbstverständlich!«

Antwortet Herold und Asrael nickt daraufhin dem Mann zu.

»Und der zweite Wunsch?«

Fragt Asrael vorsichtig mit Tränen in den Augen beim Anblick von Schmerz und leid.

»Ich will keine Schmerzen mehr haben!
Bitte beendet es!«

Asrael zieht seinen Dolch und übergibt diesen Herold der vor dem Mann
kniet.

Herold nimmt den Dolch an sich und
setzt diesen auf Höhe vom Herz des Mannes an. Herold will gerade den kleinen
scharfen Dolch in das Fleisch des Mannes
stechen, aber noch bevor er zustechen
konnte gibt dieser seinen letzten Atemzug ab. Seine Pupillen werden größer und
die Augen verdrehen sich nach oben. Ein
tiefes einatmen kurz darauf kehr Stille
ein. Ohne ein Wort zu wechseln stehen
beide auf und entfernen sich daraufhin
von dem Leblosen Körper. Herold nahm zuvor noch den Brief aus der Hand des Mannes. Zurück auf der gepflasterten Straße
sagt Herold zu Asrael!

»Du weist aber wie sich das alles an-
hört oder?«

»Ja leider! Wie kann das sein? Meinst du das war der, selbe den wir im Wald gesucht haben?«

Fragt Asrael zu Herold rüber!
»Nicht nur das!«

»was meinst du?«
fragt Asrael

»die Beschreibung passt auf jemanden den ich in Garetekka getroffen habe!«

Antwortet Herold während er ungläubig zu Asrael schaut.

»Bist du sicher?«
Möchte Asrael wissen.

»Nein! Aber wir werden es herauszu-finden.«

»Ich Versuche alles logisch zu be-trachten, ich habe kein Zeitgefühl mehr. Welches Jahr haben wir jetzt? Es ist zu seltsames«

»Ja das stimmt!«
betont er!

»Ja schon Richtig das stimmt schon aber wir müssen heraus finden was hier vor sich geht!«

meint Herold daraufhin entschlossen.
»dann los komm, wir haben ein Versprechen abgegeben und immer noch einen Auftrag zu erfüllen!«

Antwortet Asrael mit gesenktem Kopf.
Mit einem Mulmiges Gefühl gehen sie quer
durch die kleine Stadt im der immer noch
einzelne Häuser vom Feuer flackern. Blut
fließt in kleinen Rinnsalen durch die
gepflasterten Straßen von Nattzu. Hunderte von Leichen liegen regungslos am
Boden. Die einen sind halb Verbrannt die
anderen wurden in Stücke gehackt. Ohne
ein Wort mit einander zu wechseln durch-
queren sie die Stadt bis zum gegenüberliegenden Stadttor. Ein letzter Blick
nach hinten über den Blutroten Boden und
danach ein Blick in den Horizont. Die
dunkle schwarze Rauchsäule fängt an
langsam hellgrau zu werden. Dies
schließt darauf das, dass Feuer mittlerweile erloschenen ist. Noch immer haben
sie nicht mit einander gesprochen und
doch wissen beide ihren Weg. Sie ziehen

weiter und lassen Nattzu hinter sich! Nur dieser Lila Mönch geht Herold und auch Asrael nicht mehr aus dem Kopf. Es klingt total bescheuert das wissen beide. Aber es sind einfach zu viele Zufälle für eine andere Erklärung. Nur das fehlende Zeitgefühl treibt einen in den Wahnsinn. Herold fängt langsam an etwas Müde zu werden, schiebt es aber auf die erlebten vergangenen Ereignisse. Herold weiß das jeder anderes mit dem Tode umgeht. Aber auch an einem Starken Krieger geht der Tod nicht spurlos vorbei. Herold schaut nach oben die Sonne steht hoch über ihnen und scheint auf sie hinab. Asrael bemerkt das Herold irgendetwas beschäftigt als er sich von den letzten warmen Sonnenstrahlen die ein glänzendes Rot vom Horizont werfen wärmen lässt.

»Wir sollten uns langsam Gedanken machen ob wir uns vor der Ankunft in Barekastria irgendwo ausruhen wollen!«

Sagt Asrael nach viel zu langer Zeit
des Schweigens.

»all zu lange wird es nicht mehr dauern bis es Dunkel ist.«

behauptet Asrael.
Herold findet die Idee von Ihm gar nicht
so schlecht auch wenn es noch etwas dauern wird bis die Sonne ihre letzten
Strahlen vom Himmel wirft. In einem Moment der Stille knurrt der Bauch von Herold vor Hunger und Durst. Asrael entschließt sich im Interesse beider dafür
eine kurze Pause einzulegen etwas zu essen und zu trinken und danach auch nach
einer Übernachtungsmöglichkeit zu
schauen. Doch noch bevor er seinen Gedanken zu Ende denken konnte fällt ihm
ein das alles was sie dabei hatten in
den Satteltaschen war und dieses ist zu
Staub zerfallen. Geknickt senkt Asrael
wieder den Kopf und schaut zu Herold
rüber. Dieser kann sich ganz gut denken
was Asrael im Kopf hatte er meint zu ihm
daraufhin.

»ist schon In Ordnung, ist nicht mehr weit!«

Wortlos nickt Asrael ihm zu.
Er meint zu Herold darauf

»sollten wir uns langsam eine Fackel bauen? Bevor wir nichts mehr sehen können?«

Herold versteht nicht ganz was Asrael meint stimmt ihm aber trotzdem zu und schätzt ihn dafür lieber einen Schritt voraus zu sein.

Nach dem kurzen hält und ohne Essen oder Trinken laufen sie immer weiter auf der Route bis Asrael einen großen Stock vom Wegesrand aufhebt und diesen mit seinem Feuerzauber entzündet.

»was machst du?«
fragt Herold, Asrael.

»Na das wir weiter sehen können!« Ungläubig schaut Herold nach oben.

»aber es ist doch noch Tag hell!«
Auch Asrael schaut nach Oben und lacht.

»ja ist klar du Scherzkeks!«

Herold kann nicht nachvollziehen wieso
Asrael lacht er zuckt nur mit den Schultern und lässt ihn einfach machen.

Immer wieder streift Asrael die Umgebung mit der Improvisierten Fackel ab.
Herold der teilweise sogar noch von der
hochstehenden Sonne geblendet wird amü-
siert sich über Asrael. Er denkt das
dieser ihn nach allem nur Aufmuntern
will und lässt ihn weitermachen. Erschrocken bleibt Asrael auf einmal stehen und lauscht in die Umgebung. Ein
fieses knurren aus dem Waldrand ist zu
hören.

»hörst du das?«
sagt er verängstigt zu Herold.

»Nein was!«
antwortet er ihm.

Asrael hält die Fackel in die Richtung des Geräusches und versucht in der
Dunkelheit etwas zu erkennen. Hecktisch
schwenkt er die Fackel nach links und
rechts. Bis er sechs Leuchtende Augen

verteilt vor ihm erkennen kann. Er
schreit noch zu Herold rüber!

»zieh dein Schwert! Da sind Wölfe!«
Herold wie selbstverständlich tut er
dieses aber erkennt im Sonnenlicht alles
andere nur keine Wölfe.

»wenn das ein Scherz sein sollte,
dann ist es ein schlechter.«

Asrael schwenkt weiter in der Dunkelheit die Umgebung ab dann Plötzlich
schreit er!

»da vorsichtig Pass auf!«
Herold ist verwirrt, es macht den Anschein als wäre Asrael verrückt geworden
einen kurzen Augenblick wollte er dieses
sogar aussprechen doch dann gefriert
sein Blut in den Adern. Asrael wird wie
von Geisteshand zu Boden geworfen er
zappelt und schreit vor Schmerzen. Sein
Umgang wird zerrissen wie von einer Unsichtbaren Macht. Kratz und Bisswunden
zeichnen sich auf seiner Haut ab. Er
kann kaum glauben was er sieht. Wie
selbstverständlich schlägt mit seinem

Schwert ins Vermeintlich leere. Erschrocken davon dass er auf Wiederstand stößt haut er erneut mit Kraft zu. Erst jetzt beruhigt sich Asrael wieder und hält sich die Hände auf seine Kraft und Bisswunden.

»vielen Dank!«
sagt er vor Schmerzen erschöpft.

»was war das?«
Fragt Herold den am Boden liegenden Asrael schockiert.

»Wölfe das sagte ich doch!«
»hier waren keine Wölfe!«
sagt er ungläubig.
»und was hat mich dann angegriffen?«

Herold schaut verwirrt ins Leere.
»da noch einer!«

schreit Asrael! In dem Moment beißt einer der Wölfe ihm ins Bein Asrael schreit vor schmerzen.

Herold sieht Asrael wie er wie von Geisteshand fortgeschliffen wird. Seine Robe wirbelt den ganzen Staub auf. Wie angewurzelt bleibt Herold stehen. Immer weiter wird Asrael weg gezogen und kann nicht glauben was gerade passiert. Erst ein lauter Schrei nach Hilfe lässt ihn aufwecken und wieder wach werden. Ohne weitere Zeit zu verlieren rennt er hinterher doch es ist zu spät, Asrael wurde in den Wald gezogen und ist nicht mehr auffindbar. Gut eine Stunde sucht er nach Asrael immer wieder ruft er nach diesem durchsucht den Wald und schaut nach Spuren am Boden dich Asrael ist verschwunden. Herold macht sich Vorwürfe erst ist Drothe verschollen und nun auch noch Asrael. Nach einer gefühlten Ewigkeit gibt Herold die Suche nach Asrael auf. Die Sonne steht noch immer hoch oben am Horizont und Herold versteht ganz Avalon nicht mehr. Eine Träne läuft ihm über die Wangen und er ist mehr als nur niedergeschlagen. Er geht zurück zu dem Weg von dem sie gekommen sind und hofft das er Asrael wie durch ein Wunder in Barekastria wiederfindet auch wenn er nicht mehr an Wunder glaubt. Herold betet für Asrael und für ein Wunder und zieht weiter in Richtung Stadt. Nach einer gefühlten Ewigkeit immer der langen Straße folgend mit knurrendem Magen und dehydriert vom Mangel an Flüssigkeit sieht er bereits die Stadt in nicht mehr allzu weiter Entfernung. Noch immer steht die Sonne hoch oben am Horizont. Nach und nach begreift er selbst auch das egal wie lange er umherzieht und wie viel Zeit auch vergehen mag die Sonne nicht unter zu gehen vermag. Sie steht noch immer hoch über Ihm. Regulär müsste er sich Sorgen machen denn in manchen Regionen des Mittellandes herrscht nachts Eingangs und Ausgangssperre. Zumindest war es damals so überlegt Herold. Wenn das in dieser Zeit auch der Fall ist würde dies bedeuten das, er die ganze Nacht vor den Toren der Stadt aushalten müsste. Aber da es hier nur eine Tageszeit gibt und zwar Mittag macht er sich zumindest darüber keine Sorgen. Über Asrael hingegen schon. Er hofft inständig das er ihn hier wieder treffen wird. Nun endlich erreicht Er die Tore der Stadt. Er ist Hungrig, Durstig und total erschöpft. Noch ohne ein kurzen Moment zu verschwenden sucht er die erst beste Schänke auf. Er hofft dort Informationen zu bekommen wenn wer etwas von Asrael gehört hat oder besser noch ihn gesehen hat wird man es hier wissen. Noch einmal durchatmen und er Betritt die Schränke in der Mitte der Stadt.

»Essen, Trinken ein Bett und eine Frage an euch bitte!«

Sagt Herold mit ruhiger aber erschöpfter Stimme zu dem Wirt.

Der Wirt hinter seinem Tresen schaut ihn an und lacht.

»kein Problem so soll es sein!« lacht er weiter laut während er gerade einen Bierhumpen putzt!

»Was wollt ihr wissen?« fragt der Wirt lachend.

»ähm habt ihr einen Magier gesehen?« sagt Herold auch wenn er sich leicht verunsichert durch das Lachen vom Wirt fühlt.

»ach ihr meint Asrael? Ja der hat hier ein Zimmer gemietet!«

Herold ist erleichtert.

»er war also hier?«

»ja er ist oben im ersten Stock gleich rechts.«

Herold ist glücklich und zugleich erleichtert über die Aussage.

»ich gehe kurz zu ihm!« Sagt Herold zu dem Wirt der noch immer den Selben Bierhumpen Putz.

»sehr gerne!«
Herold bedankt sich bei dem Wirt geht durch den Unteren Bereich in dem viele kleine Tische aus Holz mit Stühlen stehen. Er läuft im Zickzack und Slalom um die Tische bis zum anderen Ende des Raumes und die Treppe nach oben. Noch beim nach oben laufen ruft der Wirt hinter seinem Tresen Herold nach.

»dann eine Gute Nacht!«

Herold wollte kurz stehen bleiben um ihn
klar zu machen das er gleich nochmal
runter kommen will. Einmal wegen dem Essen und der Tageszeit aber das ist für
ihn gerade nebensächlich. Herold geht
ein paar Stufen hinauf die einen Rechts-
knick machen und danach die letzten Stufen hinauf in den ersten Stock. Herold
blickt auf einen langen dunkeln Holzver-
täfelten Flur. Links und Recht befinden
sich mehre Türen in denen sich die Zimmer befinden sie er sich denken kann.
Wie der Wirt ihm mitgeteilt hatte steht
er nun vor der ersten Tür auf der rechten Seite. Ohne lange zu überlegen
klopft er Lautstark dagegen doch niemand
reagiert. Ohne lange zu warten öffnet er
vorsichtig die Tür. Herold schaut in ein
großes Zimmer welches aber sehr dunkel
gehalten ist. Vorsichtig ruft er »Asrael?« doch niemand ist zu sehen oder zu
hören. Stark verwundert betritt er das
Zimmer. Herold betritt und durchsucht
das leere Zimmer öffnet die Truhe die

sich vor dem Bett befindet und begutachtet alles. Aber außer Spinnenweben und
Staub ist nichts zu sehen.

»hmm!«
wundert sich Herold und beschließt darauf hin sich nochmal bei dem Wirt rück-
zugversichern.

Herold verlässt das Zimmer lässt die
Tür genauso offen wie er sie geöffnet
hat und geht die Treppe nach unten in
den Barbereich. Unten angekommen sieht
er die Brennenden Kerzen die auf den Tischen verteilt sind. Herold geht zum
Tresen und ruft nach dem Wirt doch auch
dieser ist nirgends zu finden.

»hmm komisch!«
denkt er sich.

Herold geht durch den Barbereich um
die Tische herum und schaut sich um. Die
Kerzen brennen und erleuchten die dun-
kele Umgebung. Erst jetzt bemerkt er das
die Nacht hinein gebrochen ist.

»wie kann das sein!«
fragt er sich selbst!

Geschockt und erneut verwirrt quasi neben sich stehend geht er wieder die Treppe nach oben. Herold versteht die Welt nicht mehr und weiß nicht was er davon halten soll. Herold will gerade durch die offen stehende Tür auf der rechten Seite treten, als er direkt davor läuft. Er wundert sich noch da er sich sicher war diese offen gelassen zu haben. Mit dem Willen ruhig bleiben zu wollen öffnet er die Tür und betritt sein Zimmer um auf Asrael zu warten. Er legt sich in das Bett und hofft das Asrael sehr bald kommen wird. Doch nach nicht all zu langer Zeit überwiegt die Müdigkeit und Herold schläft ein.

Die Legende von König Grondo.

*E*s ranken sich viele Geschichten um den Orkkrieg der vor 300 Jahren stattfand. Aber keine Geschichte oder Legende ist so beeindruckend wie die von König Grondo und seinen Männern. Laut Überlieferung schafften Grondo und seine Männer im Jahr 22 n. KES den Krieg zu wenden und die Geschichte des Mittelreiches neu zu schreiben. König Grondo war ein Nordländer, ein Zwerg, ein König der Grateken und der Menschen. Er Schaffte es mit Glück und Mut den Verlauf der Geschichte zu verändern. Auch wenn es ohne meinen Fehler, nicht so weit gekommen wäre. Im Jahr 22 n. KES gab es eine Belagerung der Orks im Norden von Garetekka. Die wichtigste Handelsroute zwischen den

Nördlichen Ländern und den Mittellanden wurde unterbrochen. Wehrholm und Bare-kastria sind gefallen! Bis heute gibt es aber nur noch Gerüchte darüber was wirklich Geschah. Grondo war jemand der Zielstrebig gewesen ist und für den Ehre, mehr als nur ein Wort war. Ihm lag viel wenn nicht sogar alles daran seinem Volk und seiner Familie Ehre zu erweisen diese Tugend machte ihn zum wahren König doch das empfanden nicht alle so. Viel zu viele unterschiedliche Geschichten wurden über die Jahrhunderte überliefert. Diese Tatsache macht diesen Abschnitt unserer Zeit zu einem Mysterium das nicht erklärt werden kann. Das liegt daran das manche behaupten etwas zu wissen und kurz darauf erzählen sie die Geschichte komplett neu oder anders. Niemand weiß wieso dies geschieht aber vielleicht ist das auch der Grund warum immer mehr bei diesem Thema verstummen und glauben es sei ein Fluch. Ich bin mir sicher, hätte ich damals mehr über die 20 gewusst, hätte ich so das Raum-Zeitkontinuum nicht gestört. Aber die Mittelländern reden noch immer von dem Krieg und das was geschehen ist. Heute kann man nur noch eines mit Gewissheit sagen, es ist kein Einzelfall. Es gab nur wenige die damals Überlebt haben und noch weniger die Erzählungen weiter tragen konnten. Über die Jahrzehnte und Jahrhunderte haben sich die Geschichten immer mehr verändert. Die Zeit verging und die Menschen konnten Städte nach über 100 Jahren im Krieg wieder zurückerobern. Sie haben es Geschafft einige Teile des Mittelreiches bis heute zu halten. Doch auch wenn die Orks immer wieder angreifen halten und verteidigen sie ihr Land tapfer. Heute ist es mir nicht mehr möglich ihnen die wahre Geschichte zu erzählen. Die Menschen haben das Vertrauen verloren und würde sich von ihrer Meinung nicht abbringen lassen. Doch meine Persönliche Meinung dazu ist folgende!

»Es ist nicht immer alles so wie es scheint. Denn die, die einst zu unrecht handelten, tun dieses aus den richtigen Beweggründen. Denn es ist nicht immer alles auf den ersten Blick böse was man erwartet.«

Die von den Menschen zurückeroberten Ländereien sind nun Zufluchtsorte und Stützpunkte derjenigen die es ihrer Heimat nennen. Die einst prächtige Hauptstadt namens Garetekka ist die Hauptstadt der Orks gewesen. Dennoch nach allem was die Geschichte geschrieben hat, ist auch heute noch die Legende von König Grondo unerreicht. Nur seinem Heldenmut verdanken wir es, dass bis heute noch immer tapfere Kämpfer voller Stolz ihr Land verteidigen. Die Grateken, Zwerge oder auch das Volk der Nivesen sind überzeugt dass sie Grondo in nichts nachstehen wollen. Aber Garetekka muss zurückerobert werden und es muss wieder die normale Ordnung hergestellt sein! Dies ist nur eines der wenigen

Hinterlassenschaften von König Grondo die wir nicht dulden können. Die Völker der Menschen, Grateken, Zwerge und Niveen wollen mit allen ihren zur Verfügung stehenden Mitteln die Zwanzig besitzen und diese zu ihrem Vorteil nutzen. Doch wir wissen es zu verhindern wir dürfen nicht nachgeben und einen weiteren Kampf verlieren. Wir sind nicht nur die Erschaffer, Erbauer und die waren Erben. Dies ist Grund genug wir werden nicht aufgeben und ein normales Gleichgewicht wiederherstellen.

Gez.: Elric Purpur, Alterac: 322 n. Grondo

Bei den Göttern

*E*inst nach dem Undria erschaffen
wurde, waren Mytonahos, Avalon, dass
Riesland und die Kristallkönigsinseln
ein einziger gigantischer Kontinent.
Undria wurde vor Urzeiten von zwölf Göttern erschaffen. Doch es gab Krieg unter
ihnen und Undria wurde entzweit und gespalten. Es war eine Zeit in der man nur
als Unsterblicher hätte überleben können. Heute kann sich dieses bei all dem
Grün niemand mehr vorstellen. Es war wie
die Hölle von Bogor selbst. Nach vielen
tausenden Jahren anhaltender Krieg war
es einst der eindrucksvollste von ihnen
der die Wogen glätten und die Götter zur
Vernunft brachte. Evi die Göttin der
Liebe brachte sie dazu sich an den Waf-
fenstillstand zu halten. Ihr geliebter,
der Gott Zerk, verbannte darauf hin

Bogor in die Tiefen von Undria. Gemeinsam erschufen die übrigen von ihnen die ersten Lebewesen und danach die Atmende Spezies. Auch die ersten Menschen und Orks zählten dazu. Aber aus Bogors Hass, tat er das was wir heute kennen. Er erschuf die Hölle von Bogor. Ein mehr als unwirklicher unmenschlicher Ort. An manchen Tagen so sagt man versucht er wieder an das Tageslicht zu kommen und die Flammen schießen aus den Bergen. Dennoch ist es ihm noch nicht gelungen, sich aus seinem Gefängnis zu befreien. Also überlegte Bogor welche Möglichkeiten ihm zur Verfügung stehen. Aus seiner Wut und seinem Hass erschuf er Kreaturen die niemand überleben sollte falls man ihnen begegnet. Zerk machte damals den Fehler Bogor alleine zu verbannen dies galt allerdings nicht für die, die er erschuf oder freiwillig aus der Hölle gehen ließ. Diese Kreaturen kamen aus den Tiefen der Hölle und machen immer wieder den Lebewesen auf Avalon Angst. Neben

Geistern, Trollen, Walküren und Zombies
sind die Drachen wohl die Furchteinflö-
ßendste Spezies auf Avalon. Doch was man
nicht wusste und selbst vor den Göttern
verborgen blieb war dass es noch einen
weiteren Gott gab. Dieser besitzt die
Macht von allen wurde nicht mit den 12
erschaffen sondern kam aus deren Leicht-
sinnigkeit hervor. Der Krieg der Götter
machte es dem 13. Leicht so konnte er
sich selbst erschaffen. Er ist klug,
klug genug um sich vor den anderen zu
verstecken. Es vergingen viele weitere
Jahrtausende. Doch immer wieder gibt es
Streit unter Ihnen, nach dem Glück, der
Hoffnung oder auch der Versöhnung, kommt
doch immer wieder der Moment in dem das
Gleichgewicht aus den Fugen Gerät. So
wartet der Dreizehnte nur auf dem richtigen Augenblick endlich hervortreten zu
können. Nach vielen Jahrtausenden als
Undria, sich endlich vollständig abge-
kühlt hatte, die Kontinente sich aufgeteilt haben, herrschten die übrigen

zwölf viele weitere Jahrtausende gemeinsam bis heute. Doch knapp eine Million Jahre noch vor dem ersten Lebewesen auf Avalon machte der 13. Ebenfalls einen Fehler. Denn man sollte folgendes wissen. Auch eine Millionen Jahre die für einen Menschen mehr als eine Ewigkeit zu sein Vermögen. Sind für einen Gott nicht mehr als ein Tag. Denn in der Unendlichkeit, spielt Zeit keine Rolle. Nun zurück zu dem Dreizenten. Dieser viel zu Junge und unerfahrene Gott flog auf. Dieses nur auf Grund seiner eigenen Fehler. Er wurde von den zwölf dabei ertappt und fast hätte er es doch geschafft seinen Plan in die Tat umzusetzen. Wäre es ihm gelungen, wäre dabei alles kollabiert oder in sich zusammen gebrochen. Dann gäbe es nur noch das nichts. Erneut gab es Krieg unter den Göttern, nur Bogor der Höllenfürst wurde nicht miteinbezogen. Die Götter bündelten ihre Kräfte und zerstörten den Dreizenten. Doch bei seiner Vernichtung spaltete sich auch ihre Macht und wurde über alle Kontinente verteilt. Die, die sie einst erschufen zerfielen zu Staub und außer Asche war nichts mehr da. Alles was zuvor begann von alleine zu entstehen wurde in nur einem Wimpernschlag vernichtet und es blieb nur noch der raue nackte Fels. Als sie bemerkten was sie mit ihren Taten vollbracht hatten und alles vernichtet sahen brach nach der Wut die Trauer aus. Und jedes Mal wenn zu unrecht ein Lebewesen stirbt weinen die Götter erneut und die Erde wird mit ihren Tränen getränkt. Nach allem was Geschah, sahen sich die zwölf in der Pflicht, Undria etwas zurück zugeben und sie erschufen Menschen, Bäume und Berge erneut. Gemeinsam beschlossen sie danach aber auch sich fortan nie wieder einzumischen und Undria sich selbst zu überlassen. Von da an hatten sie nur noch ein offenes Gehör für Gebete der Lebewesen aber einmischen werden sie sich nie wieder. Bogor, der ausgegrenzt

war, missfiel aber der Plan der zwölf.
Er ließ sich dies nicht weiter gefallen
und schickte noch mehr Monster, Dämonen
und Drachen nach Undria. Viele die aus
Liebe zu Undria erschaffen wurden, fanden den Tod. So mussten die zwölf in die
nächste Phase über gehen. Ein letztes
Mal, brannte das Land nieder. Viele
Stürme fegten über Undria und kaum einer
überlebte diese Zeit. Eingeschlossen in
Mächtigen Artefakten, sollten alle für
den Rest der Zeit verborgen bleiben.
Doch der 13. Hatte seine eigenen Pläne
entzog sich ihrer Macht und versteckte
sich vor ihnen. Bis zur heutigen Zeit,
ist er noch immer auf Undria versteckt.
Nur darauf wartend, den richtigen Augenblick abzuwarten, bis hin zum wiederer-
scheinen. Um dann über alles und jeden
herrschen zu können. Eingeschlossen in
den Artefakten, bewachen die zwölf nun
Undria und gehen so ihren Aufgaben nach.
So können sie ein Gleichgewicht herstellen und gleichzeitig Undria nicht erneut

vernichten. Dies passierte vor einer langen Zeit. Viele Jahrtausenden zuvor, doch zeitgleich gilt dieses auch als Entstehung von uns die wir heute sind. Dieses ist das, was wir den Lebewesen mitgeteilt haben. Doch um die ganze Entstehung zu verstehen muss man folgendes wissen. Die beiden tatsächlich ersten Götter aber waren Bogor, der Fürst der Hölle und Sadura, die Göttin des Himmels. In der Anfangszeit war es noch friedlich. Sadura bekam einen Sohn zusammen mit Bogor. Sein Name war Chroto, er war der Gott der Dunkelheit. Doch mit ihm allein war es zu finster. Niemand konnte etwas sehen. Es dauerte nicht lange und sie gebar eine Tochter. Es war Alteha, die Göttin des Lichtes. Viele Jahrtausendende war es ruhig und harmonisch auf Undria. Doch nichts wuchs und als die Einsamkeit nach Jahrtausenden einkehrte, erschufen sie weitere. Doch es ändert sich nichts. Bis zu dem Zeitpunkt als Evi, die Göttin der Liebe, sowie Lumio die Göttin des Lebens kamen. Die Einsamkeit hörte auf es begann leben zu sprießen. Doch viel zu schnell war Undria Überbevölkert. So rief Evi, ihren Bruder Ledon herbei. Der gefürchtetste von Ihnen, er war der Gott des Todes. Ledon tat alles um das Gleichgewicht aufrecht zu erhalten. Doch er war zu mächtig, und hatte Gefallen daran zu richten. Immer öfter gab es Kriege zwischen den Rassen. Es wurden so viele Kriege geführt dass die Lebewesen sich fast selbst ausgelöscht hatten. Die anderen kamen fast nicht mehr gegen ihn an. In der Zwischenzeit, nutze dies der 13. Schamlos aus und verfolgte seine Pläne weiter. Elf von ihnen sahen sich in der Verantwortung die zu retten, die sie erschaffen hatten. So kam es dann zu dem Kriegen der Götter. Von Anfang bis Ende war alles ein Kampf zwischen Macht, Misstrauen und Verrat. Der Krieg der Götter war also sowohl Segen als auch Fluch für Undria. So stand Undria dann in Flammen, wurde entzweit und fast zerstört von denen die es liebten. Die Kräfte wurden gespalten und jeder von ihnen wurde dann in einem Artefakte eingeschlossen. Kaum vorzustellen welche macht ein jeder besitzt der alle zusammenträgt. Doch für die 12. Gab es nur diese Möglichkeit. Sie erschufen selbst die Heiligen Artefakte und schlossen sich darin ein. Ledon war aber der, der dafür sorgte das ein Teil ihrer Macht mit in einem dieser Artefakte geschlossen wird. Der, der eines besitzt soll somit gleich eine der Fähigkeiten besitzen. Der Dreizehnte, der sich die Jahrtausende versteckt gehalten hatte tauchte bei den Menschen unter. Er kam nach Undria und zeigte sich als Mensch. Zum einen um diese zu Studieren und zum anderen um wieder der einzige Gott zu werden mit deren Hilfe. Er verbreitete die Wahrheit und von da an suchten die Menschen getrieben von Macht und Göttlichkeit die zwölf Heiligtümer. Nach knapp einem Jahrhundert, nachdem der Dreizehnte bei den Menschen untergetaucht ist. War es Salomes, ein Halbmensch, das erste Lebewesen auf Undria, der alle zusammen getragen hatte. Selbstverständlich mit etwas Göttlicher Hilfe, doch er unterschätzte die Macht der Artefakte genauso wie der Dreizehnte. Durch Salomes wurden sie zwar zusammengetragen, doch durch beide wurde auch das Gleichgewicht zerstört. Die Artefakte wurden noch mehr geteilt In dem sich manche aufsplitterten. Heute wissen wir dass es durch ihn nicht mehr nur zwölf sondern vielleicht sogar mehr als zwanzig Heilige Artefakte sind. Doch nur wegen Salomes vergehen, begann unsere Heutige Zeitrechnung in der die Lebewesen auf Undria begannen die Zeit zu werten. Aus Ihm entstanden die Uluk Hain. Sie wurden im Jahr 25. Nach Salomes von Urgroßmeister Alterac gegründet. Deren Ziel es ist, diese Heiligen Artefakte zu Schützen, zu bewachen und zu waren.

Ihnen ist es auch fast gelungen. Bis zu dem Tag als Kretem Kes, kam Und diese für sich beanspruchen wollte. Keiner weiß wie viele heute existieren. Keiner ist sich sicher was passieren kann wenn es erneut darum geht diese zu schützen. Aber die Uluk Hain werden alles tun um dieses kein weiteres Mal vorkommen zu lassen. Jedes Mal wenn Sie zusammenge-führt werden, werden sie noch mehr ge-teilt laut der Legende. Wir dürfen nicht noch mehr Universen erschaffen. Die Zeit hat bereits ihre Spuren hinterlassen. Undria wird jedes Mal ein Stück mehr ins nichts gerissen. Doch die, die dem wür-dig sind können damit mehr gutes Tun. Doch nicht jeder hat gutes im Sinn und will nur dessen Macht.

Eine neue Zeit bricht an!

*I*m Jahr 22 nach KES. 4 Tage vor der Belagerung am 180. Tag des Jahres befinden sich die Truppen des Königs überall verteilt an den Fronten. Viele von den Soldaten des Königs befinden sich gerade in den Vorbereitungen für die bevorstehende Belagerung und Schlacht auf Wehrholm. Der König hat fast seine gesamte Streitmacht an der Front entlang Merastakan Bergkette verteilt die das Mittelreich und die Nordländer geologisch abgrenzt. Einen kleinen Teil Von Truppen und Soldaten hat er bereits nach Wehrholm entsandt. Darunter auch eine kleine Gruppe die sich in vielen Jahren zuvor Bewährt hatte. Die Truppen in Barekastria sollen als Notreserve dienen aber auch als unterstützende Streitkraft sollten die Orks zu weit in das Land einfallen. Diese stehen dort zur Verfügung falls Wehrholm fallen sollte. Vor wenigen Tagen, hatte sich bereits ein Informant und Abgesandter der dem König unterstellt ist, auf den Weg nach Garetekka gemacht. Dieser will den König jetzt darüber in Kenntnis setzten das eine Belagerung von Wehrholm unausweichlich scheint. Die Orks stehen quasi schon vor den Toren von Wehrholm. Nur wenige Tagesmärsche entfernt. In der weiten ferne am Horizont färbt sich bereits jetzt der Himmel Schwarz vor Rauch. Die Orks haben eine Riesige Streitmacht hoch oben in Norden versammelt. Es besteht die Theorie das sie über das Meer am Mittelreich vorbeigesegelt sind und so unvorhergesehen aus dem Norden in Richtung Süden Marschieren können. Dies bestätigte ihm auch nur wenige Tage später sein Informant. Alle Verbindungen in den Norden wurden bereits vor Wochen unterbrochen.

Man kann derzeit nicht eingrenzen welche Städte und Siedlungen bereits in Schutt und Asche liegen. Erst recht nicht wie viele Soldaten und Bürger jetzt schon gefallen sind. Der durchaus Adelig aussehende Informant mit seinem Purpurfarbeden Umhang und einem Turban auf dem Kopf ist bereits Seit Tagen auf dem Weg nach Garetekka und müsste dort zeitnah eintreffen. Er berichtete bereits in Barekastria schon davon, dass in den Letzten Wochen niemand mehr aus dem Norden ins Mittelland kam. Die kleine Gruppe traf ihn damals schon dort vor ein paar Wochen. Die Ungewissheit macht manche wahnsinnig. Die Bürger sind in Aufruhre, manche haben bereits ihr hab und gut gepackt und sind weiter Richtung Süden gezogen. Manche haben ganze Existenzen hinter sich gelassen. Der Informant selbst stellte die Theorie auf das die Orks über das Meer gesegelt seien und verkündete dies wo auch immer er verweilte. Glauben schenkte ihm aber zu

dessen Zeitpunkt nicht jeder. Manche
hielten es nur für Schauergeschichten.
Doch die Soldaten und ehrenhaften Mittelländer, werden alles in Ihrer Macht-
stehende tun um die Orks aufzuhalten.

»Wir müssen die Wichtigsten Knoten-
punkte verteidigen und die Handelswege
für Nachschub und die Versorgung Offen-
halten.«

Dies stand als erste Informationen
auf dem Schreiben an alle Truppen.

Als zweites stand darauf.

»Das für uns Wichtigste Ziel ist es
Wehrholm mit allen uns zu Verfügung stehenden Mitteln zu verteidigen, wenn die
Orks es schaffen sollten Wehrholm und
folgend Barekastria zu erobern haben wir
eines der Wichtigsten Strategischen
Ziele verloren.«

Mit starken Rückhalt ihrem König gegenüber könnten die Mittelländer dies
niemals zulassen.

Sonst wäre der Krieg für alle Zeiten
verloren. Alle zur Verfügung stehenden

Soldaten wurde befohlen sich an der Verteidigung zu beteiligen. Ausgenommen davon sind die festen Stammeinheiten in den jeweiligen Siedlungen und den Städten. Zwei Soldaten die dem 134 Infanterie Regiment angehören, befindet sich ca. eine Tagesreise von Wehrholm entfernt. In einem, kleinem beschaulichem Örtchen namens Kiesweck. Dieses Dorf ist sehr Ländlich angelegt worden. Ein kleiner Bach fließt mitten durch den Ort und die Menschen lebten hier bisher Friedlich Tür und Tür. Fast das gesamte Dorf besteht aus Bauern und Landwirten. Einen Markt gibt es hier nicht. Nur einige von Höfen und einfachen Häusern mit einem Strohdach. Es ist fast so als würden sie hier eher Autark leben. Doch das was dieses kleine Beschauliche Dorf im Nördlichen Mittellande Hauptsächlich mit Leben versorgt, ist das 134. Infanterie Regiment. Die Bürger versorgen sich hier Grundsätzlich von selbst und nur selten kommen Fremde vorbei. Ein Grund mehr

wieso sich hier die Bewohner doch ein
wenig freuen über Fremde Gesichter auch
wenn es Soldaten sind. Und falls es doch
einmal dazu kommen sollte, dass sich ein
Fremder in diesen Teil der Mittellande
verlaufen sollte, sind alle ganz gespannt und Neugierig auf möglichst viele
Neuigkeiten. Alle Bürger von Kiesweck
sind von Natur aus sehr höflich und zu
zuvorkommend. Fremde werden in Kiesweck
äußerst Gastfreundlich begrüßt und Emp-
fangen. Ein jeder in Kiesweck möchte
gern neue Geschichten und Nachrichten
hören. Wenn ein Fremder kommt sorgt das
noch meist Wochen Später für Gesprächs-
stoff bei den Einwohnern. Alle erzählen
sich dann das was sie gehört haben voller Euphorie und Enthusiasmus. So auch
wie vor einigen Tagen als das letzte Mal
ein Fremder in das Dorf kam bevor die
Truppen hier ein Außenlager errichtet
haben. Am kommenden morgen nach der Ankunft der Truppen in Kiesweck, machen
sich die beiden Soldaten des Königs

gerade bereit Los zu Marschieren, immerhin drängt die Zeit. Wehrholm kann jederzeit Belagert werden. Die zwei Soldaten kamen gestern Abend zusammen mit wenigen weiteren Truppen im Außenposten Kiesweck an. Die Nacht war kurz und noch vor den ersten warmen Sonnenstrahlen sind sie bereits auf den Beinen. An dem ersten Morgen sollen sie sich beim Hauptmann melden. Dort würden sie dann ihre Befehle erhalten. Fertig angezogen, mit angelegter Ausrüstung stehen sie Pünktlich zum Beginn der achten Stunde angetreten beim Hauptmann in Kiesweck. Noch nicht ganz das Zelt betreten welches im Zentrum des Zeltlagers steht. Da fängt der Hauptmann auch schon gleich mit der Befehlsausgabe an ohne groß drum rum zu reden. Der eine von beiden hat schon beim Betreten das Problem dem Gespräch zu folgen.

»Männer wie folgt! Ich habe Nachricht erhalten das ich hier mit den Truppen auf die Verstärkung von Süden aus warten soll.«

Beide schauen sich gegenseitig an und warten darauf das er mit dem Gespräch fort fährt.

»Euer Auftrag lautet! Nach Barekastria zu gehen, und sich beim dortigen Offizier zu melden. Überreicht ihm bitte zusätzlich diesen Befehl vom König!«

Im selben Atemzug übergibt er gleich den Brief mit Sigel.

»Ein Krieg schein unausweichlich, ihr werdet euch vor Ort dort den Truppen anschließen! Euer neuer Befehlshaber ist dort der führende Offizier! Und jetzt weggetreten!«

Beiden ging das Gespräch viel zu schnell.

Noch nicht ganz im Zelt angekommen, werden sie auch schon wieder rausgeschmissen. Keiner der beiden, kann auch nur eine kurze Frage stellen. Die einzige die von ihren Lippen kommt ist bevor sie das Zelt verlassen.

»wann reisen wir ab?«
fragte einer der beiden. Der Hauptmann
antwortete ihnen daraufhin nur kurz ab
mit einem

»sofort!«
Die beiden Salutieren dem Hauptmann, machen kehrt und verlassen ohne ein weiteres Wort das Zelt.

Vor ihrer Abreise gehen sie noch einmal zurück zu ihrem Nachtquartier und
beide packen ihr hab und Gut zusammen.
In Gedanken versunken was sie erwartet
und was die kommenden Monate bringen,
überprüfen sich noch einmal ihre Gesamte
Ausrüstung. Nicht all zu lange Zeit später sind beide dann bereit für ihren Ab-
marsch Richtung Barekastria. Sie verlassen ihr Nachtquartier und gehen zu ihren
Pferden mit denen sie angereist sind.
Beladen die Satteltaschen setzten sich
auf die Pferde, Nicken sich wortlos zu
und Verlassen Kiesweck entlang des Trup-
penlagers in Richtung Osten. Nach nur
kurzer Zeit lassen beide das

Truppenlager sowie Kiesweck hinter sich und machen sich auf den weiten Weg Richtung Osten nach Barekastria. Es wird ein Langer Marsch bis sie ihr Ziel erreicht haben. Das wissen sie beide, aber sie sind auch beide stolz dem König dienen zu dürfen. Nach etwa vier Glockenschlägen auf gerader Strecke kommt Ihnen ein alter Mann mit grauen Haaren und Halbglatze entgegen. Mitten auf einer weitläufigen Landstraße, links und rechts stehen Märchenhafte Baumreihen entlang des Weges, Blockiert der Mann den beiden den Weg. Dies allerdings scheinbar nicht mit böser Absicht. Der alte Mann zögert nicht lange und spricht gleich die Soldaten des Königs an. Voller Freude in der Stimme sagt er.

»Soldaten des Königs? Hier draußen mitten im nichts?«

mit vorsichtiger misstrauischer Stimme meint darauf der eine von beiden.

»Ja wir ziehen im Auftrag des, König hier durch! Und jetzt lasst und Passieren!«

Der alte Mann schaut skeptisch rüber »Ja Ich weiß!«

Skeptisch schauen sie sich an.
»Wie ist euer Name und vor allem was sucht Ihr hier draußen alleine und verlassen?«
möchten sie wissen.

Der alte Mann grinst und sagt.
»Ich bin ein Magier des Magiezirkels ersten Grades! Mein Name spielt für euch keine Rolle!«

Der andere Soldat antwortet daraufhin.

»Magie…. was?!...«
Der alte Mann ist nicht überrascht.

Es macht den Eindruck als kenne er diese Art von Misstrauen und Abneigung.

»Ihr seid auf dem Weg nach Barekastria oder?«

Fragt der Mann neugierig.

Die beiden schauen erst sich und dann
ihn mit großen Augen an.

»Das stimmt! Woher wisst ihr das?
Aber lasst uns passieren! Wir haben
keine Zeit für sowas!«

Antwortet der erste der beiden leicht
genervt!

»Die Reise ist noch sehr weit, lang
und hart! Aber es gibt einen schnelleren
weg dort hin zu kommen! Ganz ohne
Stress, mühe und kaputte Füße!«

Verspricht dieser mit freudiger
hilfsbereiter Stimme.

»Und der wäre?«
möchte der zweite Soldat wissen.

»Die Sache ist die! Ihr müsst mir
Vertrauen! Sires ich kann euch dort hin-
bringen. Ich stehe hinter meinem, eurem
König! Und wenn ich helfen kann, sei es
nur so dann bringe euch dort augenblicklich sehr gern hin!«

meint dieser zu den beiden.
Beide sind sehr Misstrauisch. Aber der
Wage mutigere Soldat sagt darauf zu ihm.

»Ich will einen Beweis für euer können!«
Der alte grinst ihn an und fragt zurück.
»und wie soll es gehen?«
der Soldat überlegt kurz und antwortet
ihm darauf.
»wie ist mein Name?«
Lauthals fängt der alte an zu lachen.
»ich dachte etwas schwieriges. Euer
Name Zwerg! Ist Grondo. Und Ihr seid
Edward.«
lacht er weiter während er zu Edward
schaut.
Die beiden können ihren Ohren kaum
trauen. Doch der alte Mann hatte Recht.
Grondo, stuppst Edward an und trappt an
ihm vorbei.
»Mach hier keine Spielchen mit uns!«
Fordert Grondo während er seine Hand an
seine Axt legt und mit der Freien Hand
und zeigendem Finger auf den fremden
zeigt.
Doch dieser Antwortet ganz ruhig und
gelassen.

»So fern ihr mir vertraut kann ich es euch zeigen. Ich will nur helfen, was soll ein einzelner Mann gegen zwei Soldaten des Königs schon ausrichten?«

Grondo ist mit der Antwort des Mannes recht zufrieden und antwortet ihm

»nun gut!«
Grondo dreht sich zu seinem Begleiter und Schaut ihn mit fragendem Blick an.

Edward hingegen nickt Grondo ab und ist einverstanden.

»kommt zu mir!«
sagt der Fremde zu den beiden.

Zwar etwas unbehaglich und wiederwillig stimmt Edward dem zu. Schnallst zweimal mit der Zunge und reitet zu Grondo um dem Fremden. Beide versuchen sich leise zu unterhalten. Doch in dem Moment fängt der alte Mann auf einer fremden Sprache an zu flüstert. Starker Wind zieht auf und wirbelt den feinen Staub der Landstraße hoch. Beide blicken in leuchtende weiße Augen. Aus dem vorherigen flüstern wird eine dunkle, deutliche Stimme die durch Mark und Bein geht.

»ihr müsst nicht einmal viel tun, kommt her und legt eure Rechte Hand auf das Ende meines Wanderstabes!«

Grondo wird Skeptisch und wollte eigentlich zurück weichen doch eine fremde Macht zieht ihn zu dem Mann rüber.

genauso wie Edward werden beide samt ihren Pferden wie in einem Strudel näher gezogen.

»was macht ihr mit uns?«
Der Mann grinst nur mit seinen leuchtenden weißen, kalten Augen und Antwortet.

»Dann Porten wir uns Mal zusammen nach Barekastria!«

Beide legen ihre rechte Hand auf den Stab wissentlich das sie dem sog nicht mehr entkommen können.

Und der alte Mann faselt wieder in unverständlichen Worten und Sätzen weiter. Blitze schießen in der Umgebung hin und her, ein lauter Knall hallt durch die Umgebung. Das was dann passiert kann

man kaum in Worte fassen. Kleine Blitze
sind um sie herum, es gibt kleine Explo-
sionen und helle Lichter erscheinen von
überall um sie herum. So hell das sie
sogar geblendet werden. Grondo schaut
auf seine Hände während die Blitze um
ihn herum schießen. Immer länger scheinen seine Finger und Gliedmaßen zu werden. Nach einer gefühlten Ewigkeit die
in der Realen Welt nur Millisekunden
dauerte verschwimmen seine Hände mit den
Armen und kräuseln sich. Sein ganzer
Körper kribbelt und auch Edward bekommt
dieses Gefühl und sieht das selbe. So
etwas haben beide noch nie gesehen geschweige denn erlebt. Einen so mächtigen
Zauberer hätten sie niemals mehr lebend
vermutet. Grondo Schaut zu Edward und
fragt ihn.
»was ist das?«
gerade als er das ausgesprochen hat,
wird alles hell nur noch weiß ist zu sehen, nichts zu hören nichts zu sehen.

Ein Blinzeln später gibt es ein letzten noch lauteren Knall. Als sie wieder ihre Augen öffnen können und sich diese reiben vom grellen Licht bemerken sie das sie sich in Barekastria befinden. Noch gerade einige Tagesmärsche gefühlt entfernt, schauen sich verwundert um. Sie sehen eine wundervolle Stadt mit kleinen Gassen und einem Riesigen Marktplatz. Neben ihnen steht ein Prächtiger Stadtbrunnen. Links und rechts von ihnen befinden sich kleine urige Läden und Geschäfte. Die Sonne steht schon sehr tief. Die ganze Stadt, wird in ein Rubinrot getaucht. Die helle Himmelsscheibe strahlt in Feuerrot und erwärmt die Umgebung bevor sie die letzte Wärme für diesen Tag abgibt. Die Dachgiebel ziehen schon lange Schatten über die gepflasterten Straßen und dem Marktplatz. Grondo fällt auf das es ein Stadtfest zu geben scheint. Überall in der Stadt hängen leinen mit kleinen Wimpeln in den Bunten Farben der Stadt. Auf den Wimpeln ist eine 112 drauf zu sehen. Alle Bürger scheinen schon in Ihren Häusern zu sein. Der gesamte Markplatz und das Stadtzentrum wirken wie leergefegt. Aber es sieht alles ganz normal aus. Beide schauen sich immer wieder um, erst dann fällt Edward auf das der alte Mann nicht mit hier ist.

»Wir sollten jetzt den Hauptmann aufsuchen!«

Sagt Grondo zu seinem Kameraden! »wenn ich raten müsste, würde ich sagen, er ist in der Taverne!«

betont der andere mit einem kichern in der Stimme.

Die beiden besprechen noch einmal kurz ihre Vorangehens weise und wie sie sich hier die nächsten Tage einordnen sollen. Es ist ja wirklich nicht eine Menschenseele zu sehen stellt Grondo erneut fest. Es sieht ja nicht mal so aus als würden sie einer Belagerung trotzen wollen. Trotz Verwunderung fassen sie den Entschluss bevor sie weiter darüber nachdenken, sich erstmal vor allem anderen beim Hauptmann zu Melden und ihren Befehl abzugeben. Dieser wird ihnen ja mit Sicherheit weitere Instruktionen geben können behaupten beide. Nach und nach wird es immer Dunkler und es fallen nur noch die letzten Sonnenstrahlen vom Himmel. Als sie sich in Richtung Taverne auf machen.

»Wir sollten noch einmal unsere Rüstung und Kleidung Richten! Beim Teleportieren ist einigen verrutscht und wir wollen ja keinen schlechten Eindruck hinterlassen!«

Sagt Edward vorsichtig, Grondo stimmt ihm zu!

Edward und Grondo überprüfen nochmal ihre Rüstung sowie Kleidung. Kurz danach setzen ihren Weg fort in Richtung Taverne. gemeinsam betreten sie die Taverne mit stolzer Brust voraus. Die Taverne ist recht geräumig und großzügig aufgeteilt. Zu Gast ist allerding kein einziger Kunde soweit sie sehen können.

Nur ein Dickbäuchiger Wirt steht hinter dem Tresen und poliert mit einem alten Lappen einige Leere Humpen.

»Wo finden wir den Hauptmann?« fragt einer der Grondo den Wirt noch am Eingang der Taverne.

»Er kommt bald wieder hat er gesagt! Kommt setzt euch ich gebe einen aus, heute geht alles auf mich!«

sagt der Wirt mit freundlicher Stimme zu den beiden.

Das lassen sich die Soldaten doch nicht zweimal sagen, und setzten sich an einen großen runden Tisch mit Blickrichtung Ausgang. Sogleich bringt der Wirt zwei volle Humpen Bier.

»Trinkt! es ist das beste Bier des Landes, Versprochen!«

Meint der Wirt Großzügig mit einem freundlichem grinsen.

Die Männer nehmen einen großen Schluck. Edward ist neugierig und fragt den Wirt nach dem er sich den Schaum aus dem Ge-sicht gewischt hat.

»sagen sie mal, wo sind denn alle Bewohner der Stadt?«

der Wirt antwortet Edward.

»Irgendjemand hat sie verrückt gemacht! und ihnen gesagt sie müssen fliehen, die Stadt wird angegriffen werden!«

Nachdem er ausgesprochen hat, fängt der Wirt an laut los zu lachen.

»Völliger Quatsch, wenn ihr mich fragt! Die kommen schon morgen alle wieder zurück!«

Grondo und Edward schauen beide fragwürdig.

Grondo möchte wissen!

»und wer hat sie gewarnt?«

Der Wirt fasst sich an den Hinterkopf nachdem er mit seinem lachen fertig ist.

Er überlegt kurz, dann antwortet er.

»Irgend so ein Kerl namens, Alter Sack oder so!«

Und fängt wieder an zu Lachen.

»Ja alt war er, aber ich habe keine Ahnung. Ich habe ihn hier noch nie gesehen.«

Die Männer sind verwirrt aber wollen sich nichts anmerken lassen.

Beide versuchen das geschehende vorerst zu verdrängen, genießen darauf hin in Seelenruhe ihr Bier und warten auf den Hauptmann. Der Wirt hat nicht zu viel versprochen! Es schmeckt wirklich wie das beste Bier des Landes. Und es vergeht die Zeit und die Soldaten haben jetzt schon einige Runden hinter sich noch nicht ganz angetrunken und den Humpen hingestellt, bringt der Wirt gleich ein neues. Bei der bereits dritten Runde, kommt der Wirt an den Tisch und sagt.

»Ihr könnt euch auch gern jeder ein Zimmer für die Nacht nehmen! Die Kosten dafür, übernimmt die Stadtkasse für Soldaten!«

Grondo und Edward schauen sich an als würden sie nur träumen.

Und gerade als Edward etwas sagen möchte schon lallend vom Alkohol, kippt er vom Stuhl und liegt nun auf dem

Fußboden der Schänke. Grondo der auch schon einiges intus hat findet das zum Todlachen und kriegt sich fast nicht mehr ein. Grondo lacht immer noch während er zum Wirt sagt!

»vielleicht gar keine so schlechte Idee!«

Der Wirt schaut zu Grondo und danach auf den am Boden liegenden Edward.

»Dass denke ich auch! In Ordnung kein Problem, warte ich helfe dir.«

Grondo steht von seinem Stuhl auf und zusammen mit dem Wirt nehmen sie Edward unter die Arme.

Der Wirt schaut kurz zu Grondo während er Edwards Arm über der Schulter hat um ihn zu halten.

»Die Treppe hoch, und gleich die erste Tür rechts!«

Sagt er.

Die beiden gehen mit dem Betrunkenen unter den Armen die Treppe hinauf. Dort angekommen nehmen sie gleich das erste Zimmer rechts, ganz so wie er gesagt

hatte. Grondo öffnet mit der Freien Hand
die Zimmertür da er auf der rechten
Seite die Treppe hinauf gegangen ist. Er
blickt in einen kleinen sehr Überschau-
baren Raum mit einem Bett und einer
kleinen Truhe mit Metallbeschlägen direkt davor. Grondo kennt dies noch aus
den Lagern in denen er schon öfter die
Nächte verbracht hatte. In einer solchen
Kiste vor dem Bett kann man in Tavernen,
Lagern und Gasthäusern vor dem Schlafen
seine Privatsachen ablegen. Und diese
auch wenn nötig zusätzlich verschließen.
Die drei betreten den dunkeln Staubigen
Raum und werfen den Volltrunkenen Soldaten Edward auf das Bett.

»vielen Dank!«
meint Grondo zu dem Wirt.

Dieser lächelt nur und meint

»kein Problem!«
Beide drehen sich um und schließen leise
die Tür hinter sich.

»Du kannst das Zimmer direkt gegenüber haben!«

Grondo freut sich darüber und bedankt sich bei dem Wirt.

»kein Problem ich bin dann schon mal unten und mache weiter. Wenn was ist du weist wo du mich findest.«

Grondo bedankt sich erneut und betritt sein neues Zimmer für diese Nacht.

Es ist quasi identisch zu dem Zimmer von Edward. Das Zimmer besitzt kein Fenster wie das von Edward aber dafür ein recht bequemes Bett und ausreichend Platz. Als er gerade fertig mit dem Inspizieren seines Zimmers ist fasst er den Entschluss sich hinzulegen. Dann wollte er aber den Wirt noch kurz um einen Gefallen bitten.

»Dem Hauptmann sollte er gleich noch reinkommen kurz Bescheid zu geben das sie angekommen wären.«

Grondo verlässt sein Zimmer auf der linken Seite und geht die Treppe runter.

Unten angekommen Knallt noch soeben die Tavernen Tür zu. Er schaut hinterher, doch sehen konnte er niemand mehr.

Grondo schaut er zum Tresen, aber es ist kein Wirt zu sehen. Darauf hin geht er an den Tresen heran er ruft nach ihm.

»Hallo?!«

Doch Niemand Antwortet.

Enttäuscht davon den Wirt nicht an zu treffen, nicht einmal auf Nachruf, geht Grondo wieder bedrückt auf sein Zimmer. Grondo legt sich in sein Bett und überlegt. Er lässt die letzten Stunden noch einmal durchlaufen. Nach einer Weile kann auch Grondo nicht mehr wach bleiben und schläft ein. Sein Traum ist merkwürdig viel zu merkwürdig. Alles ist so anders in diesem Traum! Gerade als der Traum ins wanken gerät und fast zum Alptraum wird schreckt Grondo mit nur wenigen Gedanken hoch! Er redet zu sich selbst!

»Wieso war der Wirt so groß wie ich als wir Edward stützten? Und wieso konnte ich über den Tresen schauen?«

Nichts ist wie es scheint!

Am nächsten Morgen wacht in der Taverne schlafend ein Soldat des Königs auf und streckt sich nach einer erholsamen Nacht. Wie morgens so üblich bei den Soldaten des Königs macht er sich, soweit er kann frisch, zieht seine Rüstung und auch seine Kleidung an. Ihm knurrt, der Magen und er freut sich schon auf ein Reichhaltiges Frühstück vom Wirt. Der Soldat verlässt das erste Zimmer auf der rechten Seite des Oberen Stockwerkes und geht die Treppe hinunter. Es ist noch früh er geht zu einem Fenster und schaut hinaus. Sein Blick geht zur Stadtuhr sie zeigt 6:22 Uhr. Zufrieden mit der Uhrzeit, schaut er sich in dem Gastraum um. Bisher sitzt nur ein einzelner

Mann an den sonst noch leeren Tischen.
Der Soldat der gerade noch von oben runter kam fragt dem bereits am Frühstü-
ckenden Mann, ob er sich dazu setzen
darf. Der Mann Antwortet

»Na klar, setzt dich!«
Ohne zu überlegen setzt der Soldat sich
dem anderen Gegenüber und bestellt noch
beim Wirt der hinter dem Tresen steht
und Bierhumpen poliert per Zuruf sein
Frühstück.

Der Soldat schaut sich den Mann genau
an. Er ist mittleren Alters wie er vermutet. Er ist sehr groß um die 200 Finger hoch und 40-50 Finger breit. Dieser
trägt einen Lilafarbenden Mantel, mit
einer Kapuze die sein Gesicht verdeckt
welches in dem schummrigen Licht eh
schon schwer zu erkennen ist. Doch sehr
auffällig ist ein Goldener Ring an seiner linken Hand. Darauf eingraviert ist
eine große 20. Sein Gewand ist ähnlich
wie bei Mönchen könnte man sagen denkt

er so. Der Soldat spricht zu seinem Gegenüber.

»Ich bin Oktavius! Und du bist?«
Der Mann von gegenüber schaut Oktavius
an, lächelt und antwortet.

»Freut mich! Ich bin Alracte. Und
schön das wir uns kennenlernen.«

In diesem Moment nichts ahnend was
unten vor sich geht wacht Herold so eben
in seinem Zimmer auf.

Noch leicht benommen von einem Seltsamen Traum geplagt, ist er dennoch gut
gelaunt. Herold wachte in dem kleinen
aber gemütlichen ersten Zimmer, im oberen Stockwerk auf der rechten Seite auf.
Er hat geschlafen wie ein Baby denkt er
sich noch im Halbschlaf. So gut hat er
schon lange nicht mehr geschlafen. Die
Sonne schein schon hell, in das kleine
Zimmer welches ein Fenster besitzt. Ein
Fenster mit Blick in Richtung Marktplatz. Herold setzt sich auf die Bettkante und streckt sich.

»Erstmal richtig wach werden denkt
er!«

Beim strecken, geht sein Blick aus
dem kleinen Fenster, des Zimmers der Taverne.

So erblickt er auch die Stadt Uhr.
»Was schon 12:22 Uhr!«

Sagt er laut zu sich selbst.
Von seinem Bett aus hat er einen perfek-
ten Blick auf die Turmuhr in der Nähe
des Marktplatzes. Der Raum hat sich bereits schon gut von den warmen Sonnenstrahlen aufgeheizt. Er zieht sich hastig seine Hose an, schlüpft in seine
Stiefel und wirft sein Gewand und seine
Rüstung über. Das Gewand und die Rüstung
verschnürt er noch beim Verlassen des
Raumes ohne auch nur daran zu denken die
Tür hinter sich zu schließen. Er läuft
gleich links vom Raum gesehen die Treppe
runter und geht zum Tresen wo der Wirt
gerade einen Bierhumpen Putzt.

»Ist Asrael also der Magier schon
herunter, gekommen?«

Fragt er aufgebracht.

Darauf stellt der Wirt seinen Humpen ab stemmt sich auf den Tresen und lächelt ihn an.

»Wer? Ihr seid gestern Abend alleine hierher gekommen!«

Herold schluckt einmal kräftig und merkt wie seine knie weich werden.

»nein das kann nicht sein, ich bin hier mit einem Freund her gekommen!«

der Wirt runzelt die Stirn

»aber wenn ich es euch dich sage!«

betont er selbstsicher.

Herold ist verwundert und schockiert zu gleich.

»war das wirklich nur ein Traum?«

überlegt er kurz.

Herold Versucht es verzweifelt ein letztes mal.

»können Sie sich noch einmal versuchen daran zu erinnern?«

Der Wirt fasst sich an den Hinterkopf und überlegt kurz!

»Nein tut mir Leid aber ich würde auf dem Marktplatz schauen!«

»In Ordnung vielen Dank«
Antwortet Herold niedergeschlagen.

Er dreht sich um und verlässt die Taverne ohne sich groß zu verabschieden. Auf dem Marktplatz angekommen drängt er sich durch die vielen Händler und Menschen die ihren Handel treiben. Unbeirrt kämpft er sich Schritt für Schritt voran immer mit dem Ziel vor Augen seinen Freund und Wegbegleiter zu finden. Grondo der noch immer unter Schock in seinem Zimmer aufgewacht ist, schaut sich Hektisch nach links und recht um. Er denkt noch einmal über seinen Traum nach! Kann sich aber nicht mehr an alles erinnern. Nur das es ein komischer Traum war. Er überlegt kurz ob er erstmal nach unten zu Wirt gehen sollte. Noch ist es offensichtlich nicht sehr Hell draußen. Grondo schließt daraus das es noch sehr früh zu sein scheint. Er zieht sich an, und verlässt sein Zimmer. Da er das

Zimmer direkt gegenüber von Edward bekommen hat, klopft dieser erstmal an seiner Tür um Bescheid zu geben das er schon wach ist und Frühstück beim Wirt bestellen möchte. Da aber keine Antwort kommt, öffnet er leise die Tür und schaut hinein.

»Hmm komisch, keiner da! Und das Bett ist auch gemacht!«

Bemerkt Grondo.

»Vielleicht ist er ja schon unten?«

sagte er leise in Gedanken zu sich selbst.

Grondo schließt die Tür und will gerade nach rechts die Treppe hinunter gehen, als er bemerkt das diese sich nicht rechts sondern links von ihm befindet. Er dreht sich um und schaut.

»Moment?«

und schaut sich weiter um.

»wie kam ich aus dem Zimmer? Meins war doch gegenüber?«

fragt er sich weiter.

Er will aber die Tatsache nicht offen lassen das er sich auf Grund des Alkoholes vielleicht vertan hat. Grondo zuckt mit den Schultern schließt die Türen und geht die Treppe hinunter. Unten angekommen geht er zum Wirt der am Tresen steht und gerade einen Bierhumpen putzt.

»Ist Edward schon auf?«
fragt Grondo den Wirt!

»Ja! Er kam vor ein paar Minuten schon herunter und wollte in die Stadt!«
sagt diese.

»In Ordnung Dann kommt er bestimmt bald wieder!«
Antwortet Grondo auf die Aussage des Wirtes.

»Frühstück?«
fragt der Wirt mit einem Freundlichem Grinsen!

»Geht auch aufs Haus!«
Grondo schaut den Wirt mit großen Augen an und antwortet!

»sehr gerne doch!«

Und er setzt sich an einen Runden Tisch in der Nähe des Tresens mit blick Richtung Eingang.

. So hat Grondo alles im Blick falls Edward wiederkommt.

»Wissen sie wie spät es ist?«
fragt Grondo den Wirt.

»Ähm Moment, wir haben es jetzt 10:22 Uhr«
Antwortet der Wirt mit einem Blick aus dem Fenster!

Nach einem ausgiebigen Frühstück welches ihn gefühlt zwei Stunden gekostet hat, ist Grondo gesättigt und lehnt sich zufrieden zurück

»Das tat gut!«
sagt er zum Wirt!

»Das freut mich!«
erwidert dieser zufrieden.

Grondo ist verwundert, immer noch kein Edward in Sicht.

»Dankeschön für das Frühstück! Ich gehe mal Edward suchen, irgendwo muss er ja stecken.«

meint Grondo gesättigt und Zufrieden.
»kein Problem, ich gebe Bescheid sobald
ich Ihn treffe!«

meint der Wirt freundlich!
»vielen Dank schon mal im Voraus!«

erwidert Grondo dem Wirt! Zufrieden
steht er von seinem Platz auf und will
die Taverne durch die Tür in Richtung
Marktplatz verlassen.

Grondo öffnet ehrgeizig die Schwere
Holztür mit einigen kleinen Glasscheiben
und steht im Türrahmen der Taverne. Er
Blickt auf den Großläufigen von Menschen
leeren Marktplatz. Viele Marktstände
sind aufgebaut aber von einem Stadtbe-
wohnern oder Edward ist keine Spur zu
finden. Es ist alles ruhig nur der Brunnen plätschert vor sich hin. Die ganze
Stadt ist immer noch wie Leergefegt
keine Menschenseele ist zu sehen. Er
tritt einen Schritt und schließt die Tür
hinter sich von außen. Grondo überlegt
und will nachschauen ob er Edward in den
Gassen der Stadt irgendwo finden kann.

Herold hingegen steht auf dem Marktplatz
neben dem Brunnen und schaut zur Stadt
Uhr. Sie zeigt 12:22 Uhr

»hmm komisch!«
grummelt Herold vor sich hin.

Herold erschreckt kurz als er wie aus
dem nichts die Tür der Taverne zufallen
sieht. Er schaut nach oben, die Sonnenscheibe strahlt warm und Hell hinunter.
Herold überlegt, er sucht schon eine gefühlte Ewigkeit nach Asrael. Noch immer
ist der Marktplatz voll mit Menschen und
Händlern. Dies erleichtert es ihm nicht
unbedingt wie er feststellen muss. Immer
wieder hat er fremde gefragt ob sie
Grondo eventuell gesehen haben, doch
niemand konnte ihm bei seiner Suche helfen. Noch einmal schaut er zur Turmuhr.
Doch es ist 12:22 Uhr.

»Das kann doch nicht sein!«
Denkt er sich!

»Vielleicht ist sie ja stehen geblieben?«

Herold geht zu einem gerade frei gewordenen Händler, und fragt den Händler nach dieser und zeigt dabei sogar auf die Turmuhr.

Doch der Händler Antwortet zu seiner Verwunderung.

»Nein wieso sollte sie? Zeit Spielt keine Rolle!«

Herold ist verwirrt in Anbetracht dieser Aussage.

Er überlegt was er tun kann, Herold kommt zu dem Entschluss, zu dem Mann zu gehen dem er anscheinend als einzigen Vertrauen kann. So lässt er den Händler hinter sich und geht zurück zur Taverne. Doch beim Betreten ist niemand zu sehen.

Einblick in Zukunft und Vergangenheit!

Weit Westen hinter den Kosch Bergen

haben sich die Menschen eine Neue Heimat
aufgebaut. Dort können sie noch in Ruhe
leben ohne Angst vor den Orks haben zu
müssen. Alle ihnen bekannten Städte
Nördlich, Östlich und Südlich von Garetekka befinden sich im Jahre 141 nach
KES unter Orkhand. Die Menschen konnten
sich in den vergangenen 119 Jahren nach
dem Krieg und dem Fall von Garetekka
dort in Sicherheit bringen und neue
Städte Aufbauen. Die Kashmirbergkette
dient dabei als unüberwindbarer Wall
zwischen dem Mittelreich und dem jetzi-
gem Westlichem Königreich. Es gibt nur
einen Zugang zu dem Königreich und dieser Wird von Nivesen, Zwergen, Menschen

und anderen kleinen Völkern stark be-
wacht. Dieser Durchgang wird von einer
Gigantischen Mauer welches ein Unfassbar
Großes Tor beinhaltet Blockiert. Die
Orks haben in der Vergangenheit auch
versucht diese zu Stürzen allerdings zum
Glück erfolglos. Dieser Wall erstreckt
sich noch Hunderte Kilometer weit Links
und Rechts der Kashmirbergkette entlang.
Die Berg enge des Kosch Berges war damals eine Handelsroute zwischen Gratenfels und Angbar. Leider mussten die Menschen Angbar aufgeben da der neue König
im Jahr 141 dort nicht Ihre Sicherheit
gewährleisten konnte. Angbar gehört
jetzt zu einen der wenigen bekannten
Geisterstätten zwischen dem Westlichem
Königreich und dem Mittellanden. Die
Orks wagen sich seid, gut einem Jahrzehnt nicht in die Nähe der Kosch Berge.
Es macht den Anschein als hätten sie
Verstanden das, sie keine Chance besitzen in das Königreich einzumarschieren.
Aber so lange keine Menschen, Zwerge und

Nivesen in die Orkländer kommen gibt es auch keinen Grund weitere Angriffe auszuführen. Die Ländereien Undriaiens die damals von König Sentur der XV im 22. Jahr von KES Regiert wurden liegen Östlich der Bergkette! Die Milizen im Jahr 141. bewachen Tag und Nacht den Zugang am Tor damit nie wieder ein Ork in die Heimat der Menschen einfallen können. Vieles hat sich seit dem Krieg für viele verändert. Unter anderem wurde sämtlich Magie verboten. Die meisten Menschen und Grateken geben der Magie und den Magiebegabten die Schuld dafür das sie den Krieg verloren haben. Der damalige König von Garetekka hat alles auf seine Magier gelegt und somit sein Volk und seine Soldaten geopfert. Es gibt seit über 100 Jahren eine Ausgangssperre ab Mondaufgang und Stadteinlass ist nur noch bis die Sonne Ihre letzten strahlen für diesen Tag zeigt. Das neue Menschengebiet welches Liebevoll von Ihnen Aventum Gratek genannt wird, darf nur mit

ausdrücklicher Genehmigung von König Erlan dem zweiten, der im Jahr 141 Regiert
verlassen werden. Jede zu Wiederhandlung
wird bestraft mit dem Tode oder Verban-
nung! In dem kleinen ruhigen Örtchen
welches Honogart heißt, macht sich gerade zwei Milizen des Königs fertig. Sie
haben einen Befehl erhalten und sollen
sich beim Hauptmann in dem Ort melden!
Eric und Oktavius kennen sich bereits
seit, dem Kindesalter und sind beide damals in Benderfart aufgewachsen. Über
die Jahre und sind diese sehr gute
Freunde und Wegbegleiter geworden. Beide
gehören im Jahr 141 der Miliz an und haben sie dessen Verpflichtet. Eine Armee
wie vor über 100 Jahren gibt es nicht
mehr. Es ist ein schöner Sommermorgen
wie man sich ihn wünschen würde in Aventum Gratek. Die beiden machen sich am
Morgen erst einmal frisch, waschen sich
und ziehen sich an. Nach ihrer morgend-
lichen Routine legen beide ihre glänzenden Rüstungen an. Am heutigen Morgen

sollen sie sich beim Hauptmann melden und einen neuen Auftrag erhalten. Und es erwartet sie in Honogart bereits der Hauptmann vor seinem Haus. Honogart ist heute ein kleines beschauliches Militärdorf. Das war aber nicht immer so! Vor dem Krieg war es eine beliebte Stadt für reisende und Händler. Honogart besaß großes Ansehen bei den Menschen ebenso wie Benderfart, Winhall, Garetekka oder Gratenfels. Während des Krieges wurde die Stadt fast komplett Zerstört. Da Honogart aber keinen Militärischen oder Taktischen Zweck für die Orks besaß, verließen diese die Stadt genau so schnell wie sie einmarschiert sind. Es hat viele Jahre gedauert bis die Stadt wieder neu aufgebaut war. Und alles nur wegen der Orks die auf der Suche nach den 20 sind. Die beiden sind in der Zwischenzeit fertig geworden mit den Vorbereitungen. Oktavius hetzt Eric schon! »Fertig werden! Ich will wissen wie unser Auftrag lautet! Ich habe Ziele und

diese will ich mit allen Mitteln erreichen!« Ruft er ganz Aufgeregt!

»Ja ist ja gut!«
entgegnet Eric!

Er ist schon jetzt am frühen Morgen
noch vor dem richtigen wach werden von
ihm genervt. Als Eric endlich soweit
fertig ist, gehen sie zusammen aus ihrem
Zelt. Das Zelt an sich ist sehr groß gehalten, genauso wie all die anderen
Zelte in dem die anderen Milizen schlafen. Ganz Aventum Gratek wird nur noch
von den Milizen geschützt. Das Ziel eines jeden Milizen ist es, irgendwann zur
Leibwache zu gehören! Dies ist der be-
liebteste und angesehenste Job bei den
Milizen. Dazu kommt noch das dieser am
besten entlohnt wird. Ein Milizsoldat
wird an Hand der erledigten Ziele bezahlt, je mehr er erfüllt desto besser
wird er Bezahlt. Die Aufgabe als Leibwache hingegen besteht aus einem festem,
Sold. Dieser ist im Vergleich zu anderen
einer der besten Besoldungen. König

Erlan wählt jedes Jahr aufs Neue, einen paar der besten und mutigsten Milizen aus die ihn als Leibgarde beschützen dürfen. Eric und Oktavius schaut sich im Lager von Honogart um. Es ist schon so früh am Morgen einiges los im Lager. Einige der Älteren Milizen Trainieren bereits die Neuankömmlinge. Und der Koch beginnt schon mit dem zubereiten der Rationen für die Soldaten. Andere waschen sich gerade vor Ihren Zelten. Die beiden gehen über den Zeltplatz auf ein kleines Holzhaus zu in welchem der Hauptmann sich sonst befindet. Die Ranghöheren Soldaten bekommen ein besonderes extra wie zum Beispiel eine, Wind und Wetterfeste Unterkunft vom König gestellt. Vor der Unterkunft steht bereits der Hauptmann mit zwei seiner Soldaten. Er hat Eric und Oktavius bereits erwartet und bittet die beiden mit ihm ins Haus zu kommen und sich den Auftrag an zu hören. Auf einem Tisch in der Mitte des Raumes liegt eine Landkarte. Als sie näher kommen hören sie noch vom Hauptmann

»Ihr habt euch gut angestellt bisher, wenn ihr diesen Auftrag auch zu meiner Zufriedenheit erfüllt melde ich dies mit eurem Namen König Erlan!«

Oktavius ist sprachlos und freut sich über diese positive Nachricht vom Hauptmann.

»Ich gebe ihnen mein Wort!« antwortet Oktavius während Eric nur nickt und diesem zustimmt.

Der Hauptmann blickt mit verstörtem Blick zu Oktavius. Zu den anderen beiden Soldaten welche neben ihm stehen und sie mit ins Haus begleitet haben sagt der Hauptmann!

»Gut Wegtreten!« Als es kurz Still ist bemerkt Oktavius erst im, nachhinein das gar nicht er und Eric gemeint waren.

Der Hauptmann dreht sich zu Eric und Oktavius nach dem die anderen beiden

Soldaten das Haus verlassen haben und sagt im ernsten Ton!

»Meldung!«
Oktavius und Eric stehen stramm und Oktavius ergreift das Wort.

»Milizsoldat Oktavius Kagorah und Eric von Gor vollständig angetreten wie befohlen!«

Der Hauptmann Salutiert vor den beiden welche es ihm nachmachen.

»Gut! Rührt euch Männer!«
Oktavius und Eric verschränken die Hände hinter dem Rücken und nehmen eine sonst ruhige normale Haltung ein.

Der Hauptmann spricht!
»Wie wir erfahren haben, soll sich in den Wäldern nicht weit Nördlich von hier, ein Magier Aufhalten! Euer Auftrag ist es diesen zu finden, ausfindig zu machen und zu eliminieren. Soweit alles verstanden, oder noch Fragen dazu?«

Oktavius antwortet für beide!
»Nein Sir keine Fragen!«

Der Hauptmann der recht zufrieden aussieht sagt nur darauf zu beiden!

»Dann Weggetreten!«
Oktavius und Eric drehen sich um und verlassen das Haus des Hauptmannes.

Das Haus gerade verlassen können sie schon aus der ferne Menschenmassen hören die laut durcheinander reden und schreien. Auch wenn beide sich denken können, was es mit der aufruhe zu tun hat sind beide doch eher neugierig und folgen dem Gebrüll in Richtung Stadt-mitte. Immer lauter werden die Jubelrufe die mittlerweile zu hören sind. Aber auch ein Ausbuhen und Beleidigungen sind mittlerweile wahrzunehmen. Immer weiter ziehen sie die Worte bis Oktavius, Eric anstupst und über eines der Dächer zeigt.

»dort schau!«
sagter recht aufgebracht.

Tief schwarzer Rauch steigt empor. Schmerzensschreie sind zu hören. Die schreie sind weit durch die Stadt zu hören. Von Neugier besessen folgen beide den Schreien, ein Jubelgetöse hallt durch die schmalen Gassen und die Schmerzschreie verstummen immer mehr.

»Nicht mehr weit!«
sagt Eric als sie weite durch die Gassen ziehen.

»Ja da vorne!«
betont Oktavius der sich sicher ist das er recht hat.

Und da stehen sie nun an einer Hausecke und sehen die Menschenmassen die mit beiden Händen in der Luft Jubeln und feiern. Hinter den Menschen lässt sich erahnen wieso sie alle Jubeln. Beide gehen auf die Menge zu immer näher und drängeln sich hindurch. Dort Brennen drei Hoch gestapelte Holzscheite. Ein Fester dicker Stamm steht senkrecht in jedem Feuer. An Ihnen befestigt kleben mittlerweile die halbverschmorten Leichen von drei Jungen nackten Frauen. Die Jüngste von Ihnen war höchstens zehn oder zwölf Jahre alt. Elendig verbrannt im Feuer von Bogor. Das Fleisch hat sich bereits dunkel verfärbt und qualmt in der Hitze vor sich hin. Fleischfetzen fallen von der Knochen ganz so als hätte man beim Schlachter ein Schwein auf offenem Feuer bestellt. Die Knochen der Frauen kommen immer mehr durch die abfallende Haut und die Fleischfetzen zum Vorschein. Die Langen Rot- Blonden Haare sind fast vollständig geschmolzen und dort wo einst die Nase und die Lippen waren kommt der Skelettierte Schädel zum Vorschein. Immer weiter brennen die Sterblichen Überreste der jungen Frauen. Ein ätzender Gestank zieht langsam durch die Stadt. Oktavius und Eric bemerken wie sich ein vor Freude jubelnder Zuschauer neben ihnen übergeben muss. Doch im selben Moment feiert er das Spektakel weiter, ganz so als wäre nichts passiert.

»ein krankes Undria in dem wir Leben!«

denkt Eric noch beim Anblick der Körper und dem voll Kotze stinkendem Mann neben ihnen der freudig weiter Feiert.

Eine Stimme neben den Scheiterhaufen ertönt lautstark.

»Meine Lieben Bürger! Die ersten haben ihrer gerechte Strafe bekommen. Doch vergessen wir nicht die anderen!«

Oktavius sucht nach der Person die spricht.

Dich finden kann er sie in der Menge nicht. Er lauscht weiter. So sollen diese durch zwei Bullen gestreckt werden. Lässt sich aus dem Jubel heraushören. Ein Mann mit einer Schwarzen Kapuze auf dem Kopf betritt von der linken Seite den Platz. An einem Langen Seil zieht der Mann der gerade eben noch seine Rede gehalten hatte die weiteren Opfer heran. An seiner linken Hand glänzt ein Goldener Ring. Diesmal aber auch Männer und nicht alleine Frauen.

»So sehet, diese sind es nicht würdig!«

sagt der Mann laut.

»sie werden der Ketzerei und Hexerei beschuldigt. Auf sie wartet der Tod!«

Die Hände und Füße gefesselt laufen die zum Tode verurteilten in dem Seil in einer Reihe dicht an dem Publikum vorbei.

Eric und Oktavius können mit ansehen wie ein Junger Mann aus der Menge zu einem der Gefangenen rennt und diesen mit seinem Dolch mehrfach in den Hals und in die Brust sticht. In Rage umklammert er den Körper und sticht immer wieder zu. Die Menge Jubelt! Ohne sich auch nur einmal wehren zu können sackt der Körper leblos zusammen. Gerade als der Mann mit dem Dolch diesen an die Blutige Kehle des Mannes ansetzt reißen Wachen den Mann mit dem Dolch von der Leiche runter! »was habt ihr getan?« Spricht der Redner.

»Ihr habt ihn erlöst und nicht zu Bogor geschickt!«

Der Mann der von den Wachen festgehalten wird versucht sich zu erklären.

Doch er kommt nicht dazu als der Sprecher folgendes verkündet.

»So werdet ihr jetzt seinen Platz einnehmen!«

Erschrocken versucht er sich zu befreien.

Die Menge Jubelt und Klatscht. Eric und Oktavius wird etwas mulmig bei all dem was sie gerade erleben und sehen müssen.

»Hiermit verurteile ich euch Augenblicklich zum Tode!«

sagt der Redner im Nachhinein.
»meine Begründung? Wiedersetzung des Gesetzes und dem König.«

die Menge Klatschen und Buht ihn aus als wie wachen ihn mit dem Rücken auf den Boden legen und nieder Drücken.

Der Redner geht zu dem gerade zum Tode verurteiltem Mann und bindet seinen Unterleib an das eine ende des Seiles welches an einem Bullen befestigt ist.

Das andere Seil verknotet er unter dem Oberkörper, so das dass Seil unter den Armen entlang läuft. Der Redner schaut in die Menge während er noch am Boden kniet und bleibt mit seinem Blick bei Oktavius kleben.

»Auch eure Zeit wird kommen!« Liest Oktavius von seinen Lippen.

Erschrocken weicht er zurück nicht sicher ob er das richtig verstanden hat da die Menschen um ihn herum zu laut sind. Der Redner steht auf und Grinst Oktavius an. Seine Hand geht nach oben und ruckartig lässt er sie sinken. Beide Bullen bekommen einen schlag auf ihr Hinterteil und laufen zügig in entgegengesetzte Richtungen. Das Seil fängt an sich zu straffen und der Mann am Boden schreit vor schmerz. Man kann förmlich hören wie die Muskeln und Sehnen gedehnt werden. Ein wenig streckt sich der ganze Körper unter Todesangst und schmerzerfüllten schreien. Nur einen kurzen Augenblick später trennt sich der

Oberkörper von dem Unterkörper. Blut und Eingeweide quellen heraus. Die schreie verstummen nur Jubel und Applaus ist zu hören. Die beiden Körperhälften ziehen eine lange Spur aus Blut und Eingeweiden über den Platz. Eric wird schlecht bei diesem Massaker. Er stößt Oktavius an und sagt.

»komm! Ich glaube wir haben genug gesehen!«

Dieser nickt ihm zu mit leerem blick und blass.

Zusammen drehen sie sich um und lassen diese Bluttaten hinter sich. Beiden schießen viele Gedanken durch den Kopf und jeder von beiden würde sich gerne Über die letzten Minuten äußern doch keiner bekommt ein Wort raus. So ziehen sie weiter in Richtung Stadttor und machen sich weiter auf den Weg vorbei an den anderen Truppen, Soldaten und Bürgern. Am Stadtrand angekommen müssen Sie über einige Straßen gehen und ziehen los in Richtung der Nördlichen Wälder. Sie müssen über einige Straßen bevor sie an den Wäldern ankommen. Weiter und weiter gehen sie zusammen Richtung Norden. Die Gedanken spielen verrückt noch immer die schreie im Kopf. Am Waldesrand im Norden endlich angekommen, sagt Oktavius zu Eric!

»Gehen wir vorsichtig vor, nicht zu hastig! Falls wir den Magier entdecken, soll er keine Möglichkeit haben zu fliehen!«

Eric stimmt dem Vorschlag zu! Langsam und leise pirschen sich die beiden in den Wald.

Es dauert nicht lange bis sie hinter ein Paar Sträuchern etwas hören!

»Pssst!«
flüstert Eric, Oktavius zu.

Oktavius gibt kleine Handzeichen und Signalisiert Eric damit das sie sich voneinander entfernen und von links und rechts sich auf das Geräusch zubewegen. Eric macht einen größeren Bogen um das anvisierte Geräusch. Allerdings muss

Eric dafür hinter einigen Bäumen entlang. Oktavius macht es genauso nur in
einem engeren Bogen. Die beiden bleiben
ununterbrochen in Sichtweite. Eric sieht
dort hinter einigen Sträuchern einen älteren Mann mit einer Purpurfarbenen Robe
hocken und sieht wie dieser gerade ein
Paar Pilze und Kräuter sammelt. Eric
gibt Oktavius das Zeichen, das sie den
Magier gefunden haben. Oktavius greift
an seine Hüfte und zieht vorsichtshalber
schon einmal seinen Dolch. Eric macht
sich ebenfalls bereit anzugreifen. Auch
er zieht leise sein Schwert aus der
Scheide und macht sich Sprungbereit! Er
schaut zu Eric rüber und zeigt diesem
mit den Fingern das sie von drei runter-
gezählt angreifen. Zwei, eins… In diesem
Moment springen beide Zeitgleich aus ihrem Versteck auf den Magier zu! Zu Undrian Unglück hat der Magier die beiden
schon lange zuvor bemerkt. Schon bevor
sie auch nur in der Nähe waren. Auch
wusste er das sie ihn angreifen werden.

In diesem Moment nutzt der Magier seine Chance. Im Überraschungsmoment nahm er seinen Stab blitzschnell vom Boden und schlägt diesen noch während sich Eric und Oktavius im Sprung befinden auf. Gerade als Oktavius und auch Eric sich nur noch wenige Ellen von ihm in der Luft befinden gibt es einen lauten Knall und alle drei verschwinden in einem grellen Lichtblitz. Im nächsten Augenblick öffnet Oktavius seine Augen. Er liegt in einem Bett die Augen sind noch schwer und er ist Sprichwörtlich verwirrt. Noch schlaftrunken steht er auf und geht an ein Fenster welches sich in dem Staubigen Raum befindet. Drothe öffnet seine Augen. Seine Beine und sein Brustkorb schmerzen leicht. Er liegt auf einem Holzfußboden und muss sich erst einmal sortieren. Drothe schaut sich um. Er befindet sich in einem kleinem Staubigen raum. Holzvertäfelt, dunkel und Staubig. Nur ein bisschen Sonnenlicht strahlt von der Scheibe in das Zimmer. Nicht ganz wissentlich was Traum und was real ist steht er auf und klopft sich vom Staubigen Boden sauber. Danach noch immer ein wenig staub auf der Kleidung geht er zum Fenster. Die Sonnenscheibe wirft ein helles Licht durch das Glas welches die Aussicht erschwert. Ohne lange zu zögern ergreift Drothe den Fenstergriff und öffnet dieses, auch um frische Luft hinein zu lassen. Einmal tief einatmen, die Augen geschlossen und gewärmt von dem Licht öffnet er wieder die Augen. Sein blick geht über den Marktplatz. Ein Großer runder Steinbrunnen verziert den Gepflasterten Marktplatz mit seinen Bewohnern und Händlern die gerade anfangen die Stände aufzubauen. Auch die Stadt Uhr zieht seinen Blick auf sich. Es ist noch früh, gerade 8:22 Uhr zeigt sie ihm. Drothe ist zwar verwirrt aber dennoch zufrieden und schaut sich in seinem kleinem beschaulichen Zimmer um. Ein einfaches Bett für eine Person, eine kleine Truhe davor und Holzvertäfelte

Wände. Gegenüber von ihm am Fenster befindet sich die Zimmertür welche auf den Flur führt. Zielstrebig geht er zuerst zu seiner Truhe vor dem Bett und öffnet diese. Fein säuberlich zusammengefaltet und geordnet liegen seine Sachen in der Truhe. Ein Kleidungsstück nach dem anderen verlässt die Truhe und landet an seinem Körper.

»so noch die Stiefel!«
sagt er im Selbstgespräch.

Nachdem er seine Kleidung und Ausrüstung vollständig angezogen hat verlässt er sein Zimmer durch die Tür. Drothe steht nun auf einem Langem, dunkeln ebenfalls Holzvertäfeltem Flur mit Je fünf Zimmern auf jeder Seite. Er ruft einmal »Hallo?« doch niemand reagiert. Davon aber nicht beeindruckt zuckt er einmal mit den Schultern und geht links von ihm die Treppe hinunter. Drothe steht nun in einem Gastraum mit Tresen und Wirt. Schon wieder fast vergessen erfragt Drothe den Wirt noch einmal nach der Uhrzeit.

»wir haben es 08:22 Uhr!« Antwortet der Wirt ohne ihn mit einem Blick zu würdigen.

»Und wo bin ich?« möchte er wissen.

»In Barekastria!« antwortet der Wirt selbstverständlich und schaut ihn nicht einmal dabei an.

Stattdessen hält er lieber seinen Bierhumpen gegen das Licht der Kerzen die überall verteilt stehen und stellt ihn zurück in das Regal welches von der Decke hängt.

»Oh vielen Dank dann habe ich noch ausreichend Zeit!« Sagt Drothe vorsichtig mit dem Versuch sich nichts anmerken zu lassen.

Drothe wollte gerade wieder in sein Zimmer zurück als er kurz stehen bleibt und den Wirt eine weitere wichtige Frage stellen muss.

»Haben sie durch Zufall noch andere Gäste?«

Doch wieder Antwortet er Drothe emotionslos.

»nein du bist der einzige zu dieser Zeit!«

etwas vorsichtig antwortet er
»ok habt Dank!«

erst jetzt hebt der Wirt den Kopf und lächelt Drothe an.

»sehr gerne!«
Sagt er lächelnd.

Leicht Schockiert, genervt und enttäuscht von dem seltsamen verhalten des Wirtes und der Gesamten Situation noch nicht wissend was passiert ist, geht er vom Tresen aus die Treppe wieder nach Oben. Dort angekommen klopft er an einer Türe nach dem anderen.

»Knock, Knock, Knock!«
macht es, doch es kommt keine Reaktion aus irgendeinem Zimmer.

Vorsicht öffnet Drothe die letzte Tür gegenüber von seinem Zimmer. Erst

vorsichtig durch den Spalt am schauen
und leise rufend.

»Hallo?«
ruft er leise.

Drothe muss aber feststellen das dieses Zimmer gar nicht belegt ist. Verwundert schließt er wieder die Tür. Die übrigen Türen sind alle verschlossen, wie er feststellen musste. Zehn Zimmer auf einem Flur acht sind verschlossen eines ist sein Zimmer und das zehnte ist leerstehend. Drothe will nun den Wirt zur Rede stellen beschließt er. Er geht mit strammen Schritten auf die Treppe zu und dort angekommen geht er hinunter. Doch schon beim hinunter gehen überkommt ihn das Gefühl das etwas anders ist. Unten angekommen bemerkt er auch was. Der Raum ist dunkel, keine Kerzen brennen mehr und im dunkeln steht nur der leere Theresen.

»hmm!«

Drothe dreht sich um und geht die Treppe wieder nach oben mit Gänsehaut auf Armen und Rücken.

Drothe möchte von seinem Zimmer aus noch einmal nach draußen schauen auf den Marktplatz. Er öffnet seine Zimmer Tür und traut seinen Augen nicht.

»Wer ist da?«
schimpft er lauthals als er zu seinem Bett geht.

Er zieht die Decke von seinem Bett runter. Wie er feststellen muss liegt jemand in seinem Bett. Da gefriert ihm erst recht das Blut in den Adern. Es ist ein Fremder! Ein Mann mittleren Alters wie er vermutet. Der fremde trägt einen Lilafarbenden Mantel, mit einer Kapuze. Sein Gewand ist ähnlich wie bei Mönchen. Bis zu dem Zeitpunkt als Drothe ihm die Decke weg gerissen hatte schien er tief und fest zu schlafen. Doch auch ein Mönch wird nicht gerne unsanft geweckt, dieser zeiht blitzschnell seinen Dolch und hält ihn Drothe an die Kehle.

»Hallo Drothe!«
sagt die Stimme mit einer durch Mark und Bein gehenden tiefe.

»wer bist du?«
fragt Drothe mit zitternder Stimme.

»Ich bin Alterac, und du wirst mir Helfen!«

Drothes Herz schlägt immer schneller gerade als Alterac sich aufrichtet.

Er versucht an seine Waffe zu kommen doch noch bevor er sie anfassen kann zieht Alterac seinen Dolch von links nach rechts an seiner Kehle entlang. Ein schneiden und reizen durchquert seinen Gehörgang. Drothe packt sich an den Hals und schnappt nach Luft. Das Blut läuft den Hals herunter und von innen in die Luftröhre. Drothe schnappt weiter nach Luft als Alterac ihn rückwärts auf den Boden wirft. Alterac beugt sich über ihn und sieht das er jetzt versucht mit beiden Händen die Blutung zu stoppen. Dich es ist zu spät Drothe wird warm und er beginnt zu ersticken. Alterac packt an seinen Kopf und Gedankenblitze zucken durch sein Körper. Er sieht Barekastria und Wehrholm in Flammen stehen Tod und Blut ist überall. Die Turmuhr der Stadt schlägt in einer rasenden Geschwindigkeit fliegt er in Gedanken durch den Marktplatz auf die Turmuhr zu. Drothe durchbricht in Gedanken die Doppeltür der Stadtuhr dort sieht er einen Schrein darauf liegt ein Leuchtendes Artefakt. Eine Art Kugel aus Metall mit vielen schnörkeln fein verarbeitet. Darin steckten hunderte Zahnräder und Mechanismen. Ein Ziffernblatt ist zu sehen dieses zeigt 12:22 Uhr und dreht sich rückwärts. Und dann ist alles schwarz. Da Herold nach seinem Besuch auf dem Marktplatz und der Stadt, keinen Asrael ausfindig machen konnte. Somit auch in der Taverne keinen Erfolg hatte. Beschloss Herold sich an einen der freien Tische zu setzen. Immer mit Blickrichtung Eingang. Herold sitzt nun schon seit über einer Stunde am Tisch und schaut die ganze Zeit Richtung Ausgang. Aber noch immer ist weder ein Wirt noch ein Asrael zu sehen. Auch der Hauptmann oder Wachen waren nicht zu finden geschweige denn zu sehen. So langsam bekommt er Panik. Sie müssen doch auch einen Auftrag erfüllen denkt er sich. Er steht hastig vom Tisch auf so das der Stuhl nach hinten umfällt. Herold geht zur Tür und wirft einen Blick in Richtung Marktplatz. Das Herold niesen muss ist gar nicht das Problem als er in der Tür steht durch Reizüberflutung der Sonnenscheibe. Das Problem ist mehr das der Marktplatz auf dem gerade noch hunderte Menschen waren und Waren verkauft haben, wie leergefegt ist. Nicht eine Menschenseele ist mehr zu sehen. Selbst die Marktstände sind weg. Nur der Stadtbrunnen steht dort alleine herum. Und als wäre das nicht schon schlimm genug, bekommt Herold ganz große Augen. Die Turmuhr zeigt nach wie vor 12:22 Uhr. Hinter Herold der das Gefühl hat den Verstand zu verlieren, hört er Geräusche. Seine Hand ergreift sein Schwert. Doch das was er sieht, dabei hilft im auch kein Schwert. Der Stuhl den er gerade noch zu Boden geworfen hatte. Stellt sich von alleine wie durch Geisterhand wieder auf und schiebt sich an den Tisch. Ohne zu zögern verlässt er die Taverne und rennt auf den Marktplatz die Tür hinter sich zu knallend.

Der Zahn der Zeit!

Oktavius der mit Alracte an einem

Tisch zusammen sitzt lehnt sich verwirrt zurück.

»was tut ihr hier?«
sagt er und streicht dabei durch seine Haare.

»ich befinde mich auf der Durchreise! Ich habe einen wichtigen Auftrag.«
meint Alracte zu Oktavius.
»einen Auftrag?«
murmelt er ihn fragend zu.
»Ja aber ich kann euch nichts dazu sagen, dies würde alles gefährden.«
Oktavius versteht die Aussage von Alracte nicht.
»was meint ihr?«
fragt dieser ihn.

»Nur das ich höchstpersönlich diesen Auftrag vom König bekommen habe, mehr müsst ihr nicht wissen.«

Oktavius versteht immer noch nicht.

»und deshalb könnt ihr mir nichts sagen?«

fragt er erneut.

Alracte schluckt einmal und Antwortet.

»So ist es!«

eine kurze Pause setzt von Oktavius ein.

»dann akzeptiere ich dies.«

setzt er fort mit runzelnder Stirn.

Oktavius richtet sich pikiert auf und fragt ihn.

»wann seid ihr denn angereist?« Alracte grinst und antwortet.

»Gestern Abend! So ich muss dann auch los.«

meint Alracte nach der Frage, Antwort runde von Oktavius.

Gerade als er noch etwas antworten will, wir allerdings unterbrochen. Ein Stuhl vom Nachbartisch fliegt mit Schwung zurück und landet mit einem lauten knall auf dem Holzfußboden. Beide erstarren vor Angst, der schock war groß. Der Wirt kommt zum Tisch und sagt zu den beiden die ihn mit blassen Gesichtern anschauen.

»Nichts ist wie es scheint, und glaubt nichts alles was ihr seht!«

Der Wirt und kichert vor sich hin. Danach dreht dieser sich um und stellt den Stuhl wieder an den Tisch. Die Stuhlbeine kratzen über den Boden. Die Tür der Taverne knallt Kurz danach zu. Alle drei Schauen zur Tür der Wirt spricht erneut.

»seht ihr, ich habe es ja gesagt!« daraufhin geht er wieder zu seinem Tresen und verschwindet durch eine Tür dahinter.

Alracte und Oktavius schauen sich an. Oktavius lehnt sich über den Tisch zu Alracte und sagt.

»Irgendetwas stimmt hier ganz und gar nicht!«

Alracte lacht, stimmt ihm zu und nickt.

»Das ist gut möglich.«
Als Alracte sich wieder zurücklehnt und seine Arme verschränkt, glitzert ein goldener Ring an seiner Hand.

Oktavius sieht eine eingravierte 20 darauf. Er will noch fragen aber schenkt ihm keine weitere Beachtung mehr. Eric wird von einem freien Fall im Traum wachgerüttelt. Schweißgebadet tastet er vorsichtig seinen Körper ab. Sein gesamter Körper tut weh, es fühlt sich an als wäre er aus dem dritten stock eines Hauses gefallen. Doch in seinem Traum war es kein Haus sondern ein Turm. Dieser Traum endete damit das er auf den Pflastersteinen aufgeschlagen ist. Eric versuchte sich zuvor noch an der Kante festzuhalten und schürfte sich dabei sogar die Hände auf. Aber ein Mönch mit einer Kapuze trat an die Kante heran und trat auf seine Finger. Die letzten Worte

die er von der tiefen dunkeln Stimme
hörte war.

»Nichts ist so wie es den Anschein
mach! Der Tod ist erst der Anfang!«

danach ließ er seine Füße nach außen
über die Finger rutschen so das Eric
hinab stürzte und aufgewacht ist.

Aber außer das ihm alles Weh tut kann
er keine Verletzungen feststellen.

»doch was ist das?«
sagt er leise zu sich selbst als er auf
seine Handflächen schaut.

Aufgeschürft und mit frischem Blut
benetzt. Eric schaut aus dem Fenster und
versucht das alles zusammen zu fügen
doch er kommt zu keinem logischen Entschluss. Unter schmerzen steht er auf
und klopft sich vorsichtig sauber vom
Staub und Dreck.

»wo bin ich?«
fragt er sich und geht zu seinem Fenster.

Eric schaut aus seinem Fenster und
Überblickt einen Marktplatz mit einem

Brunnen und einen Turm mit einer großen Uhr. Eric stößt sich vom Fenster weg als sein herz schneller anfängt zu schlagen.

»wie ist das möglich?«
denkt er und rennt aus seinem Zimmer.

Eric läuft die Treppe hinunter in den Gastraum direkt an den Tresen zum Wirt. Noch bevor dieser etwas sagen kann meint Eric zu dem Wirt.

»Torben! Du musst mir helfen!«
Grondo hat soeben die Taverne verlassen und steht auf einer kleinen steinernen Anhöhe mit zwei stufen.

Hinter ihm die geschlossene Tür der Taverne. Er schaut über den Menschenleeren aber voll mit bunten Ständen stehenden Marktplatz. Der große rundgemauerte Steinbrunnen steht nur gut 30 schritte von ihm entfernt. Er überlegt wo er mit seiner suche nach Edward beginnen soll und schlendert in Gedanken in Richtung Brunnen.

»die besten Waren!«
Grondo dreht sich im Kreis.

»Hallo?«
ruft er ins leere! Sehen tut er niemanden.

»Da war doch wer!«
denkt er sich.

»Guten Morgen Asrael!«
schreit eine Stimme die über den Marktplatz hallt.

Und wieder ruft er.
»Hallo? Wer ist da?«
ruft Grondo!
Doch niemand antwortet. Er schleicht
weiter durch die leeren Stände. Wieder
eine Stimme!

»einen schönen guten Morgen!«
Er schaut sich hinter den meisten Ständen in seiner nähe um.

»hier nimm!«
Grondo glaubt das das sich jemand hinter
den Ständen versteckt doch finden kann
er niemanden.

Ein Marktstand hat er noch vor sich
direkt neben dem Brunnen.

»Die Besten waren aus Al Anfaries«
schreit wieder eine Stimme mit dumpfen
Hall.

»wer ist da?«
schreit Grondo zurück.

Dich die Stimme antwortet nicht mehr.
Grondo zieht ein kalter Schauer über den
Rücken. Grondo geht weiter auf den
Marktstand zu und reißt den Vorhang an
der Seite weg. Doch dort befindet sich
auch niemand. Er atmet einmal durch und
weis nicht was er von alle dem hakten
soll. Grondo dreht sich vom Stand weg
als ihn eine Hand am Handgelenk packt.
Kalt wie Eis und hart wie versteinerte
Knochen. Grondo erschreckt sich fast zu
Tode und versucht seinen Arm weg zu ziehen, doch die Hand hält ihn fest. Grondo
dreht sich um Der Brunnen hinter ihm.
Eine Knochige gestallt kam wie aus dem
nichts und hat ihn festgehalten. Ein
grau bläuliches Gesicht, tiefe eingefal-
lene Wangenknochen und ein kalter leerer
blick. Grondo bleibt die Luft weg bei

dem Anblick. Wieder versucht er sich los zu reißen doch die Gestallt steht auf und packt ihn mit beiden Händen an den Schultern. Ein leichter schmerz zieht durch die Schultern bis runter zur Hüfte. »was bist du?« Schreit Grondo die Gestallt an. Die dreht den Kopf leicht ein und kommt seinem Gesicht langsam immer näher. Am liebsten würde Grondo jetzt weglaufen und das weite such dich er kann sich nicht bewegen.

»was sollte das spiel mit dem Verstecken?«

fragt er.

»Die Stimmen werden bleiben!«

krächzt die Gestalt.

»Zeit spielt keine Rolle, der Tod ist erst der Anfang!«

krächzt sie weiter.

Grondo bleibt fast das Herz stehen als das Monster bereits kurz vor seinem Gesicht ist. Kalte komplett schwarze Augen schauen ihn an. Eine Frau die aus dem nichts kommt, ausschaut als wäre sie

bereits seit Monaten unter der Erde gewesen und ebenso verfault und modrig
riecht. Grondo versucht sich los zu reißen doch die Gestallt unterbindet es und
sagt.

»zeit spielt keine Rolle!«
in diesem Moment noch nicht ganz ausgesprochen stößt die Gruselige Gestallt
ihn rückwärts in den tiefen schwarzen
Brunnen.

»Asrael, was soll das lange Gesicht?«
möchte der Wirt gerne wissen.

»ach ich weiß auch nicht! Irgendwie
fühlt sich alles so leer an!«
antwortet Asrael bedrückt und Trinkt
sein Bier am Tresen der Taverne aus.

»ich Glaube ich gehe mal zu Thorwal
und frage ob er Hilfe braucht.«
Der Wirt lacht.
»der Schmied? Naja wenn es dir dann besser geht!«
Asrael schaut ermutigt hoch.
»wer weiß, ich werde es gleich wissen.«

Antwortet Asrael und knallt seinen
Humpen auf den Tresen.

»Dann mach das wir sehen uns Später!«
meint der Wirt darauf während er den
Bierhumpen aufhebt, ihn spült und anfängt zu Polieren.

Asrael geht in Richtung Ausgang und
blickt noch einmal zurück.

»Danke!«
ruft Asrael höflicherweise zu.

Der Wirt Nickt dankend zu und blickt
Richtung Treppenaufgang. Asrael denkt
kurz darüber nach als er in Richtung
Marktplatz geht das es so ausgesehen hat
als hätte der Wirt auf jemanden gewartet
aber schenkt diesem Gedanken nicht all
zu viel Bedeutung.

»Die besten Waren!«
schreit ein Händler über denk Marktplatz.

Ein andere ruft ihm direkt zu.
»Guten Morgen Asrael!«

Ruft einer der Händler ihm zu.
»einen Schönen guten Morgen!«

sagt Asrael freundlich zurück.

»Hier nimm!«

meint einer der Händler auf dem Marktplatz.

Dieser schenkt Asrael einen Apfel aus den Südlichen Ländern. Glücklich nimmt Asrael den Apfel vom Händler und zieht weiter in Richtung Schmiede. Auf halben Wege kommt ihm der Sohn des Schmiedes entgegen gelaufen.

»guten Morgen Eric!«
lächelt Asrael und winkt Eric zu.

»hallo Asrael! Willst du zu Vater?«
fragt der kleine Junge und Sohn des Schmiedes.

»Ja genau! Und wo willst du hin?«
»auf den Marktplatz noch etwas besorgen!«

Asrael lächelt ihn an und sagt!
»dann mal hopp, hopp und hier nimm!«

Asrael übergibt dem Jungen Eric den Geschenkten Apfel und freut sich darüber eine kleine gute Tat vollbracht zu haben.

»oh vielen dank!«
Freut sich Eric und rennt weiter in
Richtung Marktplatz.

Asrael hingegen geht gemütlich in die
entgegengesetzte Richtung auf die
Schmiede zu, welche sich am äußeren Ende
des Stadtzentrums befindet.

»Ein wunderschönes Schwert!«
betont Edward beim Schmied

»Nicht wahr!«
erwidert Thorwal zufrieden und meint zu
ihm.

»ja ich glaube es wird die gute
dienste leisten!«

Edward scheint sehr zufrieden damit
zu sein als ein Magier von hinten an die
Beiden herantritt.

»Guten Morgen Asrael!«
äußert Thorwal freundlich.

»was kann ich für dich tun?«
möchte er wissen.

Edward begutachtet hingegen noch andere Waffen die der Schmied erarbeitet

hat. Edward macht Asrael etwas platz das
dieser so neben ihm stehen kann.

»ich wollte fragen ob du Hilfe
brauchst!«

»Das ist lieb aber nein Danke, auch
nicht Heute!«

antwortet der Wirt mit einer freund-
lichen Stimme.

»Wie schade!«

meint Asrael leicht bedrückt.

»Entschuldigung das ich mich einmi-
sche, aber ich könnte Hilfe gebrauchen!«

mischt sich Edward ein.
Herold hat so gerade die Taverne vor
Angst verlassen. Der Schweiß läuft ihm
noch die Stirn hinunter. Herold steht
nun auf dem Marktplatz und kann seinen
Augen kaum Trauen die Bürger und Händler
treiben einen regen Handel der gesamt
Marktplatz ist voll mit Menschen. Herold
überlegt noch das alles was er hier in
der Stadt erlebt sich jedem logischem
Verständnis entzieht. Eine alte Frau
spricht ihn aus der Menschenmasse an.

»Ich weiß was du denkst, mir ging es am Anfang genauso!«

Wortlos schluckt Herold nur einmal und starrt sie an.

»ich weiß gar nichts!«
betont er wehleidig.

»Zeit spielt keine Rolle und doch geht ohne sie nichts!«

Herold versteht das wirre gerade der Frau nicht.

»Beachtet sie! Und sie wird euch den weg weisen!«

sagt die Alte Frau noch zu Herold und dreht sich zur Menschenmasse um.

Ein paar schritte geht sie dann verschwindet hinter einem Stand sowie mehreren Menschen. Herold ist noch halb in Gedanken als er bemerkt hat das die alte Frau sich umgedreht hatte. Er rannte hinter her doch nur ein Augenblinzeln später ist sie verschwunden. Er sucht noch nach ihr aber kann sie nirgends mehr erblicken. Herold glaubt kaum das sie sich einfach in Luft auflösen kann und sucht weiter er Dreht sich mehrfach im Kreis doch mit jedem um sich selbst drehen und suchen verschwinden immer mehr Menschen und Stände. Herold sackt auf die Knie und Verzweifelt an sich selbst. Er schaut nochmal hoch und guckt aber niemand ist da er ist wieder alleine auf dem weiten Marktplatz. Die Uhr schlägt einmal! Herold blickt zu dieser doch sie zeigt immer noch 12:22 Uhr seine Hände verschließen die Augen, als auf einmal eine Hand von hinten auf seinen Schultern liegt.

»Herold bist du das?«
»Bin ich Tod? Wo bin ich?«

Er öffnet die Augen und kann diesen kaum trauen.

Drothe überlegt und lässt alles einmal Revue passieren. Er schaut sich um und muss feststellen das er in seinem Bett liegt in dem Bett in dem noch so gerade eben Alterac gelegen hatte.

»wie ist das alles nur möglich?«
fragt er sich selbst und steht vorsichtig auf.

Seine beine sind noch wie Brei. Drothe stützt sich an seinem Bett ab und schwankt zu Fenster. Er überblickt erneut den Marktplatz doch diesmal ist alles anders. Die Sonne steht höher doch der Marktplatz ist leer. Er schaut zur Turmuhr

»12:22Uhr?«
wie in seinem Traum überlegt er kurz.

Die Gedanken noch am durchschweifen überfliegt er mit seinem Blicken den Marktplatz erneut.

»Herold?«
ruft er lauthals und freudig.

Drothe sieht einen Mann auf dem Marktplatz knien der Herold stark ähnelt. Viel zu lange ist es her das sie sich gesehen haben. Drothe war sich sicher das sie sich nie wieder sehen werden. Ohne zu zögern dreht er sich um und rennt so schnell er kann auf seinem

Zimmer. Von dem einmaligen stolpern
lässt er sich nicht beirren und rennt
die Treppe nach unten. Eine Stufe nach
dem anderen stolpert er hinunter durch
den Gastraum und durch die Tür der Taverne und tatsächlich denkt er!

»das ist Herold!«
Drothe läuft so schnell er kann zu Herold, dort angekommen Atmet er einmal
tief ein, legt seine Hand auf die Schulter und fragt.

»Herold bist du das?«
Im hohen Bogen fliegt Grondo aus dem
Brunnen hinaus und prallt mit seinem
Ganzen Körper auf die Pflastersteine
auf.

»wow! Was war das?«
sagt er geschockt zu sich selbst.

Geschockt und verwundert von dem gerade passierten Erlebnissen, steht er
auf und schaut sich um. Grondo stellt
fest das er soeben noch in den Brunnen
geworfen wurde und im nächsten Augenblick im hohen bogen wieder

herausgeschleudert wurde. Grondo schaut sich auf dem weitläufigen Marktplatz um. Erst jetzt wird im bewusst das er Menschenleer ist. Keine Menschen, keine Stände und auch sonst ist niemand zu sehen.

»was ist passiert«
fragt er sich und schaut zur Taverne.

Dort stehen zwei Pferde!
»sind das… wir kommen die hier her?«

Er will sich gerade auf den weg zur Taverne machen als die Turmuhr schlägt.

Grondo schaut hin! 11:22 Uhr
»hää?«

sagt er im Selbstgespräch.
Er lauscht den Glockenschlägen als gerade der letzte schlag vorbei ist hört er eine Stimme.

»Herold bist du das?«
Grondo lauscht weiter und sagt kein Ton. Nach einer kurzen weile fragt er ins nichts.

»wer ist da?«
wieder stille.

»mein Name ist Drothe! Wer fragt?«
sagt die Stimme aus dem nichts.

»ich bin Grondo!«
antwortet er zurück.

»wo seid ihr? Ich kann euch nicht sehen!«
Grondo fühlt sich seltsam dabei sich mit
einem unsichtbaren zu unterhalten.

Aber nach allen was er gerade erlebt
hat schockt ihn so schnell nicht mehr.

»ich kann euch auch nicht sehen!«
Antwortet Grondo.

»mit wem redest du?«
fragt eine andere Stimme.

»mit Drothe, und ich glaube wir haben
hier das selbe Problem Herold!«

Asrael der an der Schmiede mittlerweile angekommen ist, sieht Thorwal an
seiner Schmiede stehen.

Dieser Unterhält sich mit einem Frem-
dem. Worüber die beiden sich unterhalten, kann Asrael aber nicht hören. Der
Fremde macht Asrael Platz damit dieser

sich auch mit dem Schmied unterhalten
kann.

»Was kann ich für dich tun Asrael?«
fragt der Schmied.

»Ich wollte fragen ob ich dir Helfen
kann!«

meint Asrael auf dessen Frage selbstbewusst.

Doch bevor der Schmied wirklich antworten kann sagt der Fremde.

»Ich könnte Hilfe gebrauchen!«
Asrael schaut verwundert.

»Ich bin Edward! Und du bist Asrael?«
Dieser stimmt ihm zu und freut sich über
neue Gesellschaft.

»wobei brauchst du Hilfe?«
fragt Asrael

»Das kann ich dir gerne alles in ruhe
erzählen! Gehen wir in die Taverne?«

»Ja in Ordnung! Vor mir aus.«
meint Asrael!

Er ist zwar Skeptisch aber denkt sich
auch das er hier in der Stadt nicht viel
zu verlieren hat. Noch immer kein

Hauptmann, kein Herold und keine Wachen.
Die Zeit scheint hier Still zu stehen,
dass beweist auch die Turmuhr als er
beim vorbeigehen darauf schaut. Noch immer zeigt diese die selbe Uhrzeit es ist
7:22 Uhr. In der Taverne angekommen
setzten sie sich an einen freien Tisch
in der nähe des Tresens.

»Torben machst du uns ein Bier?« Asrael schaut zum Wirt.

»Sehr gerne!«
sagt dieser.

»Torben also!«
denkt Asrael meint aber zu Edward

»wie kann ich dir eigentlich Helfen?«
Edward lächelt Asrael an und meint zu
diesem.

»Ich bin schon länger in der Stadt!
Irgendwas stimmt hier nicht und ich suche einen Magier!«

der Wirt bringt in der Zwischenzeit
das Bier stellt die Humpen hin und sagt
zu Edward

»Na dann hast du ja Glück!«

Asrael schaut zwischen den beiden hin
und her als der den Tisch wieder verlässt.

»wieso einen Magier?«
fragt Asrael Edward.

»Weil ich glaube das dieser mächtig
genug ist den Chronograph zu holen!«
Asrael fragt nach!

»Chronograph?«
Edward antwortet, doch abgelenkt vom
Wirt der leisen Selbstgespräche führt,
versteht er nicht, was Edward ihm sagen
will. In der Zwischenzeit in der Taverne
sagte Torben zu Eric im selben Augenblick.

»Eric! Wir haben uns ja, seit deiner
Kindheit nicht mehr gesehen.«

»Ja ich weiß, aber nicht wieso ich
hier bin!«

stottert Eric ganz verwirrt.
»jetzt erstmal ganz ruhig!«

besänftigt Torben, Eric.
»Du bist doch gestern Abend hergekommen!«

meint der Wirt zu ihm.

Eric will gerade antworten, stoppt dann aber in dem er noch einmal über das nachdenkt was Torben gerade gesagt hat.

»Moment, ich muss gerade die Biere wegbringen!« meint Torben noch bevor Eric aus seinen Gedanken kommt und was sagen kann. Eric schaut hinterher und sieht wie Torben zwei Bier an den Leeren Tisch stellt.

»was ist hier eigentlich los?« fragt Eric als Torben wieder zum Tresen kommt.

»Ich weiß nicht, was du meinst!« sagt Torben mit einem Lächeln recht freundlich.

»du weist nicht, was ich meine?« spricht Eric sauer.

»wo sind die Orks? Die Stadt sollte gar nicht stehen!«

meckert Eric »welches Jahr haben wir?«

möchte er von Torben wissen!

»Das Jahr 22. Nach KES!«

betont Torben.

Eric kann kaum glauben was er hört.

»Das kann nicht sein! Welcher Tag?«

fragt er hinterher.

»Tag 180! Wieso?«

meint Torben

»weil die Stadt in vier Tagen komplett zerstört ist!«

Torben muss lachen.

»Jetzt fang du nicht auch noch an!«

»im Jahr 22. Musste ich fliehen da die Orks gekommen sind!«

Brüllt Eric ihn an.

»Als kleiner Knabe!«

fügt er hinzu.

Torben lacht laut.

»tut mir leid aber ich weis nicht wovon du hier redest!«

meint dieser während er sich seinen dicken Bauch hält.

Eric hat mehr und mehr das Gefühl bei Torben nicht weiter zu kommen. Er Bedankt sich und im selben Atemzug verabschiedet er sich bei Torben. Dieser winkt ihm noch beim verlassen der Taverne zu und kichert immer noch. Draußen auf dem Marktplatz hofft er einen klaren Gedanken zu bekommen. Auf dem Marktplatz stehend die zwei Stufen der Taverne hinab gegangen, schaut er auf die Stadt mit seinen Marktplatz und traut seinen Augen nicht. Ein Großteil der Stadt und der Häuser ist vollkommen zerstört und steht in Flammen. Die Stadt Uhr läutet einmal, Eric schaut nach oben. Die Uhr hat ein riesiges Loch in der Fassade. Erschrocken tritt er zwei Schritte zurück und landet mit dem hintern auf der Anhöhe vor der Taverne.

»Das war doch gerade eben noch nicht!«
denkt er und muss an den Tag denken, an dem er als Kind fliehen musste.

Er hört hinter sich aus der Taverne ein klirren und zerbrechen von Stein und Glas welches berstet. Genau dort wo sich auch der Eingangsbereich und Tresen befindet. Ihm gefriert das Blut in den Adern.

»Was ist hier nur Los?« fragt er sich Verzweifelt.

Derzeit richtete Herold sich mit den Knien auf dem Marktplatz auf. Eine bekannte Stimme hat die Hand auf seine Schulter gelegt und ihn beim Namen gerufen.

»Drothe?« fragt er ihn mit Tränen in den Augen.

»Bist du es wirklich?« fragt er weiter.

»Ja ich bin es!« Antwortet Drothe ihm.

»was machst du hier?« möchte er von Herold wissen.

»Nachdem wir im Wald waren und du verschwunden bist was alles wie ein Tagtraum!« betont er und erzählt weiter. »Wir kamen hier an, doch dann ist Herold verschwunden!«

Die Geisterhafte stimme mischt sich
ein!

»wo seid ihr denn? Ich kann euch hören aber dennoch nicht sehen.«

Herold und Drothe gucken sich beide
verwundert an

»schon wieder?«

denkt sich Herold

»wer spricht da?«

möchte er wissen.

»Mein Name ist Grondo!«

Drothe überlegt kurz und möchte wissen.

»und wo steckt ihr?«

Die stimme aus dem nichts antwortet.

»ich stehe auf dem Marktplatz neben
dem Brunnen.«

»Wir ebenfalls!«

sagt Herold.

»ich habe eine Idee!«

merkt Grondo an.

»schaut in den Brunnen!«

Beide wissen nicht genau ob sie tun sollen was die Stimme ihnen sagt, aber zu

verlieren haben sie nicht viel denken beide.

. Drothe macht den Anfang und blickt über den gemauerten Kreis in den Brunnen.

»Herold komm her, das musst du sehen!«
Herold geht voller Erwartung zu Drothe der am Brunnen steht.

Zusammen schauen sie hinein und können kaum glauben was sie sehen. Im Wasser spiegelt sich der Mond in dem Brunnen. Herold schaut nach oben doch dort wo sich der Mond im Wasser spiegelt, strahlt die helle Sonnenscheibe von oben hinab. Aber dem nicht genug, Herold und Drothe sehen auch eine weitere Person die sich im Wasser spiegelt. Ganz so als würde sie mit ihnen zusammen in den Brunnen schauen ihnen gegenüber stehend. Drothe blickt hoch doch auf der gegenüberliegenden Brunnenseite steht niemand. Herold ruft in den Brunnen rein.

»wer bist du verdammt?«

»mein Name ist Grondo!«

ruft die Person mit hallender Stimme aus dem Brunnen.

Herold schaut Drothe an und meint zu ihm.

»Ich muss wissen ob es nochmal funktioniert! Geht aus dem Weg!«

Herold stützt sich auf den Steinrand vom Brunnen.

»was hast du vor?«
fragt Drothe entsetzt ahnend was Herold vor hat.

Dieser beugt sich über den Rand und stürzt in die tiefe des Brunnens. Drothe versuchte ihn im letzten Augenblick noch zu packen und festzuhalten doch kommt nicht mehr an ihn heran.

»was tust du!«
schreit er hinterher und wartet auf das platschen von Herold im Wasser.

Doch nichts ist zu hören stattdessen verschwindet Herold im dunklen Brunnen. Ein Licht geht auf!

Asrael und Edward sitzen noch immer am
Tisch in der Taverne und unterhalten
sich über den Vorschlag von Edward.

»meinst du, du kannst mir Helfen den
Chronograph zu bekommen?«

Asrael überlegt und Antwortet ihm.
»Was ist das denn und was ist das?«

»Der Chronograph ist ein Heiligtum!
Wir benötigen es um hier weg zu kommen.«

Asrael bekommt ganz große Augen.
»ein Heiligtum?«

fragt er
»Ja! Eines der Zwanzig und es ist hier
in der Stadt!«

Asrael überlegt was der König ihm und
Herold aufgetragen hatte. Asrael denkt
auch wenn er es schafft dieses zu besitzen und mit Herold zurück kommt, werden
sie Reich entlohnt werden. Er fängt an
zu grinsen und freut sich über den Vorschlag von Edward ihm zu helfen.

»Wo ist dieser Chronograph?«
fragt Asrael ihn.

»laut meiner Information befindet sich dieser in dem Turm der Stadt.«

»In der Stadt Uhr?«
fragt er nach.

»Ja das ist richtig!«
betont Edward.

»Und wie komme ich da ins Spiel?«
möchte Asrael wissen.

»Es ist ein Heiligtum, umgeben von einem Mächtigen Bannzauber. Ich brauche eure Magie dafür.«

. Asrael atmet tief so das seine Brust anschwellt.

»In Ordnung aber ich suche hier noch wen, und dazu kommt das wir einen Auftrag haben.«

Edward schaut ihn an und meint.
»Ich weis aber Herold bekommen wir so zurück.«

»woher kennt ihr Herold?«
fragt er entsetzt.

»Die Stadt ist nicht das was sie zu seien scheint!«

Antwortet Edward.

»Was meint ihr?«

hinterfragt Asrael.

»Ein noch Mächtigerer Zauberer hat seine
Finger im spiel. Wir müssen entkommen
sonst sind wir alle verloren.«

»Weiß er von dem Chronograph?«
möchte Asrael wissen.

»nein ich glaube nicht!«
betont Edward erneut.

»falls doch, dürfen wir keine Zeit
verlieren!«

Asrael stimmt ihm zu.
»dann lass uns keine Zeit verlieren!«
Edward steht auf und geht zur Tür der
Taverne dreht sich um und meint zu Asrael.

»Los komm!«
sagt er, Asrael steht auf und folgt
Edward durch die Tür der Taverne.

Oktavius sitzt noch immer am Tisch
und erneut öffnet sich die Tür der Taverne und fällt wieder zu. Oktavius versucht sich einzureden das dies vom Wind

ausgelöst wurde aber selbst dran glauben kann er kaum.

»Irgendwas etwas stimmt hier nicht!« das denkt sich Mittlerweile auch Oktavius.

»was habt ihr?« möchte Alracte von Oktavius wissen.

»die Tür!« versucht er zu erklären, aber Alracte antwortet.

»Ich weiß nicht was ihr meint?«. Und schaut zur Tür.

»Aber ich habe eine Bitte an euch!« meint Alracte zu Oktavius.

»Ich benötige den Chronograph und die anderen 19! Ihr werdet sie mir bringen!« Oktavius schaut wie in Trance hoch und schaut in Glasige weiße Augen.

Alracte hebt seine rechte Hand auf Kopfhöhe und schnippst einmal. Oktavius Augen fallen zu und alles wird schwarz. Oktavius wird an der Schulter angetippt, als dieser aber nicht reagiert, rüttelt der Wirt ihn wach.

»Oktavius?«

fragt er ihn.

»was machst du hier?«
Als wäre er im Tiefschlaf gewesen öffnet er leicht die Augen und schaut den Wirt mit noch kleinen Augen an.

Oktavius wollte sich gerade erklären und Alracte mit ins Gespräch einbinden, dich ihm gegenüber sitzt niemand.

»Wie lange habe ich Geschlafen!«
möchte Oktavius wissen.

»Vielleicht 10 Minuten!«
meint der Wirt zu ihm.

»wo ist Alracte?«
der Wirt schaut ganz verwundert.

»wer?«
fragt er.

»Na der Mann der mir gerade noch gegenüber saß!«

Antwortet Oktavius voller Erwartung.
»hier war niemand! Du bist gerade er angekommen, alleine!«

sagt ihm der Wirt allerdings.
Ihm entgleist die Gesichtsmimik.

»wie bitte?«

fragt er höflich nach.

»wie spät ist es?«

fügt er hinzu.

»6:22 Uhr!«

antwortet der Wirt ihm.

»und wer Alracte sein soll, tut mir leid da klingelt nichts!«

fügt auch der Wirt hinzu.

»6:22 Uhr? Aber ihr sagtet doch!....«

stottert er.

»Zeit spielt keine Rolle! Tut mir leid, ich kann euch nicht helfen.«

meint der Wirt zu ihm.

Oktavius weiß nicht mehr was Real und Fiktion ist blass im Gesicht mit weichen Beiden steht er auf.

»Dankeschön!«

sagt Oktavius mit einer recht zurückhaltenden stimme, dreht sich um und geht die Treppe nach oben.

Oktavius geht vorsichtig mit einem Fuß nach dem anderen und seinen weichen Knien die Treppe nach oben und möchte

eigentlich in sein Zimmer. Er dreht den
Knauf und öffnet vorsichtig die Tür.
Zwei Schritte schafft er in sein Zimmer.
Oktavius hört etwas auf dem Flur von dem
er gerade kam. Ein leichtes poltern. Er
dreht sich zur Tür und schaut über den
Flur mit vorgebeugtem Oberkörper. Doch
sehen kann er niemanden. Oktavius pro-
biert die gegenüberliegende Tür von seinem Raum aus. Doch diese ist verschlossen. Oktavius geht über den Flur und
versucht es bei jeder einzelnen Tür. Als
er an der letzten Tür Nummer zehn angekommen ist und gerade auch diese auspro-
biert zu öffnen, hört er von unten aus
dem Gastraum ein Klirren und Zerbrechen
von Glas. Erschrocken geht er einen
Schritt von der Tür weg und schaut gespannt in Richtung Treppen Aufgang. Wieder ein klirren und Bersten von scheiben
hallt durch den Gang. Oktavius zieht
sein Schwert und schleicht vorsichtig
bis zu Treppe. Langsam geht er die ersten beiden Stufen der Treppe hinunter

und geht auf die Knie. Oktavius versucht von oben etwas im unteren Bereich der Taverne und des Gastraumes zu erkennen, aber außer dass die Tische alle kreuz und quer stehen ist aber niemand zu sehen. Oktavius wartet noch ein paar Minuten, so als ob er darauf wartet das etwas Passiert würde. Aber nichts! Er steht auf und hält sich am Treppengeländer fest während er mit seinen weichen, Knien vorsichtig schritt für schritt die Treppe hinunter schleicht. In der rechten Hand sein Schwert und die linke Hand am Geländer. Unten angekommen sieht er aber immer noch nichts. Nervös ruft er leise und vorsichtig!

»Hallo?«
Eine leise Stimmt kommt unter einem der Tische her!

»Vorsicht, sie kommen!«
Oktavius bückt sich und schaut unter die Tische.

Nur ein paar Tische entfernt vor ihm versteckt sich eine Frau. Er krabbelt

auf allen vieren zur Frau und hockt sich
vor ihr hin.

»Was ist denn los?«
fragt er die Frau unter dem Tisch.

Diese antwortet!

»Sie Belagern die Stadt schon wieder!«

»Schon wieder?«
hinterfragt er.

»Ja! Das machen sie seit 4 Jahren Re-
gelmäßig! Bisher konnten wir standhalten, obwohl alles andere von Orks besetzt ist!«

»Jetzt mal langsam! Wieso alle 4
Jahre? Was ist besetzt?«

Oktavius kommen tausende von Gedanken
in den Kopf.

Mehr und mehr hat er das Gefühl den
Verstand zu verlieren. Aber er Versucht
einen kühlen Kopf zu bewahren.

»Der Krieg ging von 22-29 nach KES.
Wir waren die einzigen die ohne Hilfe
von außen, Standhalten konnten!«

Oktavius schaut die Frau erschrocken an und sagt!

»Wenn der Krieg im Jahr 29 endete, müsste das ja heißen wir haben jetzt das Jahr 33. Nach KES!«

»Nein nicht KES! Das erste von Grondo!«

sagt die Frau zu Oktavius!

»Grondo?«

fragt er Verzweifelt.

Herolds Stimme ertönt aus dem Brunnen.

»Herold?«

ruft Drothe hinein der mit dem Oberkörper noch immer über dem Brunnenrand hängt und in die tiefe schaut.

Drothe beigt sich zurück und schaut hinein. Neben Grondo sieht er jetzt auch Herold auf der anderen Seite, der sich ebenfalls neben Grondo über den Rand gebeugt hat.

»du musst keine Angst haben, Spring hinunter!«

meint Herold zu Drothe.

Diesem ist bei dem ganzen nicht ganz wohl zumute aber vertraut Herold der ihm gut zuredet. Drothe setzt sich mit zitternden Beinen auf den Rand vom Brunnen und springt in tiefe Schwarz. Ein Augenblinzeln später rechnet er damit nass zu werden vom kalten Brunnenwasser doch es passiert nichts. Er sieht wie sich der Mond im Wasser spiegelt und verschwindet im tiefen schwarzen Wasser. Von kompletter Dunkelheit wird es von mal zu mal ein wenig heller bis er vom Sonnenlicht geblendet wird. Im hohen Bogen katapultiert er aus dem Brunnen hinaus und landet auf den Pflastersteinen des Marktes. Ein kurzes aufrappeln später reicht er Herold die Hand die ihm aufhelfen will.

»vielen Dank!«
sagt Drothe und steht auf.

Grondo stellt sich vor.
»Mein Name ist Zwerg Grondo! Ich kam mit einem Freund hier an. Nach der ersten Nacht habe ich ihn allerdings nicht mehr gesehen.«

»Mein Name ist Herold und das hier neben mir ist Drothe. Auch ich kam mit einem Freund hier an, einem Magier!«

Grondo ist entsetzt.

»Ihr vermisst auch wen?«

»Ja!«

»Ich selbst traf in den Wäldern hinter Garetekka auf Asrael und Herold.«

bringt Drothe ins Gespräch mit ein.

»ich war in den Wäldern unterwegs um Orks ausfindig zu machen.«

Grondo möchte nicht zu sehr in das Gespräch mit eingebunden werden und ist Inzwischen vollkommen genervt von der Suche nach Edward.

Er freut sich zwar endlich jemanden gefunden zu haben aber ist immer noch kein Stück weiter gekommen.

»Habt ihr jemanden getroffen namens Edward?«

möchte Grondo wissen.

»Nein das tut mir leid!«

Antwortet Herold und Drothe schüttelt den Kopf bei der Frage von Grondo.

»Ich weiß nicht was hier los ist, aber ich werde das Gefühl nicht los das wir hier dasselbe Problem haben.«

Herold nickt ihm zu.

»ich selbst vermisse auch wen.«

meint Herold daraufhin.

»wir brauchen einen Plan!«

»Ja daran habe ich gerade auch gedacht, aber wie?«

fragt Grondo die beiden leicht Verzweifelt.

Drothe schaut in Gedanken in den Brunnen.

»Hey Herold, jetzt spiegelt sich die Sonnenscheibe!«

Herold schaut nach dessen Aussage ebenfalls in den Brunnen. Drothe hatte Recht! Kein Mond ist mehr zusehen stattdessen Spiegelt sich nur klar und hell die Sonnenscheibe im Wasser des Brunnens.

»Hmm alles komisch!«

behauptet Herold etwas wehleidig.

»wir sollten dahin zurück wo alles begann!«

Drothe schaut ihn an und fragt. »Garetekka?«

»Nein die Taverne, aber diesmal bleiben wir zusammen!«

Grondo stimmt Herold zu und antwortet »Das stimmt, diesmal sollten wir zusammen bleiben!«

Zusammen beschließen sie wieder in die Taverne zurückzukehren.

Vom Brunnen aus können sie schon auf die Taverne schauen. Auf dem Weg dorthin überlegen sie sich wie sie weiter vorgehen.

»wir sollten zuerst den Wirt zur Rede stellen.«

meint Grondo aufgebracht.
An der Tür der Taverne angekommen, Tritt Grondo die Tür mit voller Wucht auf. Diese schnellt so schnell auf das sie fast aus den Angeln fliegt und zurückprallt. Ein dumpfer Aufprall ist auf dem Holzfußboden zu hören, doch niemand ist

zu sehen. Erneut öffnet Grondo die Tür, doch diesmal mit etwas mehr Gefühl.

»Wo steckt der kleine, Mistkerl nur!« denken Sie verzweifelt als sie auf einen Leeren aber verwüsteten Gastraum und den Tresen schauen.

Die Tische stehen kreuz und quer doch zusehen ist sonst niemand. Drothe schaut ein letztes Mal über den Marktplatz mit dem Brunnen aber niemand ist zu sehen nur die Turmuhr wohin er auch Blick geht steht auf 12:22 Uhr. Grondo betritt als erstes die Taverne geht durch den Gastraum und zum Tresen. Die anderen folgen ihm. Drothe der eigentlich die Stadt Uhr ansprechen wollte kommt allerdings nicht mehr dazu als Grondo ruft.

»Hallo?«
Dann kommt der Wirt scheinbar aus der Küche, es öffnet sich die Tür hinter dem Tresen.

»Entschuldigung! Ich musste nur kurz etwas aus dem Keller holen!«

Sagt der Wirt noch beim aus der Tür kommen.

Ohne Zeit zu verlieren fragt Grondo den Wirt aufgebracht.

»Wo ist Edward?«

»Es tut mir Leid! Ich weiß nicht wen ihr meint.«

»Der mit dem ich hier angekommen bin!«

»Ihr meint Asrael!«

Antwortet der Wirt Grondo.

Herold wird hellhörig.

»Asrael? Ihr habt ihn Gesehen?«

fragt er ganz Aufgeregt.

»Ja er wollte auf sein Zimmer!«

Antwortet der Wirt ihm.

»Ich suche ihn seit gefühlten Tagen!«

Meint Herold ganz außer sich.

»Genau wie ich Edward!«

fügt Grondo sauer hinzu.

Nur Drothe beobachtet alles aus sicherer Entfernung still und leise. Herold dreht sich zu Grondo.

»komm wir schauen oben nach!«

Nach einer kurzen Debatte beschließen sie zusammen nach oben in das Zimmer von Asrael zu gehen, und wollen ihn endlich finden.

Auf dem Weg nach Oben, sagt der Wirt noch lachend hinterher.

»Einen schönen Tag euch noch! Und denkt dran, nichts ist wie es scheint.«

Doch unbeirrt gehen sie zusammen weiter nach oben. Herold der vorausgeht, stellt sich vor die erste Tür oben rechts und ergreift den Knauf der Tür.

»Moment!«
ruft Grondo.

»Das ist das Zimmer von Edward!« Herold schaut verwundert und ihm entgleist das Gesicht als Drothe hinzugefügt

»Nein! Da habe ich Geschlafen!« Zitternd und nicht genau wissend was hier gerade vor sich geht sitzt Eric starr vor Angst auf den Stufen der Taverne und schaut Richtung Eingangstür.

Das Klirren und Bersten von Glas und Stein lässt ihn sich nicht mehr bewegen. Schreie ertönen und hallen über den Marktplatz so als würden hunderte, wenn nicht tausende von Menschen oder Kreaturen vor den Mauern der Stadt stehen und die Stadt stürmen. Eric weiß nicht was hier vor sich geht und kann das alles gar nicht so schnell umsetzten im Kopf wie es von statten geht. Aus der Taverne hört er schritte die auf die Tür zu kommen. Eric weis gerade gar nicht in welche Richtung er zuerst schauen soll. Er blickt in die Stadt zur Uhr und über die Häuser. Die Tür hinter ihm öffnet sich und eine Stimme ruft nach ihm.

»Eric komm!«

Ruft der Wirt von hinten und zieht Eric am Kragen in die Taverne.

Ihm wird die Luft abgedrückt, während der Wirt ihn nach drinnen zieht. Eric sieht seine Beine über den Boden schleifen, er kann noch sehen wie ein Riesiger Feuerball über die Mauer der Stadt in

Richtung Markplatz und Taverne fliegt. Die Tür der Taverne knallt zu und im selben Moment gibt es einen lauten knall und Flammen schießen an den Fenstern nach oben. Der Wirt hebt Eric hoch und wirft ihn über den Tresen, um ihn zu schützen vor dem Flammenmeer. Eric prallt mit seinem Körper auf dem harten Holzfußboden auf. Ein Schmerz durchzieht seinen Körper und die Luft bleibt ihm weg. Vor Schmerzen hält er sich seinen Rücken und jauchts nach Luft. Leicht hochgedrückt hält Eric sich mir einer Hand am Tresen fest und zieht sich nach oben. Nichts ist wie es scheint und sein sollte, Eric traut seinen Augen nicht mehr. Oktavius befindet sich nach wie vor im Gastraum der Taverne und kann nicht glauben, was er gerade gehört hat.

»Nach Grondo?« fragt er sich und weiß nicht, wie er mit dieser Information umgehen soll.

Er hat seinen Gedanken noch nicht ganz zu Ende gedacht als die Tavernen

Tür aufprallt als wäre sie mit Schwarz-
pulver gefüllt worden. Oktavius versteckt sich unter dem Tisch. Drei ge-
stallten betreten die Taverne. Oktavius
versucht so leise zu sein, wie er kann
und hält dabei sogar die Luft an. Er
schaut unter den Tisch zu der Frau, die
sich dort versteckt hatte. Kalte graue
Augen schauen ihn an und sagen!

»Nichts ist wie es scheint!«
Darauf hin verschwindet sie in einer Art
Nebel.

Oktavius weiß nicht ob er glauben
soll was er gerade eben gesehen hatte.
Die Frau ist zwar weg doch die Gestall-
ten sind noch immer da. Oktavius versteckt sich weiterhin und beobachtet die
Situation. Die drei laufen durch den
Gastraum ein Zwerg scheinbar geht mit
strammen Schritten voran. Nun stehen sie
am Tresen und rufen nach dem Wirt. Von
seiner Position aus kann Oktavius alles
gut beobachten, allerdings kann er weder
die Personen noch die Gesichter

erkennen. Die Stimme vom Zwerg kennt er nicht, deshalb hält Oktavius sich auch bis auf weiteres zurück. Eine der dreien schaut sich immer wieder in dem Raum um so das Oktavius sich weiterhin gut hinter und unter einem der Tische verstecken muss. Dennoch versucht Oktavius so viel wie möglich von alldem mitzubekommen. Der Wirt kommt aus der Tür, welche hinter dem Tresen ist.

»Wo ist Edward?«
kann Oktavius hören.

Und auch einer der anderen fragt den Wirt nach einer Person die Gesucht wird.

»Kann das wirklich sein?«
»kann das wirklich sein, das diese, dasselbe Problem haben wie ich?«

Fragt sich Oktavius verzweifelt.
Es dauert nicht lange bis sie fertig mit der Unterhaltung beim Wirt sind. Es war ein kurzes Gespräch mit diesem, die drei entfernen sich vom Tresen und kommen in die Richtung von Oktavius. Leise schleicht er weiter unter den Tisch und

zwar so gut das alle drei an ihm vorbeilaufen ohne das sie ihn bemerkt haben.
Gemeinsam gehen die drei die Treppe nach
oben. Der letzte von ihnen muss auf der
obersten Stufe stehen bleiben und Oktavius belauscht sie.

»Nein! Da habe ich Geschlafen!«
kann er von dem hintersten hören.

Die Neugierde packt Oktavius und er
kommt und seinem Tisch hervor gekrochen.
Oktavius überlegt was besser ist.

»soll ich unten auf sie warten oder
sie zur rede stellen?«
fragt er sich.
Oktavius gibt sich selbst einen kleinen
ruck und betritt die erste Stufe des
Treppenaufgangs.

»Hallo die Herren, ich hoffe ich kann
weiterhelfen!«
ruft Oktavius nach oben zu den
dreien.

Asrael und Edward sind in der Zwischenzeit auf dem weg zur großen Bibliothek von Barekastria. Auf dem weg

dorthin wurden sie in einer Gasse fernab
vom Marktplatz, von einem Mönch aufgehalten.

»Haltet ein!«
sagte der Mönch mit einer Purpurfarben-
den Robe zu den beiden.

»ihr wollt zur Bibliothek?«
fragte er nach.

beide schauten sich an als wüssten
sie nicht was sie antworten sollten.

»ähm ja das ist korrekt.«
Antwortet Edward ihm selbstverständlich.

»Ich kann euch bei eurer Suche helfen!«
meinte der Mönch mit einer Freudigen
stimme.

Doch Asrael antwortet ihm.
»nein vielen Dank, hätten wir keine
Hilfe angenommen wären wir nie hier gelandet.«

Der Mönch musste lachen und sagte daraufhin zu den beiden.

»Das mag sein, Ja! Aber ist der weg
nicht das Ziel ich war einst wie ihr.«

Edward schaut ihn verdutzt an.

»was meint ihr?«

fragte er neugierig nach.

»Ich kam als Gast und bin nun seit über einhundert Jahren hier gefangen.«

fing der Mönch an zu wimmern.

»Seit einhundert Jahren?«

fragte Asrael nach.

»Ja und euch zu helfen, würde auch mir helfen. Ich will hier genauso raus wie ihr.«

wimmerte der Mönch.

Asrael aber auch Edward bekamen Mitleid und auf irgendeine Art und weise vertrauten sie ihm auch. Edward konnte sich nicht erklären woher dieses Vertrauen auf einmal kam sagte dann aber zu dem Mönch.

»Ok begleitet uns bis zur Bibliothek!«

Asrael war nicht ganz wohl bei dem ganzen und dennoch vertraute er Edward und dieser dem Mönch.

»Dann zeigt uns den Weg!«

befahl Edward ihm und zu dritt verließen sie die enge Gasse in Richtung Bibliothek.

Auf dem Weg dorthin fragt Asrael den Mönch.

»könnt ihr uns sagen was es mit der Turmuhr auf sich hat?«

der Mönch schaut zu ihm rüber.
»ja das kann ich! Die Zeit steht still es ist eine ewige Zeitschleife mit sieben Ebenen.«

Asrael schaute ihn fragend an. »Ebenen? Zeitschleife?«

»ja! Nichts ist wie es scheint!« Asrael schluckte und antwortete ihm.

»das habe ich schon öfter gehört!« Der Mönch lachte.

»Das dachte ich mir, sonst wären wir nicht hier gefangen.«

zuerst wollte Asrael ihm von Herold und Garetekka erzählen, entschied sich aber dann doch dafür nichts zu sagen.

Weiter führte sie der Mönch durch die engen Gassen der Stadt. Edward und

Asrael hätten alleine niemals zur Bibliothek gefunden. Schon auf halben Wege hatte Asrael die Orientierung verloren und ist jetzt doch froh einen Ortskundigen zu haben. Und da stand sie. Die große Bibliothek ein aus weißen Sandstein und Marmor verziertes Gebäude. Große Säulen trugen das Dach und die Giebel. Ganze 45 Stufen ging es hinaufzusteigen um an der Gigantischen Tür einzutreten. Auf den weg die Steinstufen hinauf meinte der Mönch zu den beiden.

»Wisst ihr? Zeit spielt keine Rolle! Aber ihr werdet alle Antworten erhalten. Kommt erstmal mit in die Bibliothek!«

Endlich oben angekommen fragte Edward erneut und neugierig.

»könnt ihr uns nicht jetzt erzählen was hier los ist?«

Der Mönch lachte!
»Nein aber antworten werdet ihr bald alle haben!«

Nicht wirklich im klarem darüber was
der Mönch meinte, betraten sie zusammen
die Bibliothek.

Der Mönch zeigte ihnen den Weg in die
Bibliothek, die sich im ersten Stock des
großen Klosters befindet. Zusammen gingen sie durch eine große Halle. Beide
waren beeindruckt von der gigantischen
Größe und der Schönheit des Klosters.
Der Boden war aus weißem Marmor und Säulen verzierten die Gänge bis zur Treppe
die in den ersten Stock führte. Asrael
und Edward vielen auch die anderen Mön-
che auf die hier und da still vor sich
hin Meditierten oder gebetet hatten.
Schritt für Schritt hallte die Gangart
von Ihnen durch die Halle. An der Treppe
angekommen winkte der Mönch den Treppenaufgang hinauf und sagte.

»Nach euch! Oben linksherum.«
Ohne zu zögern, gingen sie gemeinsam
nach oben.

Zu dritt oben angekommen, linksherum
gingen sie ebenfalls einen langen, aber

schmaleren Gang entlang. Auch dieser war prunkvoll verziert mit Marmor und Ornamenten aus Perlbein. Perlbein war eines der Wertvollsten Materialien insbesondere für Schmuck. Dieses zu bekommen war nicht nur gefährlich, sondern auch alles andere als leicht. Es ist ein Material, welches man sehr leicht erkennt. Dies liegt daran das es sämtliches Licht spiegelt und in allen Farben strahlt. Sie gingen weiter den Gang bis zum Ende durch. Am Ende standen sie vor einer großen verzierten Tür aus Holz und Metall. Der Mönch sagte zu den beiden.

»Es tut mir leid meine Freunde! Ab hier müsst leider allein weiter.«

»Aber wieso?«
wollten beide wissen.

Der Mönch antwortete
»nicht allen Mönchen ist es gestattet diese Heiligen räume zu betreten.«

Kurz darauf öffnet der Mönch nur die große Tür und trat bei Seite.

Edward und Asrael waren wie paralysiert bei dem Anblick der riesigen Regale die voll mit alten Büchern waren. Ein großer Raum geschätzt mit hunderttausend Büchern wartete nur darauf gelesen zu werden. Zu zweit betraten sie die Bibliothek und gingen hinein. Der Mönch verabschiedete sich von den beiden, schloss die Tür und von jetzt an waren sie wieder auf sich allein gestellt. Gemeinsam schlenderten sie durch die hohen Regale welche Chronologisch gelistet waren. Asrael rief Edward nach den ersten vergangenen Minuten zu.

»Hey Edward! Hier schau«
Edward war aufmerksam und neugierig auf, dass was Asrael im zeigen wollte.

Es war ein dickes breites Buch mit über eintausend Seiten. Auf dem verzierten Buch stand

»Purpur: Und die Farbe der Könige.«
Asrael schaute sich die ersten Seiten an, doch Edward nahm es ihm aus der Hand.

»Ganz nett! Aber nicht das, was wir gesucht haben.«

Asrael wollte sich zu dem Zeitpunkt erklären, noch dazu zu dem was er gerade gelesen hatte.

Doch Edward beharrte weiter darauf. »Denk bitte daran, wir sind wegen dem Chronographen hier!«

»Ja ich weiß! Aber...« Versuchte er es erneut.

»Nein!« fing Edward erbost an ihn zu unterbrechen.

Etwas pikiert von Edward nickte er ihm dennoch, wenn auch widerwillig ab und Schaute weiter durch das hohe Regal. Edward legte das Buch, welches er Asrael abgenommen hatte, zurück in das Regal und sagte zu ihm.

»In Ordnung bleib du hier und suche weiter ich gehe ein Regal weiter!«

Asrael der sich den Standort des Buches gemerkt hatte, wartete nur auf den Augenblick das Edward um die Ecke

verschwindet nur einen kurzen Augenblick
später geht er zu diesem und steckt es
sich heimlich in seine Tasche. Edward
hingegen hatte von Asraels Umsetzung
nichts mitbekommen. Die einzelnen Abtei-
lungen der Regale waren mit kleinen Tafeln beschriftet. Asrael lief langsam an
dem Regalen entlang und las im Kopf die
kleinen Tafeln durch.

»Barekastria, Zahn der Zeit, Chrono-
graphie, Sternenkunde, Stadthistorie,
Himmel und Hölle, Die 6 Stufen, Vergangenheit und Gegenwart, Heiligtum und
Heiligtümer, Die Augen Madas, Das
Schwarze Auge, Tod und Neuanfang, Zeit
ist nicht Vergänglich«

Es waren noch viele unzählige Tafeln,
die er hätte lesen können, doch er
stoppte und dachte sich.

»wie soll ich hier Antworten finden?«
Er schnappte sich das erste Buch, vor
dem er stand und fing an zu lesen.

Eric stemmt sich von Torbens Tresen
nach oben und schnappt immer noch nach
Luft.

»Es ging alles so schnell!«
denkt er sich.

Todesangst durchzieht noch immer seinen Körper und er sucht nach dem Flammenden Tod. Doch es gibt keine Flammen,
kein Torben und auch sonst ist alles genau wie vorher. Eric kann kaum glauben
was hier vor sich geht. Es ist alles so
surreal denkt er sich. Vorsichtig ruft
er Torben, doch dieser ist nirgends zu
sehen, obwohl ihn dieser noch gerade
eben über den Tresen geworfen hatte.
Eric schüttelt sich einmal, um einen
klaren Gedanken zu fassen. Vorsichtig
tastet er sich hinter den Tresen hervor.
Eric steht nun inmitten der vielen Runden tische im Gastraum und schaut sich
um. Noch immer sucht er nach dem Flammenmeer, doch es gibt keine Flammen.
Eric geht vollends verwirrt zu dem Fenster neben der Eingangstür und schaut von

drinnen auf den Marktplatz. Vorsichtig riskiert er einen ersten Blick und rechnet damit das die ganze Stadt in Schutt und Asche liegt. Doch wiedererwartet ist auf draußen nichts zu sehen. Keine Orks greifen die Stadt an und auch keine Feuerkugeln fliegen über die Mauer in Richtung Marktplatz. Eric weiß nicht genau was er von all dem halten soll. Vorsichtig geht er vom Fenster weg, dreht sich um und ruft vorsichtig.

»Torben?«
doch dieser Antwortet ihm nicht.

Schlagartig öffnet sich die Tür der Taverne. Eric der direkt neben dieser steht weicht ihr aus und ein kalter Schauer durchzieht seinen Rücken fest mit seiner rechten Hand an seinem Schwert. Eric rechnet damit das die Tür sich genauso schnell schließt, wie sie aufgeschlagen ist, doch dies passiert nicht. Ganz im Gegenteil schließt sie sich langsam und der Henkel der Tür geht nach unten um dieser zu schließen. Eric hält die Luft an. Er kann kaum atmen vor Angst, nicht zu wissen was hier vor sich geht. Eric hat zunehmend das Gefühl, das ein Geist ihn verlassen hat und er verrückt wird. Kurz darauf hört Eric dumpfe Stimmen die er nicht genau zuordnen kann. Sie kommen allerdings von der bereits geschlossenen Tür. Eric wird das alles zu viel versteht die Welt nicht mehr und rennt kurz nachdem die Stimmen aufgehört haben aus der Taverne in Richtung Marktplatz. Komplett in Rage läuft sein Körper wie in Trance immer weiter. Sein Kopf arbeitet und alle Gedanken durchfließen seinen Kopf und Körper. Eine gefühlte Ewigkeit rennt er durch die Gegend ohne auch nur ein bisschen wahrzunehmen wo er sich befindet oder entlang rennt. Eric hat das Gefühl gesteuert zu werden und seine Augen spielen ihm einen streich, ganz so als hätte er Scheuklappen auf. Stimmen brennen sich in sein Hirn. Immer wieder und wieder sagen sie das selbe.

»Der Tod ist erst der Anfang!«
Erics Körper zittert vor Erschöpfung und doch rennt er weiter.

Erst jetzt kurz vor einer Ohnmacht hat er langsam das Gefühl wieder Herr über seine eigenen Sinne zu werden. Und er muss zu seinem Entsetzen feststellen das er sich auf dem hohen Stadtuhrenturm befindet. Eric steht an der kante und schaut hinab auf die Gepflasterten Straße von Barekastria. Noch immer Durchfließen die Stimmen seinen Kopf. Seine Beine sind weich wie dünne Leder-riemen. Eric weiß nicht was gerade passiert ist und versteht es auch nicht. Erst jetzt Verstummen auch die Stimmen in seinen Kopf und Eric kann das erste Mal etwas beruhigter Durchatmen. Gerade ausgeatmet spürt er wie hinter ihm jemand steht dich bevor er sich noch umdrehen kann, sagte eine dunkle, kalte beunruhigende Stimme die durch Mark und Bein geht.

»Der Tod ist erst der Anfang!«

Eric ist starr vor Angst, aber genau
diese Situation wir von der Person hinter ihm ausgenutzt.

Eric spürt große kalte Hände auf seinen Schulterblättern und nur ein Augenblinzeln später bekommt er einen kräftigen Stoß von hinten der ihn über den
Rand herunter schuppst. Eric hat fast
mit seinem leben abgeschlossen als er
bemerkt wie er den Pflastersteinen immer
näher kommt. Es fühlt sich für ihn an
als würde alles verlangsamt passieren
doch dies ist nicht der fall. Die letzten Millisekunden durchfließen sein Ge-
hirn. Die Steine kommen immer näher, ein
letzter Gedanke schießt ihm durch den
Kopf. Eric durchläuft ein kaum vorzu-
stellendes Erlebnis. Der Moment in dem
sein Schädel auf den harten Pflastersteinen aufschlägt und ein Knacken, Brechen von Knochen und matschen zu hören
ist, dass so klingt als würde man auf
ein Stück Schweinefleisch mit der bloßen
Hand hauen. Bleibt in seinem innerem

Auge ein letztes Bild verankert die Steine kurz vor dem Aufprall. Erics Hirn versucht die Geschehnisse zu verarbeiten doch kann keine Informationen mehr weiter geben. Eric bemerkt dieses Gefühl zwar und dennoch kann er nichts dagegen tun. Er spürt wie sein Körper vollkommen verformt auf dem Boden liegt und dich kann er das Gefühl nicht verarbeiten. Im nächsten Augenblick wird alles schwarz. Eric schaut im selben Moment als alles andere Schwarz wird von oben auf sich selbst herab. Er kann das ganze Ausmaß sehen sein zu Brei geformter Körper liegt auf dem Boden vor dem Eingang der Turm Uhr. Es ist ein Widerlicher Anblicke sich selbst so Tod zu sehen. Und erst jetzt realisiert er das er Tatsächlich ermordet wurde. Doch sein Gedanke ist nur von kurzer Dauer als jemand aus dem Eingang kommt über Oder neben seinem Körper steigt und nach oben den Turm hinauf bis zur Spitze schaut.

Nichts war wie es sein soll!

Avalon liegt in Schutt und Asche.

Viele mussten sterben und befinden sich nun hinter der ewigen Himmelsscheibe. Eine riesige spur der Verwüstung zieht sich durch den Kontinent vom hohen Norden über die Mittellande bis hin in den Süden der Segelnden Anfarianer. Heute kann man sich kaum noch vorstellen wie es anderes wäre. Die Kinder die geboren werden wachsen in einer Welt voller Angst und Tot auf. Es ist eine gefährliche Welt in der wir leben, finstere Kreaturen wandeln über die weiten Steppen und die verbrannten Ländereien. Das Raum Zeitkontinuum wurde ins wanken gebracht, immer wieder tauchen von überall neue und stärkere Kreaturen auf. Für die

meisten gibt es kein Entkommen mehr.
Doch wohin soll man fliehen wenn alles
Zerstört wurde. Es machte sich das Gerücht breit das weit unten im Süden noch
hinter Al Anfaries eine Stadt existieren
soll die noch immer Menschen auf die
Kristallkönigsinsel, ins Riesland oder
zu den Hochberg Elfen nach Mytonahos
bringen soll. Die meisten waren sich sicher das sie dort vor der Macht der 20
in Sicherheit waren. Damals als Heiligtum angesehen heute ein Finsterer Fluch
der ganz Avalon zu fall brachte. Damals
konnte sich keiner vorstellen welche
Macht die 20 tatsächlich besitzen. Doch
dies war der Anfang vom ende und die
Welt geriet ins Ungleichgewicht. Wenn
man die Zeit zurückdrehen könnte, hätte
man dieses Unheil verhindern können.
Doch was geschehen ist, ist geschehen.
Die Mittelländern haben es nicht einmal
mehr geschafft ihre Toten zu begraben
stattdessen mussten sie ihre lieben zu-
rücklassen und sind geflohen so schnell

sie nur konnten. In die Mittellande traut sich heute kaum noch jemand die Bewohner von Avalon meiden diese Länder. Die Mittellande werden heute nur noch

»Dek tak os arg Uluk arte«

genannt dieses heißt umgangssprachlich so viel wie

»Das Land in dem der Tod wohnt.«

Niemand geht freiwillig mehr dort hin.

Nach dem der großen Krieg im Jahr 22. Hal und deren Schlachten in den Mittellanden zogen sich auch die anderen Völker wieder in ihre Ländereien zurück. Heute soll es wohl nur noch gut eintausend Mittelländern geben. Viele Hunderttausende ließen ihr Leben im Kampf um die zwanzig. Mythen und Geschichten ranken sich um Sie, vertrauen tut ihnen aber heute ein niemand mehr. Die Mittelländern wurden nach dem der Krieg beendet war, vom Obersten Vereinigungszirkel dazu verdammt auf ewig in Avalon zu bleiben. Nicht jeder ist mit dieser Entscheidung einverstanden gewesen doch

ändern konnten sie es bis heute nicht.
Das Unrecht und die Ausgenutzte Macht
war zu hoch und heute kann man es nicht
mehr ändern. Nur ein wunder könnten uns
davor bewahren noch mehr Freunde und Familien zu verlieren. Noch immer beten
viele in der Hoffnung das sich die Welt
doch noch ändert, doch fast niemand
kennt nach drei Generationen noch die
alte Welt. Das was wir einst unser zu
hause nannten Gerät zunehmend in Vergessenheit. Doch ich kämpfe weiter, noch
ist es nicht zu spät die Vergangenheit
zu ändern und das was einst geschah
rückgängig zu machen. Es muss mir gelingen und danach müssen sie ein für alle
mal zerstört werden. Schritt für Schritt
komme ich Stück für Stück näher. Doch
ich werde noch einige Zeit brauchen um
das Gleichgewicht wieder herzustellen.
Auch wenn dies am Ende meinen eigenen
Tod bedeutet. Wir müssen wieder in Frieden leben können und die knechten die es
noch immer nicht wahrhaben wollen.

»Barekastria ist der Schlüssel, der Anfang von Ende ich muss es schaffen.«

In meiner Zeit gab es einige Helden die ich in meine Zeit ziehen musste.

Zum einen war es Drothe aber auch Oktavius und Eric. Manches ging schief und verlief anders als ich es mir erhofft hatte. Zu viele Dimensionen kamen durcheinander und verschmolzen mit einander. Ich ahnte zwar das die 20 mächtiger sind als alles andere was auf Avalon lebt aber das nicht einmal ich sie beherrschen kann und das obwohl ich für dessen Entstehung mitverantwortlich bin hätte ich nicht erwartet. Wir müssen die Lebewesen schützen, ich muss sie schützen. Ich hatte alleine keine Möglichkeit mehr dies alles rückgängig zu machen und die, die ich einst dafür brauchte um die Vergangenheit zu ändern, brauchte ich nun dafür die Vergangenheit, Gegenwart und Zukunft zu ändern. Ich musste aussortieren und ihnen den weg weisen so befahl ich Eric etwas zu tun was er sonst von sich aus niemals getan hätte. Mittlerweile fühle selbst ich mich hilflos und hoffe nun das ich es doch noch schaffe. Dafür benötige ich vor allem Asrael und Herold.

Ein Held Namens Herold!

Wer war Herold eigentlich? Diese

Frage stellt man sich heut zu Tage ziemlich häufig im Jahre 301 nach Grondo. Geboren um das Jahr 12 v. KES war

Herold, Sohn des Ritters Sir Herold der erste. Herolds Vater wurde vom Garetek-kianischen König zwei Jahre zuvor zum Ritter in den Adelsstand erhoben und Diente seinem König mit seinem Leben welches er ebenso auf dem Schlachtfeld lies. Herolds Vater starb im Jahr 5 v. KES im Krieg gegen die Orks. Er starb als Held, aber auch als Herold erst gerade einmal 8 Jahre alt war. Die letzten Worte, an die sich Herold bis zu seinem eigenen Tod von seinem Vater noch erinnern konnte, war

»Ich möchte das du mein Sohn ebenfalls ein Ritter wirst. Du musst viel üben, aber wenn du dich anstrengst und daran glaubst, wirst du es Irgendwann auch schaffen!«

Der damals noch sehr junge Herold tat alles, um seinem Vater gerecht zu werden und seiner Familie Ehre zu erweisen und Stolz zu machen. Herold trainierte jeden einzelnen Tag und wurde letztendlich im Jahr 18 n. KES mit 30 Jahren zum

Garetekkianischen Soldat ernannt. Er
Diente bereits seit Kindheitstagen unter
dem König und würde oder hätte alles für
seinen König getan. Herold verrichtete
alle Arbeiten stets sorgfältig und ge-
wissenhaft er diente Treu und erfüllte
jeden Auftrag von seinem König mit Herz-
blut. Nach dem Tod seines Vaters hätte
er alles getan, um ihn diesen von ihm
letzten Wunsch zu erfüllen. Herold befand sich zwar seit dem Jahre 18 nach
KES in der Armee aber bis zum Ritter und
Adelstitel, hatte er noch einen langen
Weg vor sich. Im Jahre 301 n. KES Redet
man noch Häufig über Herold der Ritter
der die Wende brachte. Der tapfere Sir
Herold der zu Ehren von Garetekka zum
Ritter geschlagen wurde und der die
Stadt, das Volk und die Menschen damals
Rettete. Herold musste viel schuften um
bis zu diesem Punkt zu kommen und ein
Ritter zu werden. Dennoch war das Lob
nur von kurzer Dauer. Denn der einzige
der ihm für seine treue und Tapferkeit

lobte war der König selbst. Wenn die Lebewesen damals nur schon gewusst hätten das er mehr als nur Garetekka gerettet hatte. Denn der im sterben liegende König wusste damals schon das er mehr als nur ein Held war. Der König bedankte sich bei Herold für seine treuen Jahrelangendienste. Herold gilt bis heute zu einem der letzten echten Ritter von Garetekka. Zu seinen Lebzeiten Verbrachte er fast sein ganzes Leben in Garetekka. Dort traf Herold damals als Junger Knabe lange bevor er zum Ritter ernannt wurde sein Frau Lydia die er bis zum Tode über alles liebte. Sie heirateten sehr jung und nach dem Tod seiner Eltern Übernahmen sie beide das Haus seiner Eltern am Stadtrand in der nähe der Burg. Kurz nach der Zeit in der sie das Haus alleine bewohnten wurde Lydia schwanger von Herolds und im Frühjahr des Jahres 16. Nach KES gebar Lydia einen Sohn. Herold benannte seinen erstgeborenen nach seinem Urgroßvater. Sein Sohn Jakob, war ein aufgeweckter kleiner Junge welchen Herold nach vielen Jahren des Aufziehens gerne mit zum Schloss nahm. Herold hat es geschafft Jakob bei dem dortigen Stallwirt unter zu bringen. Es war zwar kein edler Beruf aber von da aus konnte er sich im Laufe seiner Lebensjahre im Schloss und vielleicht bis zur Wache des Königs hocharbeiten. Was allerdings tatsächlich die Zeit bringen wird, wird sich erst noch zeigen. Im Jahr 22. Nach KES kam dennoch dann alles anders als sich ein jeder vorstellen konnte. Als die Orks damals ein Täuschungsmanöver planten und einen Spion nach Garetekka entsandt hatten hatte dieser es geschafft den König zu besänftigen und die Armee zum Großteil abziehen zu lassen. Dazu gehörte auch sein Stärkster Kämpfer und tapferste Krieger.

»Herold!«
Der König versammelte seine Truppen weit hoch oben im Norden an der Grenze vom Mittelreich zu den Nördlichen Ländern.

Diese waren so mehrere Tagesreisen von Garetekka entfernt. Somit blieb den Orks ausreichend viel Zeit, sollte die Armee von dem Hinterhalt in Kenntnis gesetzt werden. Die Orks machten sich demnach nicht wie es den ersten Anschein machte aus dem Norden, sondern aus dem aus dem entgegengesetzten Süden auf den Weg. Die kleine Armee, die aus Richtung Norde kam, galt lediglich als Falle und den Anschein zu waren. Das Einzige, welches damals der Wahrheit gerecht wurde, war das ein Mensch ihnen gezeigt hatte, wie man richtig segelt und auf Kurs bleibt. Gerade als der Angriff aus dem Norden auf Barekastria stattfand und die angebliche riesige Armee vor dessen Toren stand sollte es nicht Barekastria sein welches überrannt wird. Alle Soldaten, die dort stationiert waren, jagten einer Illusion nach. Ein Orkmagier der in dieser Zeit lebte und der Anführer der Orks war hat dies alles Geplant, um die Menschheit zu unterwerfen. Im Jahre

22 n. KES wurde Garetekka darauffolgend von einer riesigen Orkarmee angegriffen. Diese stürmten die weit aus Unterbesetzte Hauptstadt. Angeführt von dem Lila Orkmagier der auf einem Drachen ritt und die Stadt in Flammen setzte. Wie durch ein Wunder konnte das schlimmste verhindert werden. Durch den tapferen Sir Herold der zweite konnte die Stadt und die meisten unschuldigen Menschen gerettet werden. Laut Überlieferung gelang es ihm den Drachen mit einem Gedankenstreich zu Besiegen. Heute lange nach dem Tod des Heroischem Helden, gilt die Grabstätte von Sir Herold als Heiliges Relikt welches von anderen Adels Männern auf dem Ambossa Berg aufgesucht wird um sich Rat, Kraft und Segen zu holen. Die Gebeine von Sir Herold liegen neben weiteren Helden der alten Zeit und den Gebeinen des Bruders. Hoch oben in einer Gruft, hoch oben auf dem Gipfel liegen sie Begraben. Sir Herold gilt bis heute als Paradebeispiel für

Tapferkeit, Mut, Ehre, Loyalität, Stärke und Furchtlosigkeit. Geboren als Sohn eines Ritters, dem König ein Leben lang gedient selbst zum Ritter geschlagen worden und als Ehrenhafter Held gestorben. Bekannt als Drachentöter und Garetekkianischer Ehrenmann. Noch zu seinen Lebzeiten diente Herold auch dem Letzten damaligen König der Menschen. Ein Zwergen König der für die Menschen zum König wurde. Herold diente diesem ebenfalls genauso ehrenhaft und tapfer. So wurde er ausgebildet, gelehrt und geformt. Herold war stolz darauf den König bei seinem Kreuzzug zu unterstützen und zu dienen. Er rettete die Welt der Menschen und dies wurde sein Verhängnis. Noch heute suchen einige nach den Verschollenen Rätsel um welches der Kreuzzug handelte. Man weiß, leider nicht mehr aus den Überlieferungen nur das nach dem Krieg ein weiterer Krieg ins Land zog. Nur ging es diesmal nicht um Ländereien, sondern um die Ultimative macht. Leider wurde alle Aufzeichnungen über den damaligen Kreuzzug vernichtet, so dass man heut zu Tage nicht mehr sagen kann, wieso dieser Kreuzzug stattfand. Es gibt noch Menschen und Lebewesen, die Glauben das Geheimnis lüften zu können diese sind auf der Jagd und suche nach diesem Geheimnis. Andere hingegen behaupten das es damals um etwas anderes ging und dass, das mit der Macht nur alles Gerede gewesen sei. Es ist traurig das ein solcher Held wie Herold nicht einfach seinen Frieden finden kann. Im Jahre 299 n. KES wurde der Eingang zur Gruft ein für alle Male verschlossen. Somit auch alles, was darauf hindeutet vernichtet. Eine bestimmte Rasse, die Druiden von Gor. Heute weiß man nicht mehr, wo sich der Eingang befindet. Aber es gibt immer wieder Leute, die nach diesem Suchen oder Suchen werden. Angetrieben von der Macht die Unsterblich macht, wollen sie machen haben. Irgendwie ironisch!

»Ein Held, der in die Geschichte eingeht und die Menschen bis heute in Ihrem Bann hält! Und alles für etwas, was sie weder verstehen noch Besitzen können!«

Mündliche Überlieferung von Ractela, 521 n. KES

Der morgen davor

*A*m frühen Morgen wachen zwei Soldaten des Königs in ihrem Zimmer der Taverne von Barekastria auf. Beide Soldaten werden von den ersten Sonnenstrahlen Des Morgens geweckt. Die Betten stehen in dem kleinen beschaulichen Zimmer gegenüber voneinander ist nur noch ein schmaler gang frei. Die Kisten für persönliche Ausrüstung steh jeweils an den Seiten neben ihren Betten. Trotz das es ein wunderschöner Sommertag wird ist es morgens noch recht frisch und keiner der beiden kann sich vorstellen schon jetzt sein Bett zu verlassen. Da klopft es lautstark an der Tür.

»Sir Herold, Sir Asrael? Der Hauptmann erwartet euch unten!«

Beide Schrecken hoch und sind ganz fassungslos.

Wie konnten sie nur verschlafen fragen sich beide.

»gebt uns zwei Augenblicke! Wir sind sofort unten!«

Hastig springen beide aus ihren Betten und ziehen sich an.

Die Truhen werden aufgeschmissen und die Leinen werden übergeworfen. Asrael sagt zu Herold während er sich weiter anzieht.

»Ich habe ganz komisch geträumt!« Herold schaut ihn beim anziehen seiner Hose an und meint zu ihm.

»ich ebenfalls.«
Als wüsste er was Asrael gemeint hatte, geht er nach dem er seine Hose fertig angezogen hat zum Fenster und schaut hinaus.

Der Marktplatz ist voll mit Menschen und Händlern und schon am frühen Morgen ist ein reges Treiben zu sehen. Dazu kommen noch die hunderten Soldaten die durch die Straßen Patrouillen und sich auf die bevorstehende Belagerung einstellen. Herold kann von seinem Fenster aus auch Rupert sehen welches noch immer in aller Seelenruhe vor der Taverne auf sie wartet. Herold ist sich selbst unsicher ob er oder Asrael wirklich das Pferd angebunden hatte. Sein Traum war viel zu seltsam stellt er fest. Herold holt gerade Luft und möchte Asrael fragen, ob das wirklich so vorgefallen ist als es ein zweites mal an der Tür donnert.

»Meine Heeren, der Hauptmann wartet!« heißt es mit ernster Stimme von draußen.
»wir kommen!«
ruft Asrael Lautstark.
»los beeile dich endlich!«
flüstert Asrael zu Herold rüber. In Windeseile zeigt sich auch dieser fertig an und verlässt daraufhin mit Asrael das Zimmer. In Begleitung von dem Adjutanten des Hauptmannes gehen sie nach unten. Die einstige Taverne wurde zur Kommandantenzentrale umfunktioniert. Da wo einst ein Tresen stand ist nun

eine Riesige Karte der Umgebung aufgehangen worden. Die Tische wurden verrückt und bilden nun eine lange Tafel. Im vorherigen Gastraum befindet sich neben dem Hauptmann und seinem Adjutanten auch einige Soldaten des Königs. Herold und Asrael kommen sich etwas fehl am Platz vor als sie mitansehen wie Soldaten Aufträge entgegennehmen nach einer Lagebesprechung wieder an ihrer Aufträge gehen und so auch von nutzen sind. Als beide sich noch in dem Gastraum umschauen hören sie eine Tiefe Stimme aus der anderen Seite des Raumes.

»Ihr könnt froh sein, dass ihr eine so gute Stellung beim König habt. Dennoch werde ich euer Fehlverhalten melden!«

zeitgleich schauen sie zum Hauptmann und etwas geschockt von dem Kommentar des Hauptmannes nähern sie sich ihm.

»Jawohl!«
Antwortet Herold nur darauf obwohl er lieber etwas anderes gesagt hätte.

Ohne Zeit zu verlieren schildert der
Hauptmann den beiden die gesamte Lage.
Wo sich in diesem Augenblick die Orks
befinden, in welcher Stärke und von wo
sie angreifen werden. Für beide ist dies
am frühen Morgen fast zu viel Information und dennoch versuchen sich beide
alles einzuprägen und warten auf ihre
Funktion in der Truppe. Beide verstehen
jetzt erst wie ernst die Lage tatsächlich ist. Die Orks greifen von Norden
aus an. Und beide können in diesem Augenblick nicht viel Ausrichten. Noch
mitten im Gespräch knallt die Tür der
Taverne auf.

»Herr Hauptmann! Mein Name ist
Edward! Ich weiß wie das klingt, aber
ihr müsst mir zuhören sonst sind wir
alle verloren.«

Herold schaut sprachlos und entsetzt
Richtung Tür und danach zum Hauptmann.

Und dem nicht genug hinter Edward betritt Drothe die Taverne. Herold traut
seinen Augen nicht als siegt wer ihm

gegenüber steht. Entsetzt und verängstigt schaut er neben sich, zu Asrael

»wie ist das möglich?«

fragt er Asrael

»Ich weiß es nicht, ich habe gehofft das du es mir sagen kannst!«

Der Hauptmann richtet sein Wort zuerst gegen Edward.

»Wie kommt ihr hier her!« »Durch ein Portal!«

Antwortet Edward flüchtig.

»Und was ist das für ein Zauber?«

möchte der Hauptmann von Edward wissen als sein Blick zwischen Drothe und Herold hin und her geht.

»Durch ein Portal welches Asrael erschaffen musste! Wir haben keine Zeit für Erklärungen! Die Orks greifen jetzt gerade an!«

Asrael schluckt einmal und kann kaum glauben was Edward gerade von sich gegeben hat.

Da er sich auch an kein Portalzauber erinnern kann welches er angeblich

erschaffen hat. Er schaut zu dem Herold
rüber der neben ihm steht.

»ich verstehe rein gar nichts mehr!«
meint Asrael fassungslos.

»Ich weiß das die Orks angreifen, was
meint ihr wieso wir hier sind?«

Erwidert der Hauptmann, Edward im
ernsten Ton.

»Nein nicht hier! In Garetekka! Es
ist eine Falle! Die Orks die Barekastria
angreifen sind nur eine Ablenkung. Ihr
müsst einen Großteil der Truppen abziehen.«

Herold und Asrael sagen kein einziges
Wort und warten auf die Reaktion vom
Hauptmann.

»Und wie soll das klappen? Garetekka
ist mehrere Tagesreisen entfernt!«

Entgegnet der Hauptmann, Edward.
»Durch den Portalschrein auf dem Hügel
am Stadtrand. Ihr müsst Pünktlich zum
13. Glockenschlag mit euren Truppen dort
bereitstehen. Wir müssen zurück! Wir haben sonst keine zeit mehr!«

Edward packt sich Drothe der noch immer hinter ihm steht am Arm und rennt zurück zur Stadt Uhr.

Beim verlassen der Taverne schreit er noch so das man es in der Taverne hören kann.

»13. Glockenschlag! Ihr müsst mir vertrauen.«

Ohne lange zu zögern dreht sich der Hauptmann zu seinem Oberbefehlshaber und fragt diesen.

»Wie spät ist es!«
Der Oberbefehlshaber beugt sich in Richtung scheibe und schaut zu der Turm Uhr.

»Wir haben es gleich die 12. Stunde«
Nicht ganz zufrieden mit dessen Antwort dreht er sich zu Asrael und Herold die noch immer nicht ganz verstanden haben was gerade passiert ist.

»Herold, Asrael!«
muss er schreien damit die beiden wieder zur Vernunft kommen.

»Ihr sucht so viele Männer zusammen wie ihr finden könnt. Unter meinem

Kommando in Barekastria stehen derzeit 485 Männer. Ihr holt euch so viele wie ihr für nötig haltet und sammelt euch dann am Portalstein.«

Asrael und Herold stellen sich in Grundstellung.

»Jawohl!«

Antworten sie gleichzeitig.

»Sir Herold, ich erteile euch hiermit die Befehlsgewalt über die Truppen. Nehmt diesen Anstecker Damit die Truppen eure Befehle akzeptieren.«

Der Hauptmann nimmt von seinem Tisch einen Goldverzierten Anstecker welcher das Wappen von Garetekka darstellt. Herold ist stolz auf diese Auszeichnung. Diese Auszeichnung symbolisiert Treue und Ehre sowohl auch Tapferkeit. Sie ist die höchste Militärische Auszeichnung von Garetekka. Der Hauptmann Salutiert Herold und Asrael. Beide erwidern den Militärischen Gruß melden sich ab und verlassen die Taverne um ihren Auftrag auszuführen.

Die andere Seite der Wahrheit.

Am vergangenen Morgen erwacht in seinem Zimmer auf der Bettkannte sitzend Grondo. Noch in Trance und benommen sieht er wie seine Zimmertür geöffnet wird. Und Versteht Garnichts in diesem Augenblick. Mit voller Wucht haut er sich selbst ins Gesicht in der Hoffnung das dies nur ein Traum ist. Grondo sieht sich selbst in Begleitung zweier fremder die Tür öffnen und wie diese in das Zimmer schauen.

»niemand da!«
sagt einer von ihnen.

Grondo fühlt sich in diesem Moment so hilflos wie niemals zuvor und schreit der Tür entgegen.

»Doch hier!«

schreit er und macht mit hastigen Hand-
bewegungen auf sich Aufmerksam.

Doch sie können ihn nicht wahrnehmen
und auch nicht hören. Grondo ist Starr
vor Angst, wie versteinert. Die drei
schließen wieder die Tür von außen und
er kann sich erst jetzt wieder langsam
bewegen.

»lasst uns draußen nach ihm suchen!«
kann er noch verstehen.

Grondo schnellt hoch und rennt zur
gerade geschlossenen Tür.

»Moment!«
Schreit er als er sie gerade öffnet.
Doch niemand ist mehr da! Stellt er
fest.

Nicht wissend ob er sich doch ge-
täuscht hat, oder noch immer nicht sicher wie er das alles zuordnen soll,
rennt er die Treppe hinunter. Er findet
das sich das alles wie ein Schlechter
Traum anfühlt. Er kann Realität und Fiktion nicht mehr voneinander unterschei-
den. Grondo versucht sich einzureden.

»Habe ich hier geschlafen?... Was war das für ein seltsamer Traum?... wie spät ist es?... wo ist Edward?«

Unter angekommen, rennt er vorbei am Leerem Tresen und in Richtung Ausgang.

Er schaut auf den leeren Marktplatz. Nicht eine Menschenseele! Wissend das, dass alles wohl doch kein Böser Traum wahr schaut er auf die Turmuhr. Diese zeigt noch immer die selbe Uhrzeit an. Doch bevor er auch nur einen weiteren klaren Gedanken fassen kann wird sein Gedankengang gestoppt. Stimmen ertönen aus dem nichts als er auf dem Marktplatz neben dem Brunnen steht. Sie klingt dumpf und unverständlich aber so als würde jemand schreien oder jemand rufen. Grondo schaut sich um kann aber niemanden entdecken. Am Brunnen stehend fragt sich Grondo, ob er sich die Stimmen nur eingebildet hatte. Jetzt als er genauer hinhört, bemerkt er erst das es nicht mehrere Stimmen sind, sondern nur eine Stimme. Mehr sogar noch, eine scheinbar

bekannte Stimme hallt über den Marktplatz. Vorsichtig ruft er.

»Hallo?«

eine kurze Stille der Stimmen kehrt ein.

Dann antworten sie.

»Es stimmt also doch! Komm zum Brunnen.«

Grondo schaut in den Brunnen und
sieht sich und zusätzlich neben sich im
Wasser spiegelnd sieht er einen Fremden.

»wie ist das möglich?«

fragt Grondo in den Brunnen.

»Das erkläre ich dir später, Edward
ist bei mir.«

Antwortet er ihm.

»Edward!«

fragt Grondo, während er noch in den
Brunnen schaut.

Die Turmuhr schlägt in diesem Moment.

»welche Uhrzeit, zeigt sie?«

möchte er Fremde wissen.

»12:22 Uhr«

Antwortet Grondo vertraut.

»in Ordnung dann bist du auf Stufe sieben! Spring in den Brunnen und vertrau mir.«

meint der Fremde.

Grondo schaut nach oben zur Himmelsscheibe und danach in den Brunnen zu dem Fremden

»Bist du von allen Göttern verlassen?«

Jetzt hört Grondo von weiterer Entfernung aus dem Brunnen Edward lachen.

»Ich sagte dir, vertrau mir, oder willst du hier Feststecken?«

»Er hat Recht! Vertrau ihm, ich gehe schon mal vor, beeilt euch.«

»In Ordnung!«

Antwortet Grondo, Edward zaghaft.

Einmal tief einatmen und Grondo steigt auf den Rand vom Brunnen. Kurz bevor er hineinspringt, ruft er noch zu Drothe.

»Wenn ich sterbe, bringe ich dich um!«

Drothe lacht erneut, während Grondo
im freien fall schreit.

»Du bist ein Vogel!«
sagt er noch darauffolgend.

Grondo fällt und fällt, immer tiefer
in die Dunkelheit und wartet darauf das,
dass Wasser seinen Aufprall bremst, doch
stattdessen wird alles schwarz. Nach einer gefühlten Ewigkeit im dunklen kalten
schwarz, wird es wieder heller und
Grondo katapultiert im hohen bogen aus
dem Brunnen und landet direkt vor
Drothes Füßen.

»Aua, mein Arsch!«
schreit Grondo Lautstark.

»na los komm, ich erkläre dir alles.«
Lacht Drothe, reicht ihm die Hand zum
Aufhelfen. Grondo zieht sich hoch und
reibt sich seinen hintern der leicht
schmerzt und brennt.

»Wir müssen zu Turmuhr! Dort wartet
ein Magier auf uns.«

»Ein Magier?«
fragt Grondo ganz entsetzt.

»Ja komm! Auf dem weg erkläre ich dir alles.«

meint Drothe nur auf die Ungläubige frage von Grondo. Drothe erzählt Grondo alles, was Edward und Asrael in der Bibliothek herausgefunden haben doch die Zeit drängt bemerkt er als sie an der Turmuhr angekommen sind.

»Ich habe einen weg herausgefunden, aber ich kann das Portal nicht lange aufrechterhalten.«

Grondo bleibt fassungslos stehen und sieht einen Magier, der ein Mächtiges Portal beschwört.

Eine hellglänzende Scheibe in der sich der Marktplatz spiegelt. Grondo gefriert das Blut in den Adern da sie ja zuvor einen Solchen gejagt hatten.

»Es ist nur Platz für einen, Edward beeil dich und warne den Hauptmann und seine Männer.«

betont Asrael mit aller Anstrengung. »Ich kann das Portal höchstens zwei Minuten so halten.«

Edward schaut zu Grondo und Drothe und meint zu ihnen.

»ihr wartet hier auf mich!«
Grondo versteht ganz Avalon nicht mehr.

Noch gerade ausgesprochen rennt Edward auf das Portal zu und springt mit den Armen voraus hindurch. Grondo kam vor schock nicht einmal dazu noch etwas zu sagen und blickt auf die Portal-scheibe. Als Drothe es ihm nachmacht und ebenfalls durch das Portal springt.

»wir sollten dich warten!«
schreit Grondo noch hinterher.

Doch Drothe hört ihn schon nicht mehr. Edward der noch gerade eben hin-durchgesprungen ist, wird von Grondos Seite ausgesehen und weiter beobachtet. Grondo kann sehen, wie Edward, nur noch Drothe am Arm packt und mit dem Rücken zugewandt sich immer weiter entfernt. Immer weiter in Richtung Marktplatz. Zu-sammen laufen sie am Brunnen vorbei und nach rechts weg zur Taverne. Auf dem Weg dorthin werden beide zunehmend kleiner.

Grondo schaut zu Asrael, diesem sieht man die Anstrengung mittlerweile enorm an, Schweißperlen tropfen von seiner Stirn. Leicht verängstigt aber dennoch fasziniert davon schaut Grondo weiter durch das Portal. Bis zu dem Moment als ihm das Herz in die Hose gerutscht ist. Direkt hinter Grondo, Schlägt ein Körper auf den harten Pflastersteinen auf und liegt vollkommen verformt am Boden. Grondo ist starr vor Angst für einen Augenblick. Er geht am Körper vorbei und schaut nach oben zur Spitze des Turmes.

»Wieso wirft er sich von dort herunter?«

Asrael hingegen hat davon nichts mitbekommen und ist noch immer unter voller Anstrengung und damit beschäftigt das Portal aufrecht zu erhalten.

Die Zeit drängt!

*O*ktavius der sich in der Taverne befand, zu einer anderen Zeit in einer von
Alteracs beschworenen Parallelwelt
stellte Grondo, Drothe und Herold zur
rede. Erschrocken drehte sich Drothe der
als letzter hinten stand um und schaute
die Stufen hinunter zu Oktavius.

»wie meint ihr das, ihr könnt uns
helfen?«

Oktavius versucht sich zu erklären
als Grondo ihm ins Wort gefallen ist.

»Ihr sucht auch jemanden?« hinter-
fragte er ohne das Oktavius zuvor antworten konnte.

»Ja das Stimmt!«
antwortete Oktavius ihm.

»Und wo ist Edward?«
wollte Grondo endlich wissen.

»Das kann ich euch nicht sagen, aber ich hatte gerade eine Begegnung. Wir müssen hier weg!«

meinte Oktavius aufgebracht. Dieses noch nicht ausgesprochen bebte mit einem Mal die Erde und teilweise rutschten die Kerzen von den Tischen. Drothe klammerte sich vor schreck am Geländer fest.

»Was ist hier los?«

fragte er die anderen.

»Los kommt!«

rief Oktavius nach oben.

Drothe ließ das Geländer los und rannte die Treppe hinunter. Grondo und Herold machten sich kurz danach auf den weg. Und wieder bebte die Erde unter ihnen. Das Holz knarzte und wackelte. Es ist eine beängstigende macht die gerade inne hielt.

»In Deckung!«

rief Grondo als er bemerkte das ein schwerer Holzbalken fast auf Oktavius fiel.

Dieser hechtete zurück. Mit einem Mal passierte das unmögliche. Gemeinsam stehen sie im Gastraum, die Erde unter ihnen bebt schon wieder. Der Wirt ist nirgends mehr zu sehen. Gemeinsam sahen sie Personen im Gastraum aber eher als durchsichtige Gestalten. Es waren Soldaten des Königs. Immer wieder verschwanden sie und tauchten auf einmal wieder auf. Keine konnte sie hören obwohl sich die ein oder andere zu unterhalten scheinen. Von hinten trat ein Soldat, der soeben die Treppe hinunter kam durch sie hindurch. Kurz nach dem Soldaten kamen Herold und Asrael ebenfalls die Treppe hinunter. Zwar auch wie eine Art Illusion aber dennoch auch im schwachen Licht gut erkennbar. Herold selbst traute seinen eigenen Augen kaum als er sich selbst die Treppe hinunter gehen sah.

»wie ist das möglich?«
fragte er in die Runde.

»ich habe keine Ahnung!«

antwortete Grondo ungläubig.

Sie sahen wie die Tavernen Tür aufschlug. Und Edward mit Drothe in der Tür steht. Keiner konnte so wirklich begreifen was gerade geschah. Sie konnten sehen wie sich alle wild unterhalten. Gemeinsam gingen sie weiter ins Licht. Mit einem Mal wurde Edward hektisch und drehte sich um, um weg zu rennen.

»Vielleicht ist es nur ein dummes Gefühl, aber wir sollten Edward folgen!«

sagte Grondo zu den anderen. Edward fing an zu rennen.

»Los schnell!«
schrie Oktavius den anderen zu.

Der Boden unter ihnen zitterte. Gemeinsam rannten sie so schnell sie konnten aus der Taverne. Der Marktplatz stand in Flammen, Orks hatten das Tor eingerissen und überfielen die Stadt. Wären es nicht ebenfalls Illusionen hätten sie keine Chance Edward und Drothe Hinterher zu laufen.

»Los schneller!«

Schreit Oktavius der vorweg lief.

Edward und Drothe liefen immer weiter
in Richtung Stadt Uhr. Oktavius konnte
sehen, wie ein helles Licht aus dem Eingang des Turms kam. Aus dem Brunnen, an
dem sie gerade vorbeigelaufen sind,
fliegen ihre eigenen durchsichtigen Gestalten heraus. Auf dem Marktplatz sind
Sekunden lang Stände zu sehen und kurz
darauf sind sie wieder verschwunden. Ein
heilloses durcheinander von Parallelen
trafen aufeinander. Hätten sie nicht ein
Ziel vor Augen gehabt wären sie in diesem Durcheinander verloren gewesen. Oktavius konnte sehen, wie Edward mit
Drothe in den Eingang des Turmes rannte
daraufhin verschwanden sie in einem
gleißenden Licht. Herold kann Asrael
schreien hören, laut mit Nachhall.

»los, los, los!«
schreit Oktavius den anderen hinter sich
zu.

Oktavius sah als erster die helle
Portalscheibe und Asrael dahinter, wie

er mit beiden Armen in der Luft versucht das Portal aufrecht zu erhalten.

»Beeilt euch!«
können sie von der anderen Seite hören.

Oktavius sprang im hohen bogen auf das Portal zu und landet auf der anderen Seite. Kurz darauf folgte Grondo mit seinen kurzen beinen. Die anderen sprangen fast zeitgleich mit Grondo auf das Portal zu. In letzter Sekunde verlässt Asrael die Kraft blitze schießen aus dem Portal und ein lauter knall ertönt. Asrael wird aus dem Turm nach draußen geschleudert und liegt entkräftet auf den steinen. Kurz darauf wird er Bewusstlos. Alle haben mit Ansehen können wir Asrael seine gesamte macht aufgebraucht hatte. Der Doppelgänger von Drothe steht sich Gegenüber. Doch der Drothe der noch gerade durch das Portal gesprungen ist, fängt an zu verblassen und zerfällt zu staub. Was bleibt ist nur die richtige Person in der richtigen Zeit. Drothe und auch Oktavius können es noch immer nicht fassen.

»ist jetzt wieder alles so wie es sein sollte?«

Fragt Oktavius, Edward.

»Nein! Die Zeit drängt!«

Antwortet er ihm.

»Wir müssen die anderen finden und dann nichts wie auf nach Garetekka!«

fügt er hinzu.

»Garetekka?«

Hinterfragt Drothe.

»Ja aber zuerst müssen wir die anderen finden.«

beschließt Edward im bei sein von allen anderen.

Edward richtet kurz noch seine Kleidung und geht zu dem Steinpodest, auf dem der Chronograph steht, dreht ihn ein und nimmt hin herunter. Noch während er in anhebt, bewegen sich alle Ritzel und Zahnrädern im inneren und nach nur wenigen Augenblicken schrumpft der

Chronograph auf eine Handliche Taschen-
größe. Im selben Moment rappelt sich
Eric auf.

»Was ist passiert?«
fragt er noch ganz benommen nicht wissen, ob er Tod oder lebendig ist.

»wie kann das sein?«
hinterfragt Edward dies mit großen Augen.

»Ich weiß es nicht, aber er lebt!«
Grondo geht zu Eric reicht ihm die Hand
und hilft ihm hoch.

Noch wackelig auf den Beinen bedankt
er sich bei Grondo und schaut sich um.

»Ihr könnt euch nicht vorstellen, was
ich durchgemacht habe!«
betont Eric.
Grondo schaut sich weiter um.

»Wo ist der Magier?«
ruft Grondo vollkommen entsetzt.

»Er ist weg!«
sagt Edward verwirrt.

Dort wo gerade noch Asrael lag weht
nur noch Staub hinweg.

»Wenn Asrael sich aufgelöst hat, wie der Doppelgänger von Drothe, dann muss der Richtige Asrael bei Herold in einer anderen Zeitschleife sein.«

»Und wie kommen wir dahin?« Hinterfragt Drothe sarkastisch.

»hiermit!«
Meint Edward, während er den Taschengroßen Chronographen hochhält und sich über seinen Plan freut.

»In Ordnung dann los!«
meint Eric, zwar noch benommen, aber glücklich wieder am Leben zu sein.

»Wenn sich so der Tod anfühlt, ist er schneller vorbei als er gekommen ist.«

denkt er dabei vor sich hin, ohne den anderen etwas von seinen Gedanken mitzuteilen.

Ein kurzes Durchatmen, Edward packt der Chronograph, noch eben in seine Tasche und gemeinsam verlassen die den Turm in Richtung Marktplatz. In der Zeitschleife von Asrael und Herold haben sie gerade noch dem Hauptmann salutiert, da machen sie sich so gleich auf den weg die Truppen und Soldaten zusammen zu suchen, um pünktlich am Portal zu sein. Gemeinsam verlassen sie die Taverne von Barekastria im Mittelreich. Draußen noch auf den Steinstufen vor der Taverne überblicken sie zunächst einmal den weitläufigen Marktplatz. Dabei fällt ihnen als erstes auf, das die ganzen Soldaten sich auf die Schlacht vorbereiten. Überall sind sie mit dem Vorbereiten ihrer Ausrüstung beschäftigt, schleifen ihre Waffen oder passen ihre Rüstungen an.

»Wie und wo sollen wir beginnen?« möchte Asrael von Herold hören.

Doch dieser schaut zunächst unbeirrt über den Platz. Zusammen schauen sie auf die Turmuhr, die gerade eben in diesem Augenblick anfängt zu schlagen. Auf den großen Ziffernblatt stehen die Zeiger auf Punkt 12:00 Uhr.

»Wir haben noch genau eine Stunde! Das ist nicht viel Zeit.«

sagt Herold und versucht sich etwas auszudenken in der Eile.

Doch bevor er auch nur einen weiteren klaren Gedanken fassen kann, wird sein Gedankengang gestoppt. Eine Stimme ertönt aus dem nichts im Türrahmen hinter ihnen. Sie klingt dumpf und unverständlich aber so als würde jemand schreien oder jemand rufen! Asrael schaut sich um.

»Hast du das auch gehört?« fragt er Herold! Beide schauen sich um, können aber niemanden entdecken.

In der Menschenmenge entdeckt Herold eine Person, die sehr aus der Menge von Soldaten und Händlern hinaussticht. Aus der Weite sieht es so aus als wäre es die Frau vom Marktplatz aus Garetekka. Ohne ein Wort zu Asrael zu sagen, sprintet so schnell er kann zu der Frau neben dem Brunnen. Tatsächlich, es ist die Frau aus Garetekka die dort neben dem Brunnen steht.

»Lydia? Bist du es Wirklich?«

fragt Herold mit einem zittern in der Stimme, Herold kann es nicht glauben.

Ganz vorsichtig fragt er
»was machst du hier? Wie kommst du hierher?«

fragt er sie mit einem wimmern. Dabei läuft ihm eine Träne über die Wangen. Viel zu lange ist es her das er sie gesehen hatte. Lydia steht still und leise mit einem leeren Blick vor ihm. Erst nach einem Moment der Ungewissheit, kommt sie näher heran und fasst Herold an den Schultern mit beiden Händen. Kurz darauf kommt sie mit ihrem Mund näher und flüstert Herold ins Ohr.

»Ich weiß es nicht Herold, Ich soll euch beide warnen! Ifram hat mich geschickt.«

flüstert Lydia ihm zu
»Wer?«

fragt Herold seine Frau, ohne zu wissen was vor sich geht.

Herold hat noch so viele Fragen doch Lydia umarmt Herold daraufhin, ohne dass

Herold etwas sagen kann und flüstert
weiter.

»Ich habe nicht viel Zeit! Aber ich
habe es gesagt! Hütet euch vor Lila und
Grün! Dies vermag nichts Gutes! Einhundertzwölf! Krieg! Tod! Verderben! Barekastria ist es nicht! denn alles, was
ist, ist nichts im Vergleich, zu allem!
Und alles, was ist, ist nicht so wie es
scheint! wo Licht ist Dunkelheit und wo
Dunkelheit ist, herrscht das nichts! wo
Zeit ist, ist Stille! Und ist oben nicht
unten? ist links nicht zugleich rechts?
so wie es ist kommt Ihr nie heraus aus
diesem Geflecht! Ihr müsst euch beeilen,
sie sind gleich da!«

Herold schreckt zurück.
»Das ist doch genau das, was Alterac
sagte!«

meint er verängstigt zu ihr.
Seine Frau lehnt sich zurück und hält
ihn an den Schultern fest. Herold erkennt zwar das es immer noch seine ge-
liebte Frau ist und dennoch sieht sie

anderes aus. Ein Augenblinzeln später schaut Herold nur noch in große tiefe schwarze Löcher. Dort wo eigentlich ihre Augen sein müssten. Ihr Gesicht fällt immer mehr ein, so dass die Wangenknochen bereits gut sichtbar hervor scheinen. Herold fließen weitere Tränen über seine Wangen bei dem Anblick seiner Frau. Es ist für ihn ein kaum zu ertragenem Anblick. Sie ist kreidebleich und ihre Haut fängt an sich Grün und Bläulich zu färben. Herold will am liebsten aufschreien als er seine Frau in dem Zustand sieht. Aber Herold bekommt kein Ton heraus. Er hat einen solchen Schreck das er ein paar Schritte zurück tritt und über einen kleinen Balken stolpert, der hinter ihm auf dem Boden liegt. Er fällt rückwärts auf seinen Hintern und stützt sich mit seinen Händen ab.

»Herold alles gut?«
fragt Asrael ihn.

»Ja ich glaube schon!«

meint er, noch während er auf den Pflastersteinen sitzt.

Herold schaut hoch zu Asrael.

»Darf ich dir meine Frau Lydia vorstellen?«

meint Herold euphorisch zu Asrael und zeigt neben den Brunnen zu Lydia.

»Wen?«

Fragt Asrael, Herold, während er sich verwundert umschaut.

»Na Lydia meine Frau!«
Meint er aufgebracht und zeigt dorthin, wo sie stehen sollte.

»Herold, da ist niemand!«
Antwortet Asrael entgeistert.

Herold schaut nichts glaubend nach oben zu dem Brunnen und sucht nach Lydia, während er langsam aufsteht, doch sie ist nirgends zu sehen.

»Sie stand da vorne! Ganz sicher.«
Herold schaut überall nach, doch er kann sich nirgends mehr entdecken.

»Wenn ich es dir doch sage, sie war da!«

»Ich will dir so gerne glauben Herold, aber ich stand die ganze Zeit neben dir! Du hast irgendetwas geredet, aber das war nur mit dir selbst.«

Herold kann sich kaum vorstellen das er sich das nur eingebildet hatte.

Herold versucht Asrael erneut davon zu überzeugen. »Sie war da! Sie sollte uns warnen! Ein sogenannter Ifram hatte sie geschickt.« »Wer ist Ifram?« Fragt Asrael nach. »Das weiß ich nicht, ich hatte gehofft du kannst es mir sagen.« Asrael möchte Herold so gerne glauben. Herold erzählt seine Geschichte mit so viel Leidenschaft und so dass es tatsächlich so klingt als hätte er dies erlebt. Doch so wirklich glauben kann Asrael ihm trotzdem nicht. In diesem Moment, Herold ist noch immer durcheinander und Asrael verwirrt von dem, was Herold sagte, Schlägt eine Katapultkugel wie es den Anschein gemacht hatte, vor ihnen auf der anderen Seite des Marktes in einem Geschäft ein. Kurz darauf noch eine, und noch eine. Es verbreitet sich Ungewissheit mit einem Hauch von Panik unter den Soldaten, die alle aufspringen und durcheinanderlaufen. Einer von ihnen schreit über den Marktplatz.

»Alarm! Wir werden angegriffen!« Ein anderer läutet eine Glocke auf dem Marktplatz.

Diese soll den anderen den Angriff signalisieren. Herold und Asrael stehen noch starr an ihrem Platz. Herold wollte kurz zuvor Asrael noch mitteilen, was Lydia ihm gesagt hatte, doch dafür war es bereits zu spät. Beide schauen fast zeitgleich zu dem Soldaten, der die anderen durch seine Alarmrufe alarmiert hatte, als dieser von einer Katapultkugel getroffen wird und zerfetz wird. Asrael und Herold bekommen zum Teil die sterblichen Überreste von ihm ab. Sie sehen wir Orks bereits die Mauer eingenommen haben und auf dem Wall die ersten Soldaten töten.

»Wir müssen hier weck, und zwar sofort!«
Schreit Asrael zu Herold rüber.

Für diesen wirkt das ganze eher wie
ein Traum. Herold steht auf dem Marktplatz und kann die ganzen Orks sehen,
wie sie die Stadt einnehmen. Soldaten
die Sterben und Blut, welches in kleinen
Rinnsalen über die Steine fließt. Sein
Kopf ist leer und erst als Asrael ihm am
Arm reißt kommt Herold wieder zu sich.

»Wir müssen zum Portal!«
meint Herold, so als wäre er die ganze
Zeit anwesend gewesen.

»Ich weiß, los komm!«
Antwortet Asrael ihm aufgebracht.

Asrael zieht Ihn hinter ein Paar Kisten, um den Blicken eines Orks zu entge-
hen welcher auf sie zu rennt.

»Los, jetzt!«
Befielt Asrael ihm und zusammen hechten
sie hinter den Kisten hervor.

Doch der Ork kommt näher, das ist auch Asrael aufgefallen welcher diesen nicht mehr aus den Augen gelassen hatte.

»En tscha took!«
Schreit Asrael lautstark mit beiden Händen auf den Ork gerichtet.

Eine große Energiekugel schießt aus seinen Händen auf den Ork zu. Die Energiekugel neutralisiert die gesamte Struktur des Orks und dieser zerfällt zu Staub.

»Weiter!«
Schreit Asrael.

Gemeinsam versuchen sie aus dem Gedränge herauszukommen. Überall wird gekämpft. Die Stadt brennt und tote Soldaten liegen auf den Straßen. Noch immer fliegen Katapultkugel über die Mauer in die Stadt. Ein weiterer Ork nähert sich von vorne, er kam hinter einer Hausecke hervor. Herold zieht sein Schwert und passt den richtigen Augenblick ab, bis der Ork nah genug an ihnen dran ist. Noch knapp zwei Schritte entfernt nimmt der Ork seine schwere Axt nach oben, um Asrael und Herold auszuschalten. Herold rutscht in voller Geschwindigkeit in der hocke auf ihn zu, mit einer Geschickten Drehung, noch bevor der Ork zuschlagen kann, schlitzt Herold ihm die Bauchdecke auf so das seine schleimigen Eingeweide aus dem Bauch fallen. Der Ork dreht sich noch mit den Händen vor dem Bauch zu den beiden um, die rennen so schnell sie können weiter in Richtung Tor, um aus der Stadt zu entkommen. Der Ork sackt daraufhin leblos zu Boden.

»Nicht mehr weit!«
betont Asrael!

»Ich weiß, wir sollten uns Trotzdem beeilen.«

»Ja ich hoffe nur da wartet keine weitere Überraschung auf und!«

antwortet Herold, Asrael.
Nur noch wenige Fuß trennt Herold und Asrael und der Stadtmauer und dem Tor.

»Es ist verschlossen!«
Ruft Herold.

Doch unbeirrt davon läuft Asrael immer weiter darauf zu, holt tief Luft und sprengt das Tor auf mit einem Riesigen Explosionszauber eine Feuerkugel schießt aus seinen Händen direkt auf das Tor zu.

»An to kah nah«
Schrie Asrael.

Ein lauter Knall hallt durch die Gassen. Das Tor vor ihnen birgt ein großes Loch, durch das sie nun Entkommen können. Doch noch bevor sie die Stadt verlassen konnten, brennt sich eine Stimmt in ihre Köpft. Asrael und Herold bleiben stehen als ein Stechender Schmerz durch ihre Schädel zieht.

»Sie dürfen nicht Entkommen! Holt sie euch, sonst war alles umsonst!«

Kurz darauf hallt auch noch ein Brüllen und Krächzen über sie hinweg.

Ein schneller Schatten verdunkelt kurz die Straßen. Beide suchen den Horizont ab, doch das Einzige, was sie sehen, ist eine Riesige Feuerwalze, die über den Marktplatz fegt, auf dem sie sich gerade eben noch befunden haben. Erst jetzt sehen sie das Unheil über sich. Ein gigantischer Drache zieht seine Kreise über der Stadt und legt diese in Schutt und Asche.

»Vernichte Sie!«
hörten sie von einer Stimme die sich in ihren Köpfen breit macht.

»Wir müssen hier sofort weg!«
Schreit Herold, Asrael zu! Trotz der Stimme in seinem Kopf.

Der Drache zieht einen weiteren Kreis über die Stadt. Herold und Asrael suchen Schutz bei dem Aufgesprengtem Tor, in einer Nische in der Mauer. Flügelschläge und ein lautes durch Mark und Bein Grollendes Brüllen fegt über sie hinweg. Beide warten auf den Richtigen Augenblick um aus der Stadt zu Rennen. Als der Drache über sie hinweg geflogen ist, rennen sie aus der Stadt in den Wald, welcher direkt in der nähe ist. Beide hoffen das sie dort vor den Blicken des Drachen in Sicherheit sind. Immer wieder zieht der Drache seine Bahnen über sie. Der Drache scheint sie nicht zu finden, haben beide im Gefühl. Gemeinsam sind sie der Meinung, sie können mit dem Versteckspiel ausreichend Zeit gewinnen um zum Portal zu gelangen. Doch wieder ertönt die Stimme!

»Fackel alles nieder!«
Beide schauen sich entsetzt an als sie die Stimme das sagen hörten.

Gerade wollen sie weiter rennen, um dem Portal ein Stück weit näher zu sein. Die Zeit drängt und viel Zeit bleibt ihnen nicht mehr. Eine erneute Feuerwalze macht sich breit nur wenige Fuß vor ihnen. Der Wald steht in Flammen, gemeinsam versuchen sie sich Schritt für Schritt aus dem Flammeninferno zu Kämpfen. Bis sie es fast geschafft haben und den Portstein nur wenige hundert Fuß vor sich sehen.

Zwischenwelt und Wagemut

$\mathcal{V}$erwundert und zugleich beeindruckt

schaut Eric in ein helles, glänzendes
Licht.
»Bin ich Tod?«
fragt er sich selbst.
Ein neutraler vollkommen leerer Raum
mitten im nichts. So hell das Eric sich
selbst zuerst die Arme schützend vor die
Augen gehalten hatte. Erst nach einiger
Zeit haben sich seine Augen an die Hel-
ligkeit gewöhnt. Eric steht in einem
Zimmer, welches dem Flur von der Taverne
ähnelt. Strahlend weiße Holzdielen ver-
zieren den Boden unter ihm. Links und
rechts von ihm befinden sich unzählige
Türen. Eric ist neugierig und zugleich
demütig bei dem Anblick, nicht zu wissen
wo er sich befindet und zu wissen was in
ihm vor geht. Er schaut sich alles ganz

in Ruhe an ohne hasst, ohne Eile. Eric fühlt weder Zeit noch Raum es ist eher eine Art von Neutralität, die er empfindet. Von hinten nähern sich Schritte die Langsam immer näher zu kommen scheinen. Eric dreht sich um und nach einiger Zeit erkennt er langsam, aber sicher eine Silhouette in dem hellen nichts die näher kommt.

»Hallo?«

Ruft er entgegen.

»Hab keine Angst! Ich bin ein Freund!«

Sagt die Stimme aus dem hellen Licht. Eric wartet gespannt auf das, was ihn erwartet. Zuerst dachte er, Er müsse sich fürchten doch das Gegenteil ist der Fall, Eric steht voller Erwartung in dem Gang und ist gespannt wer ihn besuchen kommt.

Die Stimme, die ihn begrüßt hatte, klang sehr freundlich und hilfsbereit. Sie nahm ihn auch die Ungewissheit und die Angst vor dem was ihn erwartet. Die

Gestallt wird immer klarer und deutlicher zu erkennen. Es ist ein Hoch Elf aus Mythonaos dort wo die Fliegenden Berge zu Hause sind. Eric war nie da, man hörte bisher immer nur Geschichten darüber. Hoch Elfen sind fremden gegenüber sehr misstrauisch. Man benötigt fast ein ganzes Menschenleben, um vertrauen zu Ihnen aufzubauen. Auch war noch kein Mensch den Eric kennt in oder auf den Fliegenden Bergen. Die Hoch Elfen selbst sind fast ein eigener Mythos. Eric überlegt nebenbei ob daher vielleicht auch der Name der Insel kommt. Doch er ist viel neugieriger, was ein Hoch Elf von ihm wolle. Eric fragt nach seinem Anliegen.

»Wie komme ich zu der Ehre das ein Hoch Elf mich einen Freund nennt?«

»Ich bin hier, um das Gleichgewicht wieder herzustellen! Alterac hat das Raumzeitkontinuum zum Erliegen gebracht. Ja es stimmt, du bist tot! Aber deshalb müssen wir die Zeit ändern. Deine Zeit

ist noch nicht gekommen. Noch nicht
jetzt!«

Eric versteht Garnichts in diesem Moment und hat unzählige Fragen an den
Fremden Freund.

»Wie bin ich hierhergekommen, und was
ist das hier?«

fragt Eric, während er sich umschaut.
»Das mein Freund, ist Saduras und Ledons
Vorraum.«

Antwortet der Freund mit einer beru-
higenden Stimme.

»Die Göttin des Himmels und Ledon,
Gott des Todes?«

»So ist es!«
antwortet der Fremde.

»Und was sind das für Türen?« hinterfragt Eric neugierig.

»Diese Türen führen in Zukunft, Gegenwart du Vergangenheit.
Es sind deine Türen Eric! Aber nicht nur
das, sie Zeigen dir auch Erlebten Geschehnisse, Träume, Ängste oder den Weg
zurück ins Leben.«

Meint der Fremde Freund als wäre es alles selbstverständlich.

»Es gibt unterschiede von der Art des Todes. Bei manchen bleibt die Tür zurück verschlossen, so hätte es nach dem Sturz auch bei dir sein sollen. Doch Ledon musste eine Ausnahme machen. Sonst hätte Alterac aus Unwissenheit alles vernichtet. So auch alle 12 Götter.«

fügt er hinzu.

»Wenn du nachher durch die Tür gehst die ich dir Zeige, wirst du dich an nicht dagewesene hier mehr Erinnern können. Mit Ausnahme von dem, was ich dir mit auf den Weg gebe.«

ergänzt er zudem.

»Und was soll das sein?«

möchte Eric wissen.

»Das erfährst du gleich noch. Zuerst müssen wir durch eine andere Tür!«

Antwortet der Hoch Elf.

»Was ist dahinter?«

möchte Eric wissen.

»Dort befindet sich das Geheimnis über die Heiligtümer. Du darfst aber niemals darüber reden! Dieses darf keiner Erfahren, du wurdest auserwählt von Lumio dem Gott des Lebens höchstpersönlich. Die anderen 11 Götter haben aber ihre Zustimmung gegeben.«

Erzählte er während er voran ging und sich neben die Tür stellte.

Der Hoch Elf öffnet langsam die Türe. Ein gleißendes Licht blendet Eric. Er schaute in einen vollkommen Neutralen Raum, nur in der Mitte stand ein Sockel auf dem ein Riesiges Buch lag.

»Tritt ein! Dort findest du alle Antworten die du brauchst!«

Als wäre es das selbstverständlichste betritt Eric den Raum und schließt die Tür hinter sich.

Der Hoch Elf wartet davor auf Eric bis er wieder hinauskommt. Es verging sehr viel Zeit bis die Tür sich wieder öffnete. Da Eric sich aber in diesem Zustand der zwischen Welt befindet, ist

Zeit nicht von Bedeutung. Für einen lebenden, wäre es eine Ewigkeit gewesen. Die Tür öffnet sich nach geraumer Zeit wieder und Eric kommt aus dem Raum heraus. Erneut schließt er die Tür hinter sich und steht vollkommen entsetzt vor dem Hoch Elf.

»Ist das möglich?«
fragt Eric ihn vollkommen Aufgelöst.

»Ich befürchte ja! Auch wenn ich nicht weiß was du meinst. Aber mich hätte gewundert, hättest du keine Fragen im Kopf gehabt.«

Es wirkt fast ungläubig wie er leer ins nichts schaut.

»Ab hier darfst du nicht mehr darüber reden! Kein Wort darf jemand anderen erreichen. Hast du uns verstanden?«
hinterfragt der Hochelf,
Eric noch einmal ausdrücklich. Eric antwortet ihm nur mit einen

»Ja ich habe verstanden.«

dieses war zwar neutral von ihm ausgesprochen, aber es war dennoch ernst gemeint von Eric.

Der Hoch Elf nickt ihm zu und sagt. »Sehr gut, dann weiter!«

gemeinsam gehen sie den Langen hellen Flur entlang.

»weist du! Eine Frage beschäftigt mich noch!«

sagt Eric nach ein paar schritten. »Hat das etwas mit dem Raum von gerade zu tun?«

Fragt der Elf ihn. »Ja!«

Antwortet Eric.

»Dann bitte ich euch auch nicht mit mir darüber zu reden.«

Ohne ein weiteres Wort folgt Eric dem Hoch Elf durch den Neutralen Flur wenn auch bedrückt.

Einige Schritte weiter, bleibt der Fremde Elf vor einer anderen Tür stehen.

»Eric! Hinter dieser Tür erwartet dich dass was passieren wird, sollten die 20, in die falschen Hände fallen.«

»Und ich soll das verhindern?« fragt er verstört.

»Nein! Du sollst deinen Teil dazu beitragen.«

wieder öffnet der Elf die Tür.
Eric traut seinen Augen kaum. Ganz Avalon steht in Flammen. Riese Schluchten durchziehen das Land. Wie ein Vogel durchfliegt er mit seinen Augen das Land und sieht all die Zerstörung und das leid welches angerichtet wurde.

»was ist passiert?« fragt Eric.

»Die Macht der 20. War einfach zu stark und zu mächtig.«

wieder schaut Eric in den Raum und ist entsetzt.

»wie viele Jahrhunderte liegen dazwischen?«

fragt er weiter während er seinen Blick kaum abwenden kann.

»Nicht Jahrhunderte, es sind 2 Jahre!«

Die Tür knallt zu und Eric kann nicht glauben was er gesehen und noch gerade gehört hatte.

»Wie soll ich als einfacher Mensch dieses Schicksal aufhalten?«

»Das Eric, musst du selber herausfinden.«

Antwortet der Hoch Elf und bittet Eric mit einer Handbewegung, weiter zu gehen.

Eric folgt erneut und denkt über alles nach was er Gesehen, Erlebt und Gehört hatte.

»So Eric hier ist deine Endstation. Hier musst du wieder zurück!«

meinte er zu Eric.
»Doch diesmal musst du alleine hindurch gehen, hier trennen sich unsere Wege.«

Die Zeit drängt!

*Ü*berall um sie herum sind die Flammen und brennen den Wald nieder. Für Herold und Asrael fühlt es sich fast an wie in der Unterwelt von Bogor höchstpersönlich. Asrael zieht Herold zur Seite als er nach oben schaut und sieht wie der Drache die nächste Feuerwalze lostreten will. Überall um sie herum schießen die Flammen meterhoch aus dem Boden. Aus Richtung der Stadtmauer hören sie Orks die nach ihnen suchen. Gebrüll und Geschrei macht sich breit und hallt durch den Wald. Beide schauen sich Hektisch um und wissen nicht wo sie entlang hasten sollen. Die schreie der Orks kommen immer näher, als mit einem Mal, eine Stimme von den Portalsteinen ertönt. »Pass auf hinter dir!« Asrael und Herold drehen sich schreckhaft um. Drei Orks haben sich nur wenige Meter hinter ihnen angeschlichen und wollten sie töten. Herold zieht sein Schwert und wehrt einen Axtschlag von der mächtigen Orkaxt ab. Hätte er nicht schnell genug reagiert hätte die Axt wahrscheinlich Asraels Schädel gespalten. Asrael nutzt seine Chance und kanalisiert seine Energie.

»Al en tscha ko!«

schreit er durch den Wald.

Ein ebenfalls mächtiger Blitz schließt aus seinen Händen. Herold kann sehen wie der Ork von dem Biltz aus Asraels Händen getroffen wird und sich in seine Moleküle auflöst nach dem er in Flammen aufging. Herold schwingt sein Schwert und durchtrennt einem der anderen Orks mit einem geübtem Schwung die Halsschlagader dreht sich gekonnt und nur ein Herzschlag weiter rammt er dem anderen sein Schwert in die Brustregion. Es geht so schnell das beide Orks zeitgleich zu Boden fallen.

»Beeilt euch!«

ruft wieder die Stimme von dem Portal.

Zusammen suchen sie nach einem weg
aus dem Flammenmeer.

»Der Drache ist rüber geflogen,
jetzt!«

schreit sie erneut.
Gemeinsam rennen Asrael und Herold aus
dem Flammenmeer auf die Lichtung entlang
der Waldkante. Dort sehen sie auf einem
kleinen Hügel ein großes leuchtendes
Portal. Eine Schattengestallt welche
beide nicht genau erkennen können steht
davor und winkt sie zu sich.

»Los! Los!«
ruft sie und springt selbst durch das
Portal.

Der Drache ist im Anflug und holt
Luft.

»Los!«
schreit Herold, Asrael zu während er ihm
am Arm reißt und hinterher zieht.

Herold zieht Ihn so schnell er kann
auf das Portal zu. Nur noch ein Paar
Schritte trennen sie von Durchgang.

Gemeinsam hören sie wie der Drache die mächtige Feuerfontäne ausspuckt.

»Jetzt!«
Schreit Herold und springt im Hecht-sprung auf das Portal zu.

Asrael folgt ihm und die Flammen schießen auf sie ein. In dem Moment als sie durch das Portal gelangen sind die Flammen bereits auf Höhe ihrer Füße an-gelangt. Ein stechender heißer schmerz durchzieht ihre Körper. Doch unbeschadet landen sie auf der anderen Seite, direkt vor den Füßen von Edward, Oktavius, Drothe, Eric und Grondo. Ein paar Flam-men schießen noch durch das Portal. Schützend halten beide noch auf dem Bo-den liegend ihre Hände über den Kopf. Edward schließt ein Buch, welches auf dem Schrein in der Mitte der Portal-steine liegt. Daraufhin schließt sich auch das Portal hinter ihnen im selben Augenblick.

»Ihr habt es geschafft!«
Betont Edward zufrieden.

»Ja aber ohne eure Hilfe, hätten wir es nicht geschafft. Danke das ihr uns zugerufen und her gewunken habt.«

Edward, Oktavius, Drothe, Eric und auch Grondo schauen sich fragend an. Edward ergreift dann das Wort.

»Ähm!«
betont er beginnend.

»Das ist nett, aber von uns, hat euch niemand gerufen. Wir waren alle zusammen auf dieser Seite!«

Asrael und Herold sind verwirrt.
»Aber wir haben doch gerade noch jemanden gesehen der hindurchsprang.«

Antwortet Herold verdutzt.
»Das müsst ihr euch eingebildet haben, ihr seit die ersten die hindurch kamen.«

Meint Edward zu ihnen und die anderen Stimmen ihm zu.

»Ich weis was ich gesehen habe, irgendwas geht hier vor sich, von dem wir keine Ahnung haben.«

Wirft Asrael dazwischen.

Eric geht zu Asrael rüber und hilft diesem hoch.

Edward hingegen ist Herold behilflich.

»Egal wie es ist, es ist gut das ihr hier Seid.«

meint Eric zu den beiden.

Asrael und Herold nicken ihm zu. Noch etwas aus der puste, geschafft und durcheinander, sind beide dennoch durchaus froh wieder vereint zu sein. Dem Flammenmeer entkommen zu sein und heile auf der anderen Seite gelandet zu sein.

»Wir müssen uns dennoch weiter beeilen, mit deinem anderen ich, haben wir einiges in Erfahrung bringen können in der Bibliothek.«

Sagt Edward in die Runde während er Asrael anschaut.

»meinem anderen Ich?«

Hinterfragt Asrael ungläubig.

»Antworten kommen später, zuerst müssen wir noch einmal in die Stadt!«

Antwortet Edward fordernd zu allen.

»dann los!«

meint Grondo daraufhin zustimmend
Edward gegenüber.

. Gemeinsam machen sich alle auf den
weg zurück in die Stadt. Manch einer von
ihnen weis nicht genau wieso sie ihm
folgen, aber aus irgendeinem Grund vertrauen sie Edward auch wenn sie sich
noch nicht lange kennen. In der Stadt
angekommen, stehen sie auf dem Marktplatz neben dem Brunnen und warten auf
das was kommt.

»und jetzt?«
möchte Drothe von Edward wissen.

»Moment! Lass mich kurz nachdenken.«
Sagt er und schaut dabei in Richtung
Turm.

»12:22 Uhr!«
betont er laut so das es die anderen hören können.

»Ja und was soll und das jetzt sagen?«

möchte Grondo wissen.

»Wir sind gemeinsam in der richtigen Zeit! Aber es ist die falsche Dimension.«

betont er.

»Falsche Dimension?«

»Um 12:22 Uhr läge hier alles in Schutt und Asche!«

fügt er hinzu.

Am selben Tag um 12:22 Uhr in einer anderen Dimension, ist Barekastria fast gefallen. Die Stadt liegt in Trümmern. Ein Großteil der Bürger wurden abgeschlachtet und nur noch ein paar Soldaten, die noch nicht gefangen genommen wurden versuchen erbitterten Wiederstand zu leisten. Die Orks haben die Menschen in eine Falle gelockt. Der Angriff auf Wehrholm und Barekastria war nur ein Ablenkungsmanöver um die Armee des Königs aus der Reserve zu locken. Die Orks haben den Angriff aus dem Norden nur vorgetäuscht. Der eigentliche Angriff findet im Süden statt. Die Orks befinden sich in genau zwei Stunden um 14:22 Uhr des selben Tages im Jahr 22 n. KES vor den Toren der Stadt Garetekka. Sie sind gerade auf dem Vormarsch in dessen Richtung. Die Zeit drängt! Noch immer stehen sie gemeinsam auf dem Platz bei dem Brunnen. Die Turmuhr setzt zum Glockenschlag an. 12:30 Uhr! Keine zwei Stunden mehr bis die Orks vor den Toren der Stadt stehen und die einzigen die davon Wissen sind Oktavius, Grondo, Eric, Asrael, Drothe, Edward und Herold. Edward hatte kurz und knapp zuvor den anderen von dem Angriff auf Garetekka erzählt und wird langsam nervös als die Turmuhr ein zweites Mal schlägt.

»Kann es sein, das wir dann. Gerade eben noch aus dieser Dimension kamen?«

möchte Asrael wissen.

»wie kommst du drauf?«

fragt Edward ihm.

»Weil der Angriff gerade stattfand als wie zu euch kamen!«

»Perfekt! Dann ist es noch nicht zu spät, und wir haben Zeit gewonnen.«

freut sich Edward.

Die anderen hingegen verstehen nicht genau was Edward tatsächlich im Kopf hat und meint. Die Zeitwechsel und Ebenen sowie Dimensionen brachten alle weitestgehend durcheinander. Der einzige der in dem ganzen Durcheinander noch ein klaren Kopf zu haben scheint ist Edward.

»Ich habe einen Plan! Kommt her und stellt euch um mich.«

fordert Edward die anderen auf. Als alle um ihn herum stehen, holt Edward den Chronographen heraus und meint.

»Legt eure Hände darauf.« Edward dreht ein paar Mal an den Zahnrädern des Chronographen und hält diesen am ausgestrecktem Arm in die Mitte der Gruppe.

Gemeinsam umschließen alle mit ihren Händen den Chronograph. Die Zahnräder fangen an sich zu drehen und das Ziffernblatt der Turmuhr lässt sich beobachten wie es verkehrt herum dreht.

Ein glühender Schmerz durchzieht den Arm
und die Hand von Edward. So sehr das er
vor Schreck den Chronograph fallen
lässt.

»Nein!«
schreit er noch als alle mit ansehen
müssen wie er auf dem harten Steinboden
zerschellt.

Unzählige Ritzel, Zahnrädern und Me-
tallteile liegen auf dem Boden verteilt.
Geschockt kratzt Edward kniend alle
Teile zusammen. Eric möchte helfen und
kniet sich dazu. Gemeinsam sammeln sie
teil für teil auf und packen alles gemeinsam in die Tasche von Edward.

»Reicht uns die Zeit?«
hinterfragt Drothe.

»10:22 Uhr? Es muss reichen!«
Antwortet Edward niedergeschlagen.

Eric und Edward stehen gemeinsam wieder auf und schauen gemeinsam nochmal
prüfend über den Boden. Alles um sicher-
zustellen das sie kein Teil übersehen
haben. Noch im selben Augenblick hören

alle eine Tiefe und Dunkle Stimme in ihren Köpfen. Die Ohren schmerzen und
schützend halten sie sich vor Schock-
schmerz krümmend die Ohren zu.

»Ihr seid zu weit gegangen! Ihr hät-
tet nicht so weit kommen dürfen. Ihr
habt keine Chance! Ergebt euch!«
schreit die Stimme.

»Ahhh!«
Schreien sie vereinzelt vor dröhnen-
den Schmerz.

»Zu Spät!... Es ist zu Spät!«
schreit sie folgend.

Eric und Grondo wird Schwindelig und
beide sacken zu Boden. Kurz darauf Asrael, Herold und Drothe. Immer weiter
redet die Stimme, doch verstehen können
sie es kaum noch erst dann verstummen
die worte langsam und sie fallen noch
auf dem Boden liegend in Ohnmacht.

»Wir müssen den Plan befolgen!«
»Ja! Ich weiß, was machen wir mit
ihnen?«

»Noch brauchen wir sie! Die Zeitlinie muss wieder hergestellt werden.«

»Das habe ich verstanden doch wie fahren wir jetzt fort?«

»haltet euch an das was ich euch gesagt habe. Wir sehen uns in Garetekka!«

»Jawohl!«

»Es darf bis wir unseren Plan vervollständigt haben, niemand davon erfahren. Ich mache weiter wie gehabt und ihr auch. Danach sehen wir uns vorerst das letzte mal, ich verlasse mich auf euch. Gehabt euch wohl mein Freund!«

»Danke mein König, ich fühle mich geehrt.«

»Ich schätze euch sehr mein Freund, lasst mich es selbst glauben in Garetekka. Nur dann können wir fortfahren wie geplant.«

»Jawohl mein König! Ihr habt mein Wort.«

Alles nachfolgende ist nur noch undeutlich zu verstehen und verschwimmt immer mehr in Gedanken.

Herold ist sich nicht sicher ob sich wirklich wer unterhalten hat oder ob er diese Unterhaltung nur geträumt hat. Zuordnen konnte er keine der Stimmen auch wusste er nicht was diese Unterhaltung bezwecken sollte, das einzige was er ahnt ist das die beiden Personen sich gut kannten.

Das Ende einer Lüge

»*O*ktavius…. Oktavius aufstehen! Komm

schon!«

sagt eine Stimme.

»Eric?«

fragt Oktavius noch verwirrt mit ge-schlossenen Augen.

»Nein! Los steh auf wir müssen die anderen wach machen!«

Antwortet Drothe! Oktavius der immer noch ganz benebelt ist öffnet die Augen und sieht alles noch recht verschwommen.

Oktavius richtet sich auf und setzt sich hin, nach wenigen Sekunden ist er wieder bei klarem Verstand und steht vorsichtig auf. Drothe und Oktavius we-cken die anderen der Gruppe. Oktavius geht zu Edward und rüttelt diesen wach.

»los Aufstehen!«

ruft er dabei lautstark.

Drothe weckt Asrael. Als dieser auch endlich wach, bei verstand ist, schaut er sich nach seinem Freund um. Aber er findet Herold nicht mehr wieder.

»war das alles nur ein böser Traum?« fragt er blickend zu Oktavius und Drothe, mit Tränen in den Augen.

»Nein! Ich denke leider nicht! Tut mir sehr leid mein Freund!«

Antwortet Oktavius, der nach dem was alles passiert ist in den vergangenen Minuten und Stunden nicht mehr so viel Missachtung vor Magiern hat.

»Also wurde Herold tatsächlich von einem Felsbrocken zerquetscht?«

Beide schauen sich an!
»welcher Felsbrocken?«

möchten sie wissen.
Drothe versucht ihn zu beruhigen.

»Es gab kein Felsbrocken.«
Oktavius und auch die anderen schauen traurig zu Asrael der trotz der Worte von Drothe, nach wie vor unter Schock steht.

»Los komm! Wir suchen ihn, er kann ja nicht weit sein.«

Antwortet Edward ihm mit aufmunternden Worten.

Nach dem alle geweckt wurde die noch nicht wach waren, wollen sie gemeinsam Asrael helfen und Herold suchen.

»wir bleiben dicht zusammen und schauen in der näheren Umgebung.«

befiehlt Edward den anderen.

Es dauert nicht lange und sie suchen gemeinsam die Umgebung ab, nicht weit von Marktplatz entfernt hören sie Eric rufen.

»ich habe ihn!«

schreit er nach ein paar Minuten aus einer Seitengasse in der Nähe.

Alle folgen Erics ruf und rennen in die zu Eric.

Da liegt er auf dem Boden in der Gasse. Herold ist noch nicht aufgewacht und liegt mit dem Rücken auf den kalten Steinen. Asrael beugt sich runter zu ihm und versucht ihn wach zu rütteln. Er

packt Herold mit beiden Händen an den
Schultern und schüttelt ihn so lange bis
er ein erstes Zeichen von sich gibt. Oktavius schaut sich in der Zwischenzeit
um und beobachtet einen an der Seitengasse vorbeigehenden Mann.

»Ich habe eine Idee!«
ruft Oktavius freudig seiner Gruppe zu.

Oktavius scheint dabei leicht aufgeregt und euphorisch zu sein. Seine Aussage ist zwar in dem Moment für die anderen nicht groß relevant und von
Bedeutung, da sie sich um Herold küm-
mern, dennoch sind sie neugierig was er
vor hat. Oktavius dreht sich um, rennt
augenblicklich die Seitengasse zurück.
Während er weg läuft ruft er noch der
Gruppe zu

»Ich bin gleich wieder da!«
gerade die Seitengasse rausgelaufen,
links um die Ecke abgebogen stoppt er
den Stadtbewohner.

»Sir! Entschuldigen sie bitte!«

Dieser bleibt stehen, dreht sich zu Oktavius und ist etwas perplex das er auf so eine Art aufgehalten wird.

»was kann ich für euch tun mein Herr?«

fragt der Stadtbewohner und Mustert den ihm Gegenüber stehenden Soldaten in seiner glänzenden Rüstungen.

»In welchem Jahr befinden wir uns?« möchte Oktavius wissen.

Etwas verwirrt und stutzig über diese frage antwortet er ihm.

»wir haben den 184. Tag im Jahr 33. Nach KES, wieso fragt ihr?«

»weil nichts so ist wie es sein sollte!«

stammelt Oktavius vor sich hin. Er dreht sich um und rennt zurück zu seinen Freunden. Den Stadtbewohner lässt er unwissend zurück. Dieser schüttelt nur noch mit dem Kopf und geht weiter seiner Wege. Zurück bei der Gruppe, Herold sitzt noch auf dem Boden und schwankt etwas, sagt Oktavius zu den anderen!

»Es ist besser als ich dachte!«
Die anderen schauen ihn fragend an.

Auch Herold schielt zu ihm rüber.
»wir sind immer noch nicht zurück?«
antwortet Herold mit erschöpfter
Stimme.

»Ja! Aber das heißt im Umkehrschluss,
wir haben noch genug Zeit!«

»Wir sind jetzt Laut einem Bürger im
Jahr 33. Am 184. Tag.«
Haut Oktavius freudig den anderen um
die Ohren.

»Ja nur Elf Jahre zu spät.«
meint Asrael zu ihm.

»Nein eben nicht! Im Jahr 33. Nach
KES! Es gab aber in dieser Zeit, vor 11
Jahren keine Krönung! Wir können aber
die Zeit ändern.«

»Das wiederum heißt wir können die
Truppen waren, den König informieren und
niemand kommt dabei ums Leben.«

Eric ist verwirrt und auch Drothe fasst sich an den Kopf.

»Spielt das eine Rolle?« hinterfragt Drothe.

»Ja tut es!« betont er bestimmend.

Noch mitten im Gespräch fällt Herold ein Händler mit seinem Marktkarren auf, dieser geht am ende der Gasse entlang, bleibt stehen und schaut zur Gruppe. Herold ist sich nicht ganz sicher wieso er das tut. Oder wie lange dieser dort am Ende steht bleiben will. Herold schaut an den anderen vorbei zu diesem, er schaut sich ihn genauer an. Es ist wohl ein Magier mit seinem Karren der dort steht und die Gruppe beobachtet. Der Magier mit dem Karren, kommt Herold verdächtig vertraut vor. Kann diesen aber gerade nicht ganz einordnen. Als Herold in dessen Richtung zeigt und gerade etwas sagen will, bemerkt es der Händler verständlicherweise. Der Mann mit dem Karren fasst sich an seine

Kopfbedeckung, ganz so als wolle er sich verabschieden. Dann ruft er noch in die Gasse hinein.

»bis nachher!«
mit einem fiesen Grinsen verschwindet er aus dem Blickfeld von Herold.

Er ist vollkommen perplex, als die anderen sich gerade umdrehen ist er bereits verschwunden.

»Alles in Ordnung?«
möchte Edward von Herold wissen.

»Du siehst aus als hättest du einen Geist gesehen.«

Herold schaut hoch zu ihm steht auf und Antwortet ihm als er sich wieder erinnern kann.

»Ja das habe ich gerade! Alterac ist hier und beobachtet uns!«

»Alterac?«
Hinterfragen geschockt die anderen.

»Ich habe von ihm gehört.«
behauptet Edward.

»Er ist oder war einer der mächtigsten Magier auf dieser Welt. Was will er?«

fragt Edward, Herold.
»Das weiß ich noch nicht, aber wir sollten auf uns aufpassen.«

antwortet er und schaut in die Runde. Zusammen Besprechen sie sich und überlegen wie sie weiter vorgehen wollen.

»Wir müssen noch einmal in die Taverne, irgendetwas sagt mir das der Wirt uns behilflich sein kann.«

wie von Herold für die Gemeinschaft beschlossen kommen sie nur kurze zeit später in der Taverne an, dort hinter dem Tresen steht der Wirt und wartet auf Kundschaft. Bis gerade eben befand er sich vollkommen alleine in seiner Taverne.

»Wir brauchen deine Hilfe!«
meint Eric der als erstes das Wort ergreift als sie gemeinsam vor ihm stehen.

»Ihr braucht meine Hilfe? Ich glaube ihr müsst erstmal das wieder gut machen was ihr mir und meinem Laden angetan habt.«

betonte der Wirt hinter seinem Tresen im ernsten Ton.

Die Gruppe schaut sich fragend an und gemeinsam blicken sie in verwirrte Gesichter.

»was meint ihr?«
möchte Drothe wissen.

Der Wirt holt tief Luft schaut ihn an und sagt.

»Ihr habt ihr meine Kundschaft vergrault!«

»wieso wir?«
hinterfragt Drothe daraufhin.

»Weil ihr mit eurer Panikmache vom Angriff dafür gesorgt habt das viele flüchten.«

»Wir haben sie gewarnt vor dem Angriff das ist richtig!«

betont Edward
»Es hat sich verbreitet wie ein Lauffeuer als die Armee davon wind bekommen hatte.«

Antwortet der Wirt mit Lauter Stimme.
»Mein Laden kann ich bald Schließen wegen euch!«

fügt er hinzu.
»Ohne uns, wir es bald keinen Laden mehr geben!«

betont Edward daraufhin mit ebenfalls lauter Stimme zurück.

»und das tut uns auch leid, wir mussten die Bewohner der Stadt warnen!«

Der Wirt schaut sauer Aber weiterhin sauer.

»Warnen vor was? Einem Gerücht?« hinterfragt er Selbstsicher.

»Wir wollen nur helfen den Krieg aufzuhalten! Und wir brauchen ihre Hilfe. Haben sie schon einmal etwas von dem Magier Alterac gehört?«

»Ja gehört habe ich von ihm? Was soll mit ihm sein?«

möchte der Wirt wissen.
»Er ist an alledem Schuld, er hat das Raum-Zeitkontinuum gestört, Er führt die Orks an im Heiligen Krieg. Im Jahr 22.

Nach KES findet der eigentliche Angriff statt. Wir müssen sie Aufhalten.«

»Interessant wir sind aber im Jahr 33. Nach KES! Wieso sollte mich interessieren was vor Jahrzehnten war?«

möchte der Wirt von der Gruppe Wissen.

»Ich weiß wie das alles klingt, nicht einmal wir verstehen das alles. Aber die Zeit wurde gestört und alles bricht zusammen, wir müssen zurück und ihn aufhalten.«

betont Edward selbstbewusst.
Der Wirt selbst weiß nicht wie er darüber denken soll und fragt.

»Und wie soll ich euch dabei helfen? Die einzige Möglichkeit die in der Theorie möglich wäre ist der Chronograph aus dem Turm. Aber dieser ist vor Jahren aus dem Turm gestohlen worden.«

Edward zieht den Chronograph aus seiner Tasche und fragt den Wirt.

»meint ihr diesen?«

Der Wirt bekommt große Augen stützt sich
auf seinen Tresen und fragt Edward.

»Wo habt ihr ihn her?«
»Das ist eine lange Geschichte, aber wie
kommen wir zurück?«

fragt Edward nach seiner Aussage.
»Dieser Chronograph ist ein heiliges Relikt, eines der 12 Heiligtümer, ein Ge-
genstand der viel zu mächtig für einen
Menschen ist.«

Edward grinst und freut sich etwas
der Wirt fügt hinzu.

»Laut Legende muss man Jahr, Monat,
Tag, Stunde, Minute und Sekunde einstellen. Danach Aktivieren, aber ein Aktivieren ist nur möglich wenn eine bestimmte Verkettung von Umständen
Eintritt. Angeblich wenn er eine bestimmte Geschwindigkeit erreicht. Vorher
müssen Personen die dies betrifft ihre
Aura darin Speichern dies Geschieht wohl
nach der Berührung mit bloßer Hand. Dann
fokussiert der Chronograph die Aura für

eine bestimmte Zeit. Alles ab dann ist nicht überliefert.«

Eric und Drothe stehen weiter hinten, sagen kein Wort hören aber stattdessen gespannt zu.

Verstehen können sie beide aber kaum etwas von dem wirren Gerede. Beide wissen nicht was ihnen diese verwirrenden Informationen bringen soll.

»in Ordnung, bis zu diesem Punkt habe ich es verstanden aber wie soll ich den Chronograph auf diese gewollte Geschwindigkeit bringen? Wie schnell soll dies sein?«

hinterfragt Edward.

»Das kann ich nicht sagen, aber in der Überlieferung heißt es auch, der Tot ist erst der Anfang. Vielleicht ist damit ein Freier fall gemeint.«

Behauptet der Wirt nachdenklich.

»Das soll heißen wir Berühren den Chronograph, schmeißen ihn irgendwo runter und alles wird gut?«

Antwortet Asrael fragend.

»Nicht ganz! Der Chronograph muss gehalten werden ansonsten verschwindet er in die Zeit die eingestellt wurde. Dann müssen alle die ihn berührt haben in näheren Umkreis des Chronographen sein und dazu kommt noch den selben Zustand des Trägers haben.«

danach schluckt der Wirt und schaut in die Runde.

»Das soll heißen das wenn einer sich in den Tod stürzt wir anderen ihm nachgehen müssen?«

Der Wirt senkt den Kopf und sagt leise.

»So ist es!«
Asrael schaut zu Edward.

»Das kann er doch nicht ernsthaft so meinen! Es muss doch einen anderen Weg geben.«

. Edward schaut sich den Chronograph an, danach zum Wirt und schlussendlich zu Asrael.

»Ich wüsste nicht wie!«
Antwortet Edward leicht bedrückt.

»Lasst uns gehen, wir kommen hier nicht weiter!«

wirft Oktavius der die ganze Zeit nicht ein Wort gesagt hatte dazwischen.

Grondo stimmt ihm zu und nickt Während er die anderen dabei anschaut.

»Wir danken ihnen! Aber meine Freunde haben Recht wir sollten jetzt gehen.« Sagt Edward aufrichtig zum Wirt.

»Sehr schön, ich habe euch geholfen aber ihr noch immer nicht mir!«

»Ich verstehe euch, aber sollten wir es schaffen, wird bald alles wieder so sein wie es gehört.«

behauptet Edward zuversichtlich.
»Ich hoffe ihr behaltet recht!«

daraufhin verlassen sie gemeinsam die Taverne.

Auf dem Marktplatz stehend bleibt Edward der vorne geht stehen und schaut sich in der Stadt um. Sein Blickt zieht ihn aber immer wieder in Richtung Turm.

»Der Turm ist das höchste Gebäude!«

noch bevor einer der anderen sich äußern kann gehr Edward immer weiter in Richtung Turm. Dort angekommen gehen alle Blicke gemeinsam hinauf bis zur Spitze. Eric denkt einen Augenblick.

»Nicht schon wieder!«
und doch hat er keine Angst vor dem was ihn erwartet.

Er schaut zu den anderen, Oktavius sowie auch Drothe sehen alles andere als glücklich aus. Eric möchte ihnen die Angst nehmen und sagt zu den anderen.

»Ihr braucht keine Angst haben, Ifram wird uns alle beschützen.«

Die anderen schauen zu Eric
»Ifram?«

fragt Oktavius.
»nicht so wichtig!«

Antwortet Eric auf dessen frage. Edward zieht erneut den Chronographen aus seiner Tasche begutachtet diesen und dreht an den Zahnrädern. Im inneren klickt es mehrfach, danach schaut er erneut nach oben zur spitze des Turmes und sagt

»dann los! Lasst uns keine weitere Zeit verlieren.«

Noch nicht ganz seinen Satz beendet betritt er als erstes den Turm.

Edward geht an der Säule vorbei zum Treppenaufgang dahinter. Er hält sich mit einer Hand an dem wackeligen Geländer fest, dreht sich um und sagt zu den anderen hinter ihm.

»kommt ihr?«
daraufhin geht er als erstes die ersten Stufen den hohen Turm hinauf.

In der Sputze des Turmes angekommen stehen sie alle zusammen in dem zugigen Raum und überblicken die Stadt. Asrael tastet sich vorsichtig zur Kante und blickt hinab auf die Pflastersteine vor dem Eingang des Turmes. Er bekommt weiche Knie bei dem Anblick und ein flaues Gefühl durchfährt seinen Bauch.

»Ich weis nicht ob dies der Richtige Weg ist!«

Sagt zur Gruppe.

Edward geht auf ihn zu und meint zu ihm.

»Hier schau!«

als er den Chronographen vor Asrael hält
den er zuvor aus der Tasche geholt
hatte.

»hier nimm.«

fügt er hinzu, Asrael nimmt sich den
Chronographen und begutachtet diesen
sorgfältig.

Im inneren sieht er wie die ganzen
kleinen Ritzel sich drehen und bewegen.
Ein sanftes Licht geht aus dem Inneren
der kleinen Kugel hervor.

»siehst du, gar nicht so schlimm!«

sagt Edward als er den Chronographen
wieder entgegen nimmt und verstaut.

Edward dreht sich zu den anderen hinter ihm.

»Dann hoffe ich mal das der Wirt und
Eric recht haben. Wir haben viel zu viel
erlebt, es gibt nur diesen Weg!«

Spricht Edward mit einem dunklen Unterton in der Stimme.

»Nein tu das nicht!«
schreit Herold ihm entgegen, doch es ist zu spät.

Edward dreht sich wieder zu Asrael und stößt diesen mit beiden Händen und voller Kraft. Asrael der am Abgrund steht kann nur noch in letzter Sekunde Edward am Arm packen bevor er in die Tiefen fällt und Edward mit runter zieht. Die anderen der Gruppe sehen wie beide den Abgrund hinunter fallen. Herold schreit.

»Nein!«
voller Verzweiflung und Panik.

Edward der mit Asrael gerade hinab stürzt hat den Chronographen zuvor aus der Tasche geholt und mit voller Wucht wirft er in zurück mach oben. Dieser landet direkt an der Kante oben auf dem Turm und rollt Richtung Abgrund. Drothe springt auf den Chronographen zu und nur mit Glück in letzter Sekunde kann er ihn auffangen. Nur einen Augenblick später wäre er ebenfalls hinab gestürzt. Drothe

kann die beiden Zerschmetterten Körper
unten auf dem Boden liegen sehen. Vollkommen verformt und blutig liegen sie
regungslos am Boden. Drothe steht auf
und stützt sich von der Steinkante weg.
Den Chronograph hält er dabei in seiner
rechten Hand.

»kommt her, berührt den Chronograph
bevor es zu Spät ist!«

sagt Drothe zu den anderen.
Herold ist zu Boden gesackt und kniet
auf dem Kalten Boden des Turmes. Mit gesenktem Kopf fließen Tränen seine Wangen
entlang. Er kann nicht glauben das
Edward zu so etwas im Stande war. Oktavius, Eric und Grondo gehen zu Drothe
der mit dem Chronograph am Rand steht.
Drothe hält den Chronographen in die
Mitte und alle berühren diesen. Ein
starkes leuchten erhellt den Turm. Aus
dem von Händen umschlossenen Heiligtum
strahlt ein Gelblich- gleißendes Licht.
Erst als sie die Hände wieder langsam
entfernen wird das Licht wieder

schwächer. Ein seltsames nicht einzuordnendes Gefühl durchfährt ihrer Körper. Drothe ruft zu Herold rüber.

»Herold, hier fang!«
Herold schaut auf und sieht wie Drothe ihm den Chronographen zu wirft.

Wie aus Selbstschutzreflex fängt Herold diesen auf. Erneut fängt er heller an zu leuchten. Die anderen sehen das Leuchten und wie Herolds Gesicht davon erhellt wird. Doch dieser Augenblick wird von Schritten unterbrochen die den Turm Hinaufkommen. Herold steht auf und zieht sein Schwert. Auch Oktavius macht sich bereit, nicht wissend was sie erwartet. Herold tritt einige Schritte zurück in Richtung seiner Freunde. Dabei behält er ständig den Eingang im Blick. Die schweren Schritte kommen immer näher. Und dann sehen sie erst das gesamte Ausmaß das ihnen den Fluchtweg versperrt. Durch die Tür tritt eine mit einer Lilafarbenden Robe bedeckte Personen. Die Silhouette ist bestimmt 200

Finger hoch und 100 Finger breit. Sie
Grunzt und schnauft durch die Nase.

»Alterac!«
Schreit Herold ihm entgegen.

»Herold ich habe dir gesagt wir sehen
uns wieder!«

Antwortet Alterac ihm gleichgültig.
Mit einem kräftigen Schwung wirft er
seinen Umhang nach hinten und zieht mit
beiden Händen seinen Magiestab hervor.

»Ich sagte ich bin überall! Wer ist
dir am liebsten?«

Spricht er hasserfüllt ihnen gegenüber und mit Blick auf Herold gerichtet.

Er schwenkt seinen Stab vor das Ge-
sicht und verwandelt sich in den Wirt.
Danach in den Hauptmann und zuletzt in
Lydia.

»Vielleicht ist dir deine Frau ja
lieber Herold!«

sagt Alterac und lacht dabei.
Danach verwandelt er sich wieder zurück
und sie können wieder in das Grüne, geschwollene und vernarbte Gesicht

schauen. Helle weiße Augen schauen sie an.

»Du Schwein! Was willst du?« schreit Herold ihm entgegen.

»Nur dich!« Ruft er und rennt auf die Gruppe zu.

Blitzschnell schwingt er seinen Stab und nur aus Glück kann Oktavius den schlag abwehren der fast Drothe am Kopf getroffen hätte. Herold schwingt sein Schwert und versucht Alterac zu fall zu bringe doch dieser weicht aus dreht sich geschickt auf dem Boden zertrümmert Herold die Kniescheibe und dieser fällt schreiend vor schmerz zu Boden.

»Gebt mir den Chronographen!« Schreit Alterac.

»Den hier?« antwortet Drothe gehässig als er ihn Hoch hält.

Alterac blickt zu Drothe und schaut ihn mit Hass in den Augen an.

Als Alterac auf ihn zu rennt wirft er ohne lange zu überlegen den Chronograph vom Turm.

»Nein!«
schreit er mit seiner dunklen Stimme die durch Mark und Bein geht.

Dann schwingt er gekonnt seinen Stab und schlägt diesen Drothe in das Gesicht. Sein Kiefer bricht und er sackt zu Boden. Grondo ist starr vor Angst und ist sich nicht sicher wie er reagieren soll. Er muss hilflos mit anschauen wie alles ins wanken gerät. Sauer und voller hass nimmt Alterac seinen Stab und hebt ihn über seinen Kopf dann schlägt er die Unterseite des Stabes auf den Boden und ein lauter Knall ertönt. Im selben Augenblick fegt eine gewaltige Druckwelle über den Turm und gemeinsam werden alle bis auf Alterac vom Turm geschleudert. Mehrfach drehen sie sich um die eigene Achse und fliegen zerstreut in Richtung sicheren Tod. Die Steine kommen immer näher und das Gefühl von freien fall durchfährt die Körper der freunde. Nur noch ein Augenblinzeln sind die harten steine entfernt und dann schlagen die Körper einer nach dem anderen auf dem Stein auf. Knochen brechen, Gliedmaßen reißen aus den Körpern und Blut verteilt sich auf den Pflastersteinen. Nur ein Augenblinzeln später ist alles vorbei. Totenstille liegt in der Luft, nicht ein Ton ist zu hören und selbst der Wind steht still.

Asrael der Magier

*E*inst im Jahre 22 n. KES gab es viele Magier und viel Magie. Aber nur wenige hatten es bis zum König geschafft. Der damalige König war ganz vernarrt von Magiern und dessen Kräften. Dennoch hatte nicht jeder Magier das Glück ausgewählt zu werden. Man musste eine Reihe von Prüfungen ablegen bis man beim König vorgestellt wurde. Dieser verlangte viel ab von seinen Hofmagiern und nur die besten und klügsten hatten die Ehre ihm zu dienen. Der damals noch sehr junge Asrael legte seine Hände in die Ausbildung Magie. Damals war es eine andere Zeit! Eine Zeit in der die Magier noch hoch angesehen waren und nicht gejagt wurden. Nur einer von ihnen war schlussendlich der mächtigste Menschliche Magier der je gelebt hatte, Asrael

Sturmfalke. Er war einer von 12 Königlichen Magiern aus Garetekka im Jahr 22 n. KES. Er wurde bereits in dieser Stadt geschätzt um 15 v. KES geboren und wurde schon in jungen Jahren als Magier anerkannt. Das er Magische Fähigkeiten hatte, konnte er schon im Kindesalter nicht verheimlichen oder verstecken. Im Alter von 8 Jahren entzündete er einen Flammenden Vogel der ein ganzes Stadtviertel nieder Brannte. So schrecklich dieser Vorfall auch war, bei dem 128 Menschen ums Leben kamen, wurde seine außergewöhnliche Fähigkeit im ganzen Land noch nach Jahrzehnten erzählt. Im Kindesalter schon eine solche Macht zu besitzen war sehr ungewöhnlich. Asrael Sturmfalke wurde darauffolgend im Alter von 11 Jahren nach Al Anfaries geschickt, um dort bei den Mächtigen Elfen zu lernen. Diese waren die Meister der Undrian Magie. Viele Jahre verbrachte er bei diesen um die Magie gelehrt zu bekommen. Nach seiner 5.-Jährigen

Ausbildung wurde er in den Hohe Rat berufen und mit 16 Jahren zum Magier des zweiten Gerades ernannt. Kein Jahr darauf sprach sich sein können soweit rum das er erneut vorgeladen wurde und nun auch zum Magier ersten Grades ernannt wurde. Dem noch nicht genug! Auf Grund seines Heldenmutes und der Rettung Garetekkas im Jahr 22 n. KES, wurde er im folge Jahr, 23 n. KES zum Erzmagier und Magier Meister ernannt. Leider kam es nie dazu das er sich diesen Titel abholen konnte. Im Jahr 23 - 28 n. KES war sein letztes Ziel, einer der Mächtigen 20 zu werden. Asrael Sturmfalke war einer der besten und Mächtigsten Magier der damaligen Zeit im Mittelreich. Mit seinen Titeln hatte er nahezu unbegrenzte Magische Fähigkeiten und Freiheiten. So konnte er zum Beispiel Tote in das Reich der Lebenden zurückholen, Portale Öffnen, die Zeit umkehren, in die Zukunft schauen und wurde in die Geheimnisse der 20 eingeweiht. Über die sogenannten 20 ist nicht viel bekannt auch heute noch suchen unzählige danach. Kurz vor dem Krieg um 22 n. KES gab es allerdings zum leid für Garetekka eine Zeit in der die Orks es schafften einige der alten Zauber ebenfalls zu erlernen. Kurz nach der Großen Schlacht im Jahr 22 n. KES als ein Freund und Wegbegleiter durch den Tot des alten Königs zum neuen König ernannt wurde. Diente er diesem genauso wie er es beim alten König getan hatte. Er schloss sich dem Kreuzzug an, diente hinter dem neuen anstrebenden König ohne dieses in Frage zu stellen. Noch heute ist manches über den Kreuzzug bekannt nur nicht warum es einen Kreuzzug nach dem Krieg gab. Die Schlacht war vorbei und der Kreuzzug endete abrupt. Heut zu Tage weiß man nicht mehr genau wie es ausging mit dem Kreuzzug nur das Asrael bis zu seinem Tod immer hinter Garetekka und dem König stand. Auch ein Grund warum dieser neben seinem König, Freunden und Wegbegleitern gebettet wurde. Er war ein Großer Magier das steht außer Frage. Nur wenige wissen was nach dem Krieg wirklich passiert ist. Nur der Geheimbund kennt das Geheimnis darüber. Aber dieser versteckt dies und sie halten es für alle Ewigkeiten geheim. Es soll nie wieder ein Mensch, Ork oder andere Rasse die Macht besitzen können. Keiner weiß wo sich die Geheimen Unterlagen versteckt halten. Nur das es noch Aufzeichnung geben soll. Ob das wirklich stimmt werden wir aber wohl nie erfahren. Angeblich wissen es nur die Hochelfen der Fliegenden Inseln von Mythonaos. In einer Sage hieß es, »Der, der die Macht besitzt, soll mächtiger sein als die Götter, mächtiger sein als alles um ihn herum. Zeit, Raum beherschen und alles kontrollieren können.« Allein weil, eine Solche macht zu Stark und mächtig sei ist es von größter Wichtigkeit dies Geheimnis für alles Zeiten zu bewahren. Wann Asrael der Magier Starb ist leider nicht bekannt, nur dass

er nicht ohne Grund zu den 20 Gehören
wollte.
Mündliche Überlieferung, Ractela 523 n.
KES

Aufbruch nach Garetekka.

*N*ach einer kurzen Zeit!

»Ein helles Licht, Was ist das?« Oktavius der gerade noch vom Turm geschleudert wurde, befindet sich in einem, neutralem Raum dieser ist vollkommen leer nur ein helles weißes Licht scheint ihm entgegen.

»So sieht es aus, wenn man stirbt?« fragt er sich.

Von hinten treten bekannte Stimmen an ihn heran. Es sind Grondo, Edward, Asrael, Drothe, Herold und Eric. Sie treten neben ihn und fragen Oktavius

»Wo sind wir?« doch noch bevor er Antworten kann sagt Eric

»Ich war schon einmal hier!«
»Als du Tot warst?«

hinterfragt Asrael.

»Wir sind noch nicht Tot! Anders als sonst haben wir noch die Wahl.«

meint Eric zu der Gruppe.

»Du meinst man kann selbst entscheiden wann man geht und wann nicht?«

möchte Drothe interessiert wissen. Doch noch bevor Eric antworten kann kommt eine weitere Stimme von hinten an sie heran sie ist warmherzig und sanft.

»Es ist viel Komplexer als ihr denkt und nein aussuchen kann man es sich im Normalfall nicht. Nur wenn die Zukunft und Vergangenheit noch nicht geschrieben ist befindet man sich hier! Aber ist zu umfangreich, ihr würdet es nicht verstehen können.«

erschrocken drehen sie sich um, nur Eric ist nicht entsetzt.

»Ifram!«

sagt er freudig.

»wer bist du?«

fragt Herold vorsichtig.

»Ich sage euch das selbe was ich bereits Eric mitteilte, dies ist nicht von
Bedeutung.«

Herold und die anderen schauen leicht
bedrückt.

»ich sagte euch doch er beschützt
uns!«

fügt Eric hinzu.
»Aber wenn wir nicht Tot sind, Lebendig
sind wir auch nicht.«

stellt Grondo bedauernd fest.
»das ist zwar Richtig aber heute ist
euer Tag nicht gekommen.«

Antwortet Ifram ihnen und Klatscht
zwei mal in die Hände.

Ein zucken durchfährt ihrer Körper.
Mit einem Mal wird aus dem Hellen weißen
Licht ein warmes Gelb. Gemeinsam gehen
sie auf das Licht zu. Je näher sie aber
an das helle Licht kommen je schwächer
scheint es zu werden. Dann steht Oktavius überraschend vor einer Holztür in
dem sonst leerem weißen Raum. Er ruft
den anderen zu

»hey seht! Kommt her!«
aber von den anderen ist jetzt niemand
mehr zu sehen oder in seiner nähe.

Oktavius dreht sich wieder zur Tür.
Es ist eine schlichte Braune Holztür mit
Verschnörkelungen, Holzvertäfelungen und
absetzen drauf. Das helle Licht scheint
hinter der Tür her zu kommen. Ein heller
Lichtstrahl zeichnet sich rings um die
Tür im rahmen ab. Oktavius schaut sich
die Tür an, läuft um diese herum doch es
ist einfach nur eine freistehende Tür in
einem, sonst leerem Raum. Nun steht wieder vor der Tür am Ausgangspunkt. Er hat
schwitzige Hände und greift zittrig zu
dem kleinem runden goldenem Türknauf.
Oktavius umgreift den Knauf und will sie
gerade öffnen als er seine Freunde hört
die nach ihm rufen und Ihn davon abzu-
bringen wollen. Er kann sie nicht sehen
nur hören.

»wieso?«
ruft er ins leere.

Dennoch will Oktavius sich davon nicht verunsichern lassen und öffnet sie dennoch vorsichtig. Auch wenn Oktavius seine Freunde nicht sehen kann, so spürt er wie die anderen aus der Runde gebannt hinter ihm stehen. Oktavius merkt ihre Anwesenheit. Ganz so als würden sie wirklich da sein. Oktavius dreht den Knauf nach links und öffnet die Tür. Ein leichtes knarzen lässt sich vernehmen. Oktavius schaut von seinem hellen weißen neutralem Raum in ein Zimmer welches mit Holzverkleidet ist. Der Raum an sich ist sehr dunkel und ein Staubschleier liegt in der Luft. Er scheint sehr stickig zu sein.

»das kann nicht sein!«
hört Oktavius vermeintlich von Edward.

Oktavius tritt durch die Tür und geht ein paar Schritte hinein. Dann dreht er sich zu der Offenen Tür um und schaut in das helle Blendende Licht. Nun tauchen auch seiner Freunde wie aus dem nichts auf und kommen aus dem hellen Licht.

Alle treten nach und nach durch die Tür. Nach einer kurzen Zeit stehen alle in dem dunklem, Raum. Die Tür knallt mit einem Schlag zu, die Gruppe erschreckt sich und sie zucken zusammen. Nun stehen Sie gemeinsam im Dunkeln. Der Mond wirft Licht durch das Fenster in dem Raum, ein Hundebellen ist von draußen zu vernehmen. Aber man kann kaum die Hand vor Augen sehen.

»wir sind in der Taverne!«
Stellt Asrael fest.

»Aber auch in der Richtigen Zeit?«
fragt Drothe.

Ihm gehen in so kurzer Zeit so viele Fragen durch den Kopf das er das Gefühl hat durchzudrehen.

»Asrael?«
ruft Oktavius leise.

»ja hier drüben.«
antwortet er leise und Oktavius tastet sich zu Asrael der nicht weit weg von ihm in dem Raum steht.

»Gut du bist es wirklich!«

sagt Oktavius als er Asrael ertastet.

Edward geht und tastet sich vorsichtig zu Fenster. So langsam gewöhnen sich die Augen an die Dunkelheit.

»Hey kommt zu mir!«
ruft Edward vom Fenster aus Während er hindurchschaut.

Auf bitten von Edward kommen die anderen an das Fenster und stellen sich zu ihm. Edward, Grondo, Drothe, Oktavius, Asrael, Eric und Herold schauen sich erst einmal vom Fenster aus um. Von ihrer Position aus können sie auf dem Marktplatz schauen. Sie sehen einen Stadtbewohner der gerade einen Eimer Wasser aus dem Brunnen hoch holt. Edward drückt sich ans Fenster und versucht mehr zu erkennen. Er schaut zur Turmuhr, diese Zeigt ihm das es jetzt kurz vor fünf Uhr ist.

»wann soll der Angriff auf die Stadt stattfinden?«
fragt er seine Freunde.

»So gegen 11 Uhr wenn ich mich nicht irre!«

meint Herold verunsichert.

»Aber wir haben jetzt so viel durchgemacht, ich weiß nicht einmal in welches Jahr wir wollten. Ich habe keine Lust das wir wieder falsch sind oder uns in einer Zeit befinden die, die falsche ist.«

Antwortet Grondo sauer dazwischen.

»Ich verstehe dich, aber diesmal glaube ich liegen wir richtig.«

Antwortet Edward ihm.

»So also Elf Uhr, wir haben es kurz vor Fünf. Wir haben noch Sechs Stunden um den König zu warnen.«

fügt Edward hinzu.

»Ja das mag ja sein aber wie sollen wir Barekastria retten und Zeitgleich nach Garetekka kommen um den König zu warnen?«

fragt Herold ihn verunsichert.

»Wir müssen Barekastria nicht verteidigen nur die Geschichte ändern in dem wir den König warnen.«

meint Edward daraufhin.

»Und wie sollen wir das anstellen?«

fragt Asrael.

Edward Antwortet ihm.

»Mit dem Portschrein!«

»Und dafür brauchen wir noch einmal deine Hilfe als mächtiger Magier, Asrael.«

betont Edward nachfolgend.

»Aber wieso sollten wir nach Garetekka? Die Orks greifen doch aus dem Norden zuerst an?«

hinterfragt Eric.

»Das ist nur die halbe Wahrheit, der Angriff auf Wehrholm und Barekastria ist nur ein Ablenkungsmanöver. Die Orks greifen aus dem Süden an und stürmen Garetekka. Der Angriff findet heute zum 4. Glockenschlag am Nachmittag statt!«

»woher weißt du das?«

möchte Oktavius wissen.

»durch eine Zeitschleife in der wir feststeckten, durch das Wissen der Bücher in der Bibliothek und weil ich eine Vermutung habe was die Orks Vorhaben!«
antwortet Edward ihm.
»Edward! Hast du den Chronographen eigentlich noch?«
fragt Eric neugierig.
Edward fast an seine Tasche.
Gespannt warten die anderen auf dessen Antwort als er darin danach sucht.
»Nein! Er ist weg!«
sagt er bedrückt zu den anderen als er wieder den Kopf hebt.
»Das ist zwar jetzt Mist, aber wir können nicht noch danach suchen. Wir haben keine Zeit mehr.«
meint Herold zu Edward mit aufmunternder Stimme.
»Nein das stimmt, ohne den Chronographen haben wir die Zeit nicht!«
Antwortet Edward ihm zurück.
Gerade den Satz beendet läuten die Glocken der Stadt.

»Jetzt ist es Fünf Uhr!«

»können wir noch einmal vorher zum Turm? Vielleicht finden wir dort den Chronograph und zum Turm ist es ja nicht weit!«

fragt Edward in die Runde.

»Wenn wir uns beeilen, habe ich damit kein Problem. Wir warnen vorher einmal das Militär, danach gehen wir zum Turm und dann auf einem Weg zum Portschrein.«

Äußert Herold wie ein Anführer. Grondo und Drothe halten sich weitestgehend zurück und lassen die anderen machen. Edward nicht Herold zu. Asrael steht mit Lob und Tat hinter seinem Freund. Nur Oktavius ist dagegen und würde am liebsten keine Zeit mehr verlieren. Dennoch behält Oktavius seine Gedanken für das erste lieber erst einmal für sich. Wortlos nickt auch dieser Herold zu um ihm zu verstehen zu geben das er mit der Entscheidung einverstanden ist. Zusammen verlassen sie das Zimmer, gehen nach unten wo einige Soldaten

mit samt dem Hauptmann an den Tischen
verteilt sitzen. Geschlossen gehen sie
als Gruppe zum Hauptmann der gerade den
Stadtplan vor sich liegen hat und versucht die Empfindlichen stellen der
Stadt planmäßig zu schützen. Herold und
Drothe fallen dem Hauptmann ins Wort
ohne ihn vorher Militärisch zu grüßen.
Er beugt sich von seinem Tisch hoch. Der
Hauptmann schaut grimmig zu den beiden
am anderen ende der Tisches und meint zu
ihnen.

»Ich hoffe sehr Ihr habt eine gute
Erklärung!«

»Ja die haben wir! Es würde zu lange
dauern ihnen alles zu erklären aber sie
müssen mir vertrauen. Ich habe Informationen beschafft die, die Stadt rettet.«

Herold wusste das nicht alles wahr,
war was er gerade erzählt hatte, aber er
hoffe so die Aufmerksamkeit von dem
Hauptmann zu bekommen.

»Ich höre!«

Antwortet dieser und Herold ist heil
froh das er jetzt seine Informationen
mit ihm teilen kann.

»Verstärkt die Soldaten im Norden,
positioniert höchstens eine Wache auf
den äußeren Türmen. Die restlichen Soldaten, hier entlang und auf der Mauer.
Gebt nicht eure ganze Stärke Preis. Ihr
solltet in etwa Fünfzig Soldaten im Bereich des Marktes lassen. Die Mauer wird
hier und hier einstürzen. Wenn ihr sie
als Stärke lasst habt ihr die größten
Chancen. Die Orks greifen mit ca. 250
Soldaten an. Ihr habt 150 Soldaten. Mit
meiner Hilfe habt ihr den Überraschungsmoment auf eurer Seite.«

Sagt Herold während er dem Hauptmann
alles auf der Karte zeigt.

Der Hauptmann hörte gespannt zu und
verfolgte das was Herold ihm mitteilte.

»Ich weiß nicht woher Ihr diese Informationen habt aber ich werde darüber
nachdenken.«

sagte er nach einer kurzen Pause des Überlegens.

Nach dem sie die wichtigsten Punkte geklärt haben melden sie sich ab und verlassen die Taverne. Gemeinsam gehen sie als Gruppe die paar Steinstufen hinab und geradewegs erst einmal in Richtung des Brunnens. Der Vollmond Leuchtet hell über der Stadt. In ein paar wenigen Fenster brennen Kerzen und tauchen die Straßen in ein sanftes Orange. Auf dem Marktplatz befinden sich einige Soldaten die ihr Lager auf dem Marktplatz aufgeschlagen haben. Ruhig und nicht wissend das in wenigen Stunden ihre Ruhe vorbei ist. Dieses Mitzuteilen überlassen sie aber ab jetzt dem Haupt-mann. Grondo aber auch Edward ist nicht ganz wohl bei der Sache, da sie am eige-nen Leib mitbekommen haben was passieren kann wenn man in Zukunft und Vergangen-heit rumfuscht. Immerhin kommen sie aus der Zukunft, und haben keine Ahnung ob sie jemals wieder zurück kommen werden.

Nach einer kurzen Planung der nächsten Vorgehensweise machen sie sich auf den weg zum Turm. Dieser ist bereits vom Brunnen aus zu sehen. Durch den Mond lässt sich auch die Zeit gut ablesen. Es ist bereits 5:25 Uhr. Dort am Turm angekommen, betritt Edward als erster den Turm und kommt augenblicklich wieder heraus!

»Er ist nicht hier! Ich hatte gehofft das er auf dem Schrein liegt.«

Sagt Edward erschrocken zu den anderen und ist ganz entsetzt.

»Aber wo ist er dann?«

fragen Eric und Oktavius zeitgleich.

»ich weiß es nicht! Aber wir sollten uns jetzt wirklich beeilen und keine weitere Zeit verlieren!«

Die Turmuhr schlägt zwei mal. Die Gruppe schaut nach oben. 5:30 Uhr, stellen sie fest.

»Nur noch etwas über 10 Stunden bis zum Angriff und es müssen die Truppen in

Garetekka auch gewarnt werden. Dazu noch der König.«

Sagt Asrael zuerst zu Edward und dann zum Rest der Gruppe.

Die anderen stimmen ihm zu. Edward tastet noch einmal seine Tasche ab und meint zum Rest der Gruppe.

»Dann los! Noch viel Arbeit und wenig Zeit.«

So gleich macht sich die kleine Truppe auf den Weg zu dem Steinkreis welcher als Portal genutzt werden kann.

Asrael und Edward wissen durch die gesammelten Informationen in der Bibliothek wie die Geschichte verlaufen kann wenn sie versagen. Beide gehen gemeinsam vor den anderen und entscheiden so welcher der schnellste weg ist. Gerade über den Marktplatz, eine Querstraße links, zwei Mal Rechts und ein ganzes Stück gerade aus. Sie gehen auf das Große Stadttor zu. Die Wachen, die dort die Stellung halten Öffnen eine kleine Tür welche in das Große Tor gebaut wurde.

Sie verlassen gemeinsam die Stadt gehen ein paar Schritte gerade aus der Schotterstraße entlang und nach rechts in den Tiefen Wald hinein. Mitten in Wald hören sie die Stadt Uhr schlagen.

»Schon der Scheste Glockenschlag!«
Meint Herold in die Runde.

»Los schneller!«
fügt er hinzu.

Dann sehen sie kurze Zeit später oben auf dem kleinen Hügel zwischen den Bäumen den Portschrein.

»Kannst du das Portal öffnen?«
möchte Edward von Asrael wissen.

»Ich denke ja! Aber wir werden es gleich sehen.«

Antwortet er Siegessicher.

Asrael stellt sich vor den Steinkreis und hält seine Hände dabei mit den Handflächen nach oben auf Brusthöhe er Spricht in einer für die anderen nicht verständlich Uralten Sprache. Mit einem Mal fängt der Boden unter der Gruppe an sich zu erheben Gras, Erde und Blätter

fliegen um Asrael und die anderen umher.
Es bildet sich eine Art Sog der immer
stärker wird es folgen grelle Blitze Und
Donner welcher aus dem Zentrum des Soges
kommt. Aus dem Sog bündelt Und bildet
sich eine Menschengroßen Lichtkugel.
Dann gibt es einen riesigen Knall der
durch den ganzen Wald schallt. Die
Gruppe reißt es dabei von den Beinen und
sie werden gute zwei Fuß von Asrael weg-
geschleudert. Die anderen sind ganz erschrocken besonders Edward und Grondo
die sowas In der Form eigentlich nicht
kennen sondern gejagt haben. Aus der
Lichtkugel wird eine helle Leuchtende
Lichtscheibe. Jetzt erst begreifen die
beiden wieso Magie in dieser Zeit so geschätzt wird. Edward ist fasziniert von
Asraels macht. Die Kraft die von Asrael
ausgeht ist überwältigend wie er findet.
Asrael schreit den anderen zu!
   »Los beeilt euch ich kann es nicht
lange aufrecht halten!«

Die anderen verlieren keine Zeit springen hoch und noch durch das Portal welches hell leuchtet so hell das es durch die sämtlichen Bäume scheint. Es ist sogar so grell das es sogar noch weit hinter der Stadt sichtbar ist. Oktavius schaut gespannt zu, so faszinierend Oktavius es auch findet. Er macht den Anfang voller Vertrauen ohne zu zögern. Er springt hoch und läuft ohne lange nachzudenken auf das offene Portal zu und verschwindet noch vor den Augen der anderen im nichts.

»Los schnell jetzt!«
betont Asrael erneut!

Der Rest macht es Oktavius nach und Springen ebenfalls durch das Portal. Einer nach dem anderen, alle außer Asrael der es noch Aufrecht hält verschwinden nach und nach im Portal. Asrael nimmt seine letzte Kraft zusammen und springt so in der letzten Sekunde ebenfalls noch hinein. Gerade in diesem Moment als auch Asrael im Portal verschwunden ist, implodiert das Portal in einer gigantischen Explosion. Sogar so sehr das ganze Bäume dabei entwurzelt werden und der Steinkreis zerstört wird. Auf der anderen Seite des Portals liegen sie unter leichten Blessuren auf den harten Pflastersteinen. Asrael der als letztes hindurchsprang klopft sich sauber vom aufgewirbelten Staub und schaut sich um.

»Garetekka!«

denkt er noch als er sich umschaut.

Einem nach dem anderen hilft er beim Aufstehen, doch einer fehlt.

»wo ist Er?«

fragt er lautstark rufend.

Verwundert schauen sich die anderen fragend an.

»Wen meinst du?«

Doch Asrael lässt sich nicht einschüchtern und unterkriegen.

Zutiefst erschüttert Sicht er die Gegend nach seinem Freund ab.

Schein und Sein!

»*E*ine Stimme ertönt in meinem Kopf!

Sie sagt andauernd das, selbe! Immer und immer wieder! Ich kann es einfach nicht beeinflussen.

Sie findet mich, Sie redet mit mir! Ich glaube ich werde verrückt! Seit Tagen oder Wochen verstecke ich mich hier.

Ich weiß es nicht! Kein Zeitgefühl, keine nähe und auch keine Kontakte! Ich muss etwas tun! Das was sie mir seit Tagen und Wochen erzählt ist folgendes…«

»Ist dies nicht der Anfang vom Ende? Ist links nicht rechts und oben nicht unten? Hütet euch vor lila und grün! Dies vermag nichts gutes! Denn das was den Anfang vorgibt ist nicht das was es zu seien scheint.

Purpur! Eine Farbe die Könige Tragen ein Opfer welches Erbracht werden muss.

Ein Leid das nicht jeder, tagen kann.
Eine Gabe die nicht jedem zusteht.
Die zwanzig müssen gewahrt werden!
Findet sie und bringt sie mir!«
»Dies ist das was ich höre! Dies ist
was die Stimme mir immer wieder sagt.
Soll ich auf sie hören? Soll ich dem
nachgeben? Ich glaube nur so werde ich
sie los! Ich muss mich zusammenreißen
und endlich etwas tun! Sonst wird sie
mich komplett Zerstören.«
Daraufhin setzt er sich hin, steht
auf und klopft sich sauber vom vielen
feinen Sandstaub des Schmutzigen Bodens.
Er fasst sich an dem Hals und zieht sein
Lila funkelndes Amulett welches an einer
Kette hängt unter seinem Hemd hervor.
Das Amulett fängt an in einem Smaragd-
grün zu leuchten. Es erstrahlt die
dunkle staubige Umgebung. Nach einer Minute des Betrachten und Nachdenkens, die
Stimmen noch immer flüsternd hörend,
steckt er es zurück unter sein Hemd.
Richtet sich auf und verlässt den sanft

lichtdurchfluteten Raum am Stadtrand von Garetekka. Genau durch die offen stehende Doppeltür die viel zu lange verschlossen blieb. Eine vertraute bekannte Stimme halt ihm entgegen als er auf der grelle Licht zugeht begrüßt ihn herzlich. *»Guten Tag mein Freund, da seid ihr ja endlich.«*

ENDE

Nachtwort und Danksagung des Autors,

Viele Jahre sind vergangen in denen ich mich an meinen ersten Roman gesetzt habe. Nicht immer war es einfach und selbstverständlich für mich auch in schweren Zeiten, Zeile für Zeile zu schreiben, überarbeiten oder Korrektur zu lesen. Aber ich habe nicht aufgegeben und meine stärkende Familie im Rücken. Sie waren auch der Grund wieso ich weiter gemacht habe und am mich geglaubt habe. Ich habe das Schreiben schon früh kennen gelernt und schon in der Schule gefallen an Geschichten und Erzählungen nach meinen Vorstellungen geliebt. Insbesondere möchte ich mich bei meinen Freunden, Probelesern/innen und natürlich auch bei meiner Familie bedanken die immer an mich geglaubt haben.